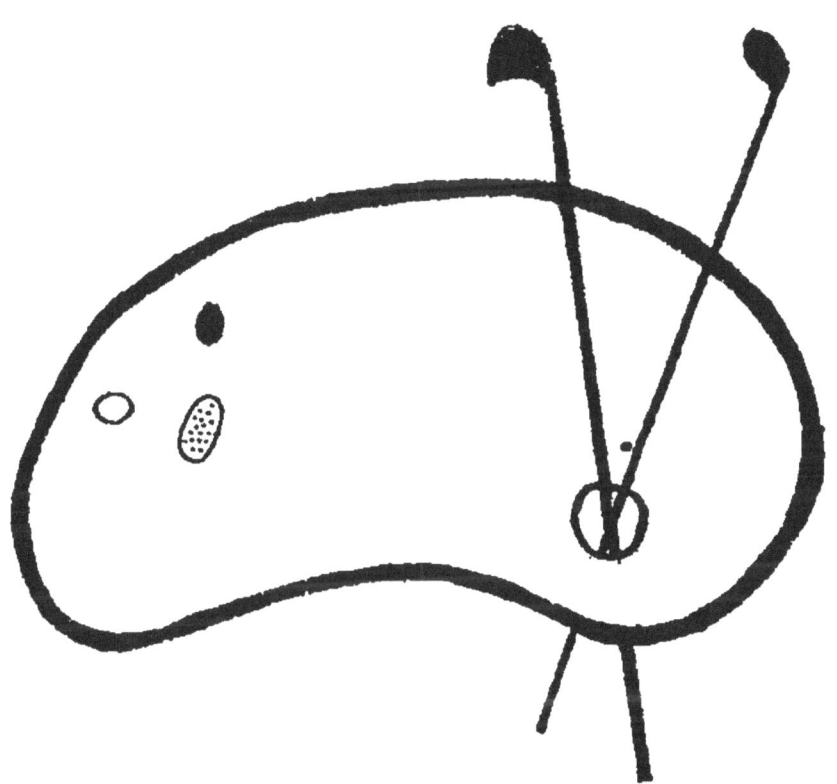

COUVERTURE SUPERIEURE ET INFERIEURE
EN COULEUR

MÉMOIRES INÉDITS

DE

MADEMOISELLE GEORGE

PUBLIÉS

D'APRÈS LE MANUSCRIT ORIGINAL

PAR

P.-A. CHERAMY

Avec portraits et fac-similé

Deuxième édition

PARIS

LIBRAIRIE PLON

PLON-NOURRIT et Cie, IMPRIMEURS-ÉDITEURS

8, RUE GARANCIÈRE — 6e

—

1908

MÉMOIRES INÉDITS

DE

MADEMOISELLE GEORGE

MADEMOISELLE GEORGE

D'APRÈS LE TABLEAU DE GÉRARD

(Collection de Mme la comtesse Ed. de Pourtalès.)

MÉMOIRES INÉDITS

DE

MADEMOISELLE GEORGE

PUBLIÉS

D'APRÈS LE MANUSCRIT ORIGINAL

PAR

P.-A. CHERAMY

Avec portraits et fac-similé

Deuxième édition

PARIS

LIBRAIRIE PLON

PLON-NOURRIT ET Cⁱᵉ, IMPRIMEURS-ÉDITEURS

8, RUE GARANCIÈRE — 6ᵉ

1908

À LA COMÉDIE FRANÇAISE,

où j'ai passé de si belles soirées,

Je dédie ce livre.

P.-A. CHERAMY.

Septembre 1906.

PRÉFACE DE L'ÉDITEUR

Il est toujours très ennuyeux de parler de soi.
Je suis pourtant obligé de le faire au début de
cette préface.

Quelques personnes s'étonneront sans doute de
voir les mémoires d'une comédienne publiés par
les soins d'un homme qui, pendant de longues
années, a été investi d'une fonction grave : avoué
près le tribunal civil de la Seine, et même, en
1893, président de la Compagnie des avoués.
Deux mots d'explication sont nécessaires pour
dissiper cette surprise, et pallier cette apparente
contradiction.

Dès mon enfance, j'étais reçu chez Alexandre
Dumas père, dont le fils a été plus tard un de
mes plus intimes amis. Par l'auteur de *Monte-
Cristo*, il me fut donné d'entendre ou de con-

naître les plus grands comédiens et comédiennes de cette époque : Frédérick Lemaître, Rachel, Geffroy, Mélingue, Laferrière, Rouvière, Augustine et Madeleine Brohan, d'autres encore. C'est de ce moment que date mon goût pour le théâtre.

Un peu plus tard, l'amour de la peinture s'éveillait en moi. J'avais pour ami un jeune peintre, élève d'Henri Lehmann. Nous allions ensemble passer au Louvre tous mes jours de congé.

Enfin, la musique, qui est devenue une des passions de ma vie, m'appelait à elle. Je n'étais pas encore un wagnérien; Richard Wagner était inconnu en France. Je me souviens des stations interminables que je m'imposais à l'Opéra de la rue Le Peletier, pour avoir une bonne place d'amphithéâtre et entendre une des œuvres de Meyerbeer, qui suffisaient alors à mon admiration.

C'est avec ces goûts artistiques et un insatiable besoin de lecture que je suis arrivé au Palais. Le hasard — un heureux hasard — a fait de moi un avoué en 1865. Que je fusse *un peu* différent de mes rigides confrères, j'essaierais vainement de le nier. Mais je savais le droit, j'aimais la lutte, j'avais le sens et l'instinct des affaires, un certain don d'observation, une grande mémoire, une facilité de travail que j'ai conservée jusque dans la vieillesse. Je crois même que, loin de me nuire, mes facultés d'artiste et de psychologue m'ont beaucoup servi. Quoi qu'il en soit, le succès, pendant quarante ans de suite, a surpassé mes espérances et mes très faibles mérites.

Aujourd'hui, l'heure de la retraite a sonné. Je reviens à mes études et à mes goûts d'autrefois; pour mieux dire, jamais ils n'avaient été abandonnés. J'ai pour ma vieillesse une dernière ambition; non pas certes la prétention orgueilleuse de devenir un écrivain. On n'acquiert pas, après soixante ans, un talent de style. Je voudrais seulement dire à mes contemporains, le plus simplement du monde, un peu de ce que je sais, de ce que j'ai vu, et de ce que je pense sur certains sujets. J'y prendrai plaisir, et je m'efforcerai de ne pas ennuyer trop ceux qui voudront bien me lire et m'écouter.

Après ce long préambule, je reviens à Mlle George.

Lorsque j'achetai ses manuscrits, des amis, des artistes, me firent promettre de les publier. Je n'ai pas eu jusqu'ici le loisir et la possibilité de le faire. Je viens tenir ma promesse. Je commence par ces amusants mémoires les quelques publications que je voudrais laisser après moi, si la Nature, qui me fut clémente, me laisse quelque temps encore la force et la santé.

Disons d'abord ce que sont ces mémoires, quelle est leur origine et leur histoire.

C'est le 31 janvier 1903 que j'achetai le manuscrit en vente publique. Cette vente, dont on trouvera le catalogue à la fin de ce volume, était bien curieuse. A côté des mémoires de l'artiste, on y voyait figurer toute sorte d'oripeaux tragiques : la couronne de Rodogune, celle de Mérope, celle de Marguerite de Bourgogne, celle de Sémiramis, celle de Marie Tudor, que M. Paul Meurice a rachetée, et qu'il a offerte à la Comédie-Française. Il y avait aussi la bibliothèque, ou plutôt ce qui restait de la bibliothèque de la tragédienne. Les éditions originales des drames de Victor Hugo et d'Alexandre Dumas : *Lucrèce Borgia, Marie Tudor, Christine, la Tour de Nesle*, avaient dû être données ou vendues de son vivant. Mais ou retrouvait le manuscrit de *Vautrin*, celui de *la Tour de Nesle*, qui fut acheté par M. Henry Houssaye, et les tragédies très curieuses d'Alexandre Soumet, *Clytemnestre, Norma, Une Fête sous Néron*, et son beau poème religieux, *la Divine Épopée*, avec des dédicaces admiratrices.

Au premier abord, il n'était pas très facile de se retrouver dans les feuilles volantes, un peu décousues, qui constituaient le manuscrit original des mémoires. Après les avoir lus, relus, compulsés, classés, voici comment j'ai pu en établir la genèse.

Ils ont été écrits en 1857. Mlle George avait alors soixante-dix ans. Elle entreprit ce travail pour gagner un peu d'argent. A cette époque, elle en avait terriblement besoin. Elle imagina la combinaison suivante : n'ayant, comme elle le dit et le montre elle-même, ni style ni beaucoup d'orthographe, elle notait, sur des feuillets de papier, les événements les plus intéressants de sa vie. Elle confiait ces feuillets à l'un de ses amis, au mari de Marceline Desbordes-Valmore, en le priant de les rédiger à nouveau, de les mettre « en bon français », comme nous disions au collège. Puis, sur la prose un peu incolore de son mari, Mme Desbordes-Valmore devait répandre quelques-unes des grâces et un peu de la poésie de son style.

La première rédaction de Mlle George existe encore. Nous possédons aussi le travail de Valmore. Il est bien terne et bien ennuyeux, dans la monotonie de sa quasi-élégance conventionnelle. Mlle George l'avait senti. En marge de ce devoir de bon élève de rhétorique, elle a consigné ses réflexions : *un peu long ; à développer ; il faudrait parler de ceci, de cela*, etc. Bref, elle eut la bonne idée de faire elle-même ce que Valmore n'avait pas su réaliser. Elle récrivit ses mémi res, et fit un travail d'ensemble qui, malheureusement, s'arrête à 1808, c'est-à-dire à son départ pour la Russie. C'est cette autobiographie curieuse, vivante, colorée et attachante, au milieu de ses redites et de ses incorrections, que nous publions aujourd'hui, et qui forme la partie principale de ce volume.

A partir de 1808, Mlle George ne nous a laissé que des fragments isolés, rédigés à la hâte, sans beaucoup de suite et de méthode, où l'on trouve encore quelques détails intéressants, notamment des anecdotes sur Mme de Staël, sur le séjour de George en Suède, sur l'intervention de Charles X au sujet du privilège de l'Odéon. Ces fragments forment la seconde partie de cette publication.

Dans une troisième partie, nous donnons une lettre de Mlle Raucourt et quelques lettres de Mlle George, que nous avons pu retrouver.

Dans un appendice, nous avons réuni un état des services de l'artiste à la Comédie-Française, l'article de Geoffroy sur ses débuts, un curieux fragment des *Mémoires du général russe de Lœwenstern*, relatif au séjour en Russie; les appréciations de Victor Hugo, d'Alexandre Dumas, de Théophile Gautier, de Jules Janin; des fragments empruntés à Stendhal, à Mme de Rémusat, aux confessions d'Arsène Houssaye, et une lettre très curieuse et inédite de M. Victorien Sardou.

Pour fixer quelques dates essentielles et présenter la carrière de Mlle George dans son ensemble, de sa naissance à sa mort, nous avons rédigé une notice biographique, qui formera une sorte d'introduction aux mémoires de l'artiste.

Nous donnons un fac-similé de son écriture, un peu lourde, comme sa personne, et la reproduction de deux portraits :

L'un, par Lagrenée, la représente dans le rôle de Clytemnestre. Ce portrait, longtemps accroché dans la chambre à coucher de Mlle Mars, fut offert par nous, à la Comédie-Française, en 1905. Il figure au foyer des artistes.

Le second est dû au baron Gérard. C'est une œuvre très séduisante, qui fait partie de la collection de Mme la comtesse Edmond de Pourtalès. Une gracieuse amabilité, dont nous sommes très reconnaissant, a bien voulu nous autoriser à

reproduire ce portrait, tout à fait caractéris-
tique qui restera, pour l'avenir, l'image un peu
embellie et définitive de Mlle George.

P.- A. CHERAMY.

Riva (Tyrol), août 1906.

INTRODUCTION

Eugène de Mirecourt, dont *les Contemporains* suscitèrent jadis tant de scandale, a consacré à Mlle George un petit volume sympathique et documenté (1). Il avait certainement lu le travail de Valmore, dont il reproduit des passages entiers. Dans leur *Galerie historique de la Comédie-Française* (2), MM. de Manne et Ménétrier ont écrit sur la tragédienne une biographie moins bienveillante. Avec ces documents, avec les *Mémoires* d'Alexandre Dumas, les articles du temps, avec *le Monde dramatique*, avec l'*Histoire de l'art dramatique* de Théophile Gautier, ses *Portraits romantiques*, l'ouvrage sur *les Belles Femmes de Paris*, il est facile de reconstituer la vie de la femme et

(1) Eugène DE MIRECOURT, *les Contemporains. Portraits et silhouettes au dix-neuvième siècle*, 3e édition. Librairie des Contemporains. — *Mademoiselle George*, un vol. in-32, 1870.

(2) *Galerie historique de la Comédie-Française pour servir de complément à la troupe de Talma*, par E.-D. DE MANNE et C. MÉNÉTRIER. — Lyon, N. Scheuring, éditeur, 1876.

de l'artiste et de tracer d'elle un portrait fidèle et ressemblant.

Mlle Marguerite-Joséphine Weymer, dite George, est née le 23 février 1787, au théâtre de Bayeux, pendant une représentation de *Tartufe* et de *la Belle Fermière*. Son père, George Weymer, Allemand d'origine, avait formé une petite troupe nomade qui allait de ville en ville, jouant la comédie, le vaudeville, et même la tragédie. Il était *impresario* et chef d'orchestre. Sa femme tenait l'emploi des soubrettes. Elle s'appelait Verteuil, de son nom de famille, et son neveu a été longtemps secrétaire de la Comédie-Française. Le père et la mère de Mlle George étaient des artistes modestes, consciencieux, honnêtes, pleins de dévouement et de cœur, et leur fille a conservé pour eux une reconnaissance, une tendresse qui les honorent tous les trois.

A cinq ans, Georgette Weymer parut dans *les Deux chasseurs et la Laitière,* au théâtre d'Amiens, dont son père était devenu directeur. Elle joua bientôt à côté de la célèbre Dugazon, et, enfin, Mlle Raucourt, de passage à Amiens, fut émerveillée de la beauté et des dispositions exceptionnelles de la jeune Weymer. Elle décida son père à la lui confier, et l'emmena à Paris pour lui donner des leçons et la préparer à débuter à la Comédie-Française.

Mlle George obtint son ordre de début le 23 novembre 1802. Elle avait seize ans, et débuta dans le rôle de Clytemnestre.

Le choix de ce rôle pour les débuts d'une si jeune fille serait inexplicable, si on ne se rappelait la beauté précoce et sculpturale de la débutante. De plus, Mlle Dumesnil et Mlle Raucourt avaient reconnu que sa vocation la destinait à l'emploi des grands rôles de mère tragiques.

Toute cette première partie de la carrière de Mlle George, ses visites à Mlles Clairon et Dumesnil, ses débuts, les appréciations du public, celles de Geoffroy dont sa beauté et son talent avaient désarmé l'habituelle sévérité, la rivalité avec Mlle Duchesnois, la bonne camaraderie de Talma, le tableau de la Comédie-Française sous le Consulat, les relations avec la prince Sapieha, les amours de George avec Bonaparte, tout cela est raconté dans les mémoires avec un entrain, une verve, une fraîcheur de souvenirs, que nous ne voulons pas déflorer.

Bien que leur auteur n'élève aucune prétention à juger cette merveilleuse époque du Consulat, la simplicité même de ses récits laisse deviner le charme de ces belles années de 1802 à 1804, les plus belles peut-être que la France ait connues. On était enfin débarrassé des sectaires de la Révolution. Victorieuse à l'extérieur, la France se relevait de ses ruines ; elle se réorganisait, se reprenait à vivre et à espérer. Une politique intelligente et pratique, qui ne s'était pas formée à l'école des sophismes de Rousseau, rétablissait à l'intérieur la sécurité, la confiance et le crédit. C'était un magnifique réveil de toutes les forces sociales, que la Terreur avait comprimées et neutralisées dans la boue et dans le sang. Comme on comprend l'admiration qu'inspirait le Premier Consul ! — « Celui-là, c'est mon héros ! » — s'écriait Sophie Arnould, sexagénaire, dans sa retraite du Paraclet.

L'enthousiasme éprouvé par George pour l'être incomparable, *immense*, c'est son mot, qu'était Bonaparte, répond à un sentiment universel, qui se traduisait par des applaudissements frénétiques, lorsque le Premier Consul entrait dans sa loge au Théâtre-Français.

D'autre part, ces mémoires sont un document d'une valeur inappréciable, qui éclaire, d'une façon inattendue, un côté intime et mal connu du caractère de Napoléon. On a souvent posé cette question : « Quelle fut au juste l'attitude de l'empereur, sa manière d'agir avec les femmes ? » Les réponses étaient contradictoires, et, il faut bien l'avouer, plutôt défavorables. Sans doute, avec Joséphine et Marie-Louise, il fut d'une tendresse qui alla jusqu'à l'aveuglement. Mais c'étaient deux impératrices. Pour lui, elles étaient au-dessus de leur sexe et de l'humanité. Bien d'autres femmes ont passé dans sa vie ; car, si absorbé qu'il fût par ses préoccupations politiques et militaires, par ses travaux, il était ardent et sensuel. Comment s'est-il conduit à l'égard de ces autres femmes! Stendhal nous apporte des révélations terribles. — « Il leur faisait mâcher le mépris, » dit-il, en parlant de celles qui étaient appelées à partager, pour un soir, la couche du nouveau César. Pauvres victimes! elles s'imaginaient marcher à un triomphe; elles ne se doutaient pas des humiliations qui les attendaient.

M. Frédéric Masson lui-même, dont les nobles sentiments bonapartistes sont bien connus, n'a pu, dans sa loyauté d'historien, s'empêcher d'écrire : « Lorsque la femme est à sa portée, parfois sa fantaisie est passée; plus souvent, sa pensée est absorbée par les affaires; il travaille, et tout ce qui le distrait de son travail lui est une fatigue et un ennui. On gratte à la porte pour le prévenir : « Qu'elle attende ! » On gratte de nouveau : « Qu'elle se déshabille! » On gratte encore : « Qu'elle s'en aille ! » Et il reprend son travail. »

Il arrivera parfois qu'après avoir dit à la dame d'ôter sa chemise, et l'avoir laissée se morfondre, il la renverra sans autre cérémonie. Le plus souvent, Roustan, son Mameluck, assiste, derrière un paravent, aux ébats très expéditifs de son maître.

Stendhal donne encore un vilain détail. La dame de service (c'est bien là le mot exact) est déshabillée; elle est étendue sur ce lit, qui ne présage pas beaucoup d'abandon et de volupté. La rage au cœur, les larmes dans les yeux, elle attend que le maître veuille bien venir à elle. Il se décide enfin ; d'un air soucieux et distrait. Il s'approche de la victime, qui s'efforce de sourire, et il n'a pas même eu l'attention élémentaire d'ôter son ceinturon, auquel son épée reste accrochée ! Et Stendhal ajoute « L'essentiel ne durait pas trois minutes. »

« Fi ! le monstre ! l'horrible tyran ! » se sont écriées, après ces dures nuits d'épreuve, et Mme Branchu, la Vestale de l'Opéra, et Mlles Duchesnois, Thérèse Bourgoin, Leverd, du Théâtre-Français, et les dames de la cour, qu'avait paru distinguer un instant le caprice impérial.

Il faut l'avouer : ce sont là des mœurs quelque peu sauvages. Nous voilà loin de la vieille galanterie française. Où se sont enfuies les grâces du dix-huitième siècle ? On comprend les haines féminines qui, sourdement amassées, ont éclaté avec furie en 1815 ! Les femmes en voulaient à mort à l'empereur, non pour la conscription, comme on l'a dit, mais pour les insultants dédains dont il les avait cravachées pendant son règne.

Maintenant, une question se pose. Napoléon fut-il toujours ainsi ? Cette dureté envers les femmes tenait-elle au fond même de sa nature ? Je ne le pense pas. Ces brusqueries, ces violences étaient, à mon sens, le résultat inconscient d'une

tention d'esprit formidable, d'un labeur surhumain.

A cet égard, les mémoires de George nous ap-
portent une lumière décisive, qui réjouira le cœur
des amis du grand empereur. Après les avoir lus,
il n'est plus permis de douter qu'à son heure,
Bonaparte ait été un amant tendre, prévenant,
plein d'une ardeur juvénile, énamouré comme un
officier de vingt ans. C'est sous cet aspect sympathique, entièrement nouveau, que George va nous
le révéler. Lui, l'homme *immense*, il a vraiment
aimé sa belle tragédienne, il s'est laissé charmer
par sa nature franche et loyale. Il s'amusait de son
babillage sans prétention ; il trouvait près d'elle un
délassement d'esprit, une détente, dont ses nerfs
et son cerveau en ébullition avaient besoin. Il se
plaisait à folâtrer avec George comme un grand
enfant, à taquiner cette superbe créature, qu'au
début de leur liaison il sentait tout à lui. Il se
moquait, en riant, de ses vilains pieds, lui qui mettait un prix considérable à la finesse des attaches
chez les femmes. Heureusement, George avait des
mains admirables, des mains de reine et d'enfant.
Elles ont obtenu grâce pour les pieds, qui étaient
lourds et vulgaires. Il est vrai qu'ils avaient un
poids peu ordinaire à supporter.

Dira-t-on que, pour relever le prix de sa conquête, George s'est plu à en exagérer le charme ?
qu'elle nous a montré un Bonaparte de fantaisie,

adouci, embelli par la complaisance orgueilleuse
de ses souvenirs? Je n'en crois rien. La tendresse
de Napoléon pour elle, et, par suite, la sensibilité
dont il était capable me paraissent un point absolument démontré. La liaison va de 1802 à 1808.
Il ne s'agit pas là d'un simple caprice, qui s'envole
après la possession, ni d'une attirance purement
sensuelle, où le sentiment n'a point de part. Ce
fut une affection véritable. Elle a duré jusqu'à la
mort de Napoléon. A Sainte-Hélène, il parlait encore de celle qu'il appelait autrefois : sa belle
Georgina, ou sa bonne Georgina.

En 1808 , à la date où les mémoires s'arrêtent,
l'existence triomphante de Mlle George s'assom-
brit brusquement. Les tracasseries de Mlle Duchesnois, sa rivale, protégée par M. de Rémusat,
deviennent intolérables. L'empereur a changé : il
n'est plus l'amant des premières années du Consulat. Ce Bonaparte inconnu, qui apparaît plein de
séduction dans les mémoires, s'est un peu trans-
formé avec les grandeurs et les soucis de la toute-
puissance. Il n'est pas détaché d'elle ; mais George
s'imagine n'être plus pour lui qu'une habitude.
Elle se sait entourée de rivales, elle est humiliée à
la pensée de ne plus offrir à son impérial amant
qu'une distraction intermittente et un banal ins-
trument de plaisir.

Elle écoute alors les offres de l'ambassadeur de
Russie, le comte Tolstoï. Elle est entraînée par les

instances du comte de Beckendorf, son amant. Il
lui a promis de l'épouser; mais il veut auparavant
l'offrir à son maître, Alexandre Ier. Bref, cédant à
un coup de tête que, vingt-quatre heures plus tard,
elle regrettera, elle part brusquement pour Pétersbourg, le soir de la quatrième représentation de
l'*Artaxerxès* de Delrieu, où elle devait jouer le rôle
de Mandane (7 mai 1808). On l'attend vainement
pour la représentation. Grand scandale à la Comédie. Ordre d'arrestation est donné contre la fugitive; mais elle avait déjà passé la frontière.

A Pétersbourg, son succès fut immense. Elle
charma l'empereur Alexandre, l'impératrice mère,
le grand-duc Constantin. Elle avait débuté au
théâtre impérial par le rôle de Sémiramis. Après
la représentation, l'empereur vint dans sa loge la
féliciter. — « Madame, lui dit-il, vous portez la
couronne mieux que notre grande Catherine. —
Sire, c'est qu'elle est moins lourde que celle de
toutes les Russies. » — L'empereur lui envoya une
splendide couronne, faite sur le modèle de celle
autrefois portée par l'impératrice Catherine II.

Un autre soir, après *Mérope*, l'empereur, en
s'essuyant les yeux, lui dit : « Voilà les premières
larmes que j'aie versées depuis que je vais au
théâtre. »

Toutefois, si elle fut la maîtresse d'Alexandre Ier,
ce ne fut qu'un caprice passager. Un certain parti
avait espéré que George remplacerait auprès du

tsar Mme Nariskine. Cette combinaison échoua,
mais Alexandre et toute sa cour ne cessèrent de
combler la tragédienne d'attentions et de cadeaux.

Si l'on en croit les mémoires du général russe
Lœwenstern, elle étendit même ses conquêtes
parmi les grandes dames de la cour de Russie. Ce
n'est là sans doute qu'une vilaine calomnie. Pourtant, il n'est pas impossible qu'à l'école de Fanny
Raucourt, de celle que les pamphlets galants du
dix-huitième siècle appelaient la présidente de la
secte anandryne, George eût appris certains raffi-
nements, et fait provision de savantes recettes de
libertinage.

Au milieu de ces ravissements et de ces fêtes,
la campagne de 1812 a commencé. On regarde à
Pétersbourg la bataille de la Moskova comme une
victoire. Ordre d'illuminer leurs fenêtres est donné
aux habitants. Malgré cet ordre, les fenêtres de
George restent closes, sans illuminations. — « Elle
a raison, dit l'empereur. Je ne veux pas qu'on l'inquiète; elle se conduit comme une bonne Française! »

Le séjour de la Russie devenait pour elle impossible. Elle a gardé jusqu'à sa mort le culte passionné de Napoléon. Elle ne pouvait rester à Pétersbourg pour entendre le récit de l'épouvantable
retraite de la Grande Armée. Quelques notes nous
racontent son départ pour la Suède, son arrivée à
Stockholm. Le prince royal Bernadotte la reçut

comme une reine et comme une amie. Elle rejoint l'armée française à Dresde. Napoléon la fait jouer avec Talma et la troupe de la Comédie-Française, mandée d'urgence. Chaque jour, elle était reçue par l'empereur, qui dissertait avec elle et avec Talma sur le Théâtre-Français, sur Corneille et sur Racine, à la veille de la bataille de Leipzig.

Par décret impérial, George est réintégrée dans tous ses droits de sociétaire. Napoléon ordonna même qu'on lui payât ses années d'absence. C'était un peu excessif, et, comme le remarque M. Frédéric Masson, jamais les sociétaires ne lui pardonnèrent cette faveur, qui sentait trop la favoritisme et l'arbitraire.

« Aux Cent-Jours, nous raconte l'éminent historien, elle fit dire à l'empereur qu'elle avait à lui remettre des papiers qui compromettaient singulièrement le duc d'Otrante. Napoléon envoya chez elle un serviteur affidé, et, au retour : « Elle ne t'a pas dit, demanda-t-il, qu'elle était mal dans ses affaires? — Non, sire; elle ne m'a parlé que de son désir de remettre elle-même ces papiers à Votre Majesté — Je sais ce que c'est, reprit l'empereur. Caulaincourt m'en a parlé; il m'a dit aussi qu'elle était gênée. Tu lui donneras vingt mille francs de ma cassette. »

Alexandre Dumas affirme que Mlle George avait sollicité l'honneur d'accompagner l'empereur à Sainte-Hélène. Nous ne savons si le fait est vrai, mais il honorerait grandement l'amante du Premier Consul. Au milieu de tant de trahisons et de défections, ce serait une belle chose que ce témoignage de reconnaissance de la part d'une comédienne.

Après la chute de l'empereur, devant les hostilités royalistes de ses camarades, George se sentit cruellement dépaysée à la Comédie-Française. Elle en fut exilée par le duc de Duras, surintendant des théâtres, pour s'être bravement montrée avec un bouquet de violettes au corsage. Le gouvernement punissait ainsi cette innocente manifestation bonapartiste.

Mlle George va jouer en province. Au bout de cinq ans, Louis XVIII, qui était un homme d'esprit, la rappelle à la Comédie, et lui accorde un bénéfice à l'Opéra. Elle joua *Britannicus*. La recette fut énorme. Après ce triomphe, il semblait qu'elle dût reprendre sa place de sociétaire. Mais elle retrouva chez Mlle Duchesnois et ses partisans les intrigues et les mauvais procédés d'autrefois. Elle préféra jouer à l'Odéon *Sémiramis*, *Mérope* (1), *Clytemnestre*, *l'Orphelin de la Chine*, *les Macchabées*, de Guiraud (2). Elle parut ensuite dans *Saül* (3), *Cléopâtre* et *Jeanne d'Arc* (4) de Soumet. Mais

---

(1) 1er octobre 1822.

(2) 14 juin 1822.

(3) 9 novembre 1822. Mlle George joua en outre *le Comte Julien*, de Guiraud; *Jane Shove*, de Liadières (2 avril 1824).

(4) *Cléopâtre* (2 juillet 1824), *Jeanne d'Arc* (14 mars 1825).

bientôt une nouvelle carrière triomphale allait s'ouvrir devant elle.

Elle fut l'interprète admirable des premiers drames romantiques. Elle créa *Christine*, de Frédéric Soulié (1) ; puis la *Christine* de Dumas ; *Une Fête sous Néron*, de Soumet (2) ; *la Maréchale d'Ancre*, d'Alfred de Vigny (3) ; *Jeanne la Folle*, de Fontan (4).

Ce n'étaient là que les préludes de succès plus retentissants. Sous la direction de Harel, à la Porte-Saint-Martin, la grande tragédienne, devenue avec Frédérick Lemaître l'incarnation la plus haute du drame romantique, sera successivement la Marguerite de Bourgogne de *la Tour de Nesle* (29 mars 1832), Lucrèce Borgia (12 février 1833), Marie Tudor (17 novembre 1833) et la marquise de Brinvilliers. Dans l'appendice, on lira les belles pages que Victor Hugo lui a consacrées.

Malgré ce répertoire incomparable, le public abandonna peu à peu la Porte-Saint-Martin. Les fusillades de la rue Transnonain et du Cloître-Saint-Merry absorbaient toutes les préocupations.

(1) 13 octobre 1829.

(2) *Une Fête sous Néron* (29 octobre 1829). — *Christine*, d'A. Dumas (30 mars 1829).

(3) La première représentation de *la Maréchale d'Ancre* eut lieu le 25 juin 1830. Le 21 juin, la pièce avait dû être interrompue après le second acte, par suite d'une indisposition de George. La vraie première eut lieu le 25 juin. Le drame fut froidement accueilli.

(4) *Jeanne la Folle*, 28 août 1829.

Harel finit par succomber. L'interdiction du *Vau-trin* de Balzac, au lendemain de la première repré-sentation, amena la fermeture du théâtre.

Après une grande tournée en Italie, en Autriche, en Russie, Mlle George donna aux Italiens quelques représentations de *Britannicus* et de *Lucrèce Borgia* (janvier 1843). Elles eurent un très grand succès.

A l'Odéon, sous la direction Lireux, George joua *Marie Tudor*, avec Mme Marie Dorval, pour laquelle elle avait une grande amitié (1), puis *la Chambre ardente,* à la Gaîté, et *la Tour de Nesle* avec Frédérick Lemaître, à la Porte-Saint-Martin (2).

On sait que Frédérick Lemaître, le plus grand comédien peut-être qui ait existé, avait un carac-tère détestable. Il se grisait volontiers, jouait admi-rablement, même lorsqu'il était ivre ; mais il était encore plus insupportable sous l'influence de quelques bouteilles de champagne ou de bour-gogne. Un soir qu'il devait jouer avec George, il déclara qu'il ne paraîtrait pas en scène si on ne lui remettait une certaine somme sur ses appoin-tements. Toutes les protestations du directeur, les supplications, les larmes de George restèrent inu-tiles. L'heure de commencer le spectacle était arrivée. Dans ce temps-là, il n'y avait jamais beau-coup d'argent dans la caisse d'un directeur. Pour

(1) Janvier 1844.
(2) Décembre 1844.

ne pas faire manquer la représentation, Marguerite de Bourgogne se dévoua. Elle envoya ses bijoux au Mont-de-Piété, et remit à Frédérick la somme prêtée. Jamais Buridan ne fut plus magnifique : il se surpassa ; mais il est problable que la pauvre George ne parvint pas à retirer ses diamants, si généreusement engagés.

Le moment approchait où Mlle George allait être forcée de prendre sa retraite. Un embonpoint, qu'elle n'avait pu ou su enrayer, rendait sa démarche pénible et alourdie ; elle était devenue énorme. La voix, si émouvante autrefois, s'était éraillée. Le geste avait perdu peu à peu sa noblesse et sa majesté. Après une courte apparition au Théâtre-Historique (1) et quelques tentatives malheureuses en province, George dut renoncer au théâtre.

C'est le 27 mai 1849 qu'elle donna sa représentation d'adieux. Mlle Rachel avait accepté d'y jouer à côté de George. Soirée mémorable qui allait mettre en présence Clytemnestre et la créatrice de Lucrèce Borgia, et Mlle Rachel, qui avait conquis, dès son apparition, la première place au Théâtre-Français !

Rachel, que nous avons vue jouer deux fois, dans *Cinna* et à la première représentation de *Diane*, d'Augier, nous a laissé de si grands souve-

(1) *Marie Tudor* (17 août 1848), *Lucrèce Borgia* (7 octobre 1848), *la Tour de Nesle* (24 ju in 1849).

nirs, elle a été si admirablement louée par Eugène
Delacroix, un de nos maîtres chers et préférés.;
Rachel, enfin, nous apparaît comme une si lumi-
neuse et scupturale figure, qu'il nous en coûte
d'admettre les récits malveillants auxquels cette
rencontre des deux tragédiennes a donné lieu.
Jusqu'ici, nous avons à peu près suivi la brochure
de Mirecourt. Nous allons lui emprunter, en faisant
toutes réserves, le récit textuel de cette bataille
fameuse.

« Cette bataille, dit-il, eut lieu aux Italiens.

« Rachel jouait le rôle d'Eriphyle, dans *Iphigénie
en Aulide,* et George remplissait le rôle de Clytemnestre. Mlle Félix fut littéralement écrasée. Pâle,
frémissante, elle suivait dans les coulisses, une
brochure à la main, les tirades de Clytemnestre,
et s'arrachait les cheveux de désespoir, en disant :
« Mon Dieu! je n'arriverai jamais là! Quelle
« vigueur! »

« Au moment où Mlle George était en scène, un
sifflet furieux partit d'une région de l'orchestre
où se trouvait le jeune Félix. — « Ceci n'est pas
« pour moi, sans doute? » dit Clytemnestre à la salle,
avec majesté.

« Tous les spectateurs se levèrent par un élan
d'énergique protestation. Deux cents bouquets parurent aux pieds de l'illustre tragédienne, et, cinq
minutes durant, les bravos l'empêchèrent de continuer son rôle. Quand Rachel reparut, après cette

ovation provoquée par l'imprudence de ses partisans, on vit son œil briller de colère.

« Elle osa dire vers la cantonade, et en laissant
échapper un geste de dédain :

« — Mais, ôtez donc ces fleurs ; on ne peut plus
marcher. »

« Des coups de sifflet, mieux nourris que le pré-
cédent, accueillirent cette insolente boutade. Personne ne protesta.

« — La cause est jugée, dit Victor Hugo. Nous
venons de voir la statuette à côté de la statue.
Quelle réduction ! »

Mlle Félix, en vertu des promessss de l'affiche,
devait jouer *le Moineau de Lesbie*, à la fin de cette
soirée. Furieuse de l'humiliation qu'elle venait de
subir, elle monta dans sa loge, prit ses habits de
ville et disparut. On supplia le public de vouloir
bien entendre, au lieu de la pièce annoncée, un
grand air de Mme Viardot.

— « Certainement, cria-t-on dans la salle ; nous
acceptons le rossignol à la place du moineau. »

N'oublions pas que — pour des raisons peut-
être faciles à deviner — Mirecourt était un ennemi
acharné de Rachel. Il doit y avoir dans son récit
pas mal de fantaisie et d'exagération. Théophile
Gautier, dans son feuilleton, ne relate aucun des
incidents dont parle Mirecourt. Pourtant, dans un
article de *Profils et Grimaces* que nous reproduisons
dans l'appendice, Auguste Vacquerie, qui n'aimait

pas Rachel, est aussi affirmatif que le pamphlétaire. Enfin, une lettre, qu'on retrouvera plus loin dans la correspondance de George, constate le refus par Rachel de jouer *le Moineau de Lesbie*, et une violente acrimonie de la part d'Hermione à l'égard de son illustre devancière.

Après cette représentation, Mlle George fut nommée inspectrice au Conservatoire.

Le 17 décembre 1853, elle eut, à la Comédie-Française, sa véritable représentation de retraite. Elle joua *Rodogune*; elle sut encore s'y montrer admirable. Toute une génération, qui n'avait pas eu l'occasion de l'applaudir, fut profondément émue par la noblesse de sa diction et de son geste « et l'aspect sculptural et vraiment grandiose encore de toute sa personne (1). » Elle a plus que la beauté de la vieillesse, écrivait M. Édouard Thierry; elle a la vieillesse de la beauté. »

Après cette représentation, qui avait été pour elle un triomphe, elle ne devait plus reparaître devant le public.

Ses dernières années furent pénibles. Très généreuse pour tous ceux qui l'entouraient, elle n'avait rien gardé de sa fortune d'autrefois. Je crois que le gouvernement du second empire lui faisait une pension (2).

_____

(1) *Journal intime de la Comédie-Française*, 1852-1871, par Georges D'HEYLLI.

(2) J'ai entendu dire — mais je ne puis affirmer le fait —

Elle parlait de Napoléon avec une respectueuse
et communicative émotion. « Mais, dit excellem-
ment M. Frédéric Masson, ce n'était point l'amant
qu'elle évoquait, c'était l'empereur. Et cette fille
(le mot ne semble-t-il pas un peu dur?) non pas par
pudeur de vieille femme, — car elle parlait volontiers et crûment de ses autres amants, — mais par
une sorte de crainte respectueuse, semblait ne plus
se rappeler qu'il l'eût trouvée belle et qu'il le lui eût
dit ; ne voyait plus l'homme qu'il avait été pour
elle, mais voyait l'homme qu'il avait été pour la
France, pareille à ces nymphes qui, honorées un
instant des caresses d'un dieu, n'avaient point
regardé son visage, éblouies qu'elles étaient par la
lumière aveuglante de sa gloire. »

M. Ludovic Halévy nous a raconté qu'un jour,
aux Tuileries, se trouvant au ministère de la maison de l'empereur, il reçut la visite de George qui
venait en solliciteuse. C'était l'heure de la garde
montante. Les tambours battaient aux champs.
L'empereur Napoléon III parut au perron des
Tuileries pour recevoir la garde, qui allait prendre

que, pour l'Exposition universelle de 1855, elle avait obtenu la
concession des petits chalets de nécessité. Triste compensation
pour une reine de beauté et de tragédie ! Hélas ! pauvre Clytemnestre ! pauvre Marie Tudor !

Comme il arrive souvent pour les prodigues, elle avait beaucoup
d'ordre matériel, ses livres de dépenses sont admirablement tenus.
Presque chaque jour, on y voit figurer dix centimes pour son tabac
à priser, dont elle faisait une grande consommation, comme toutes
les personnes de son temps.

le service. George s'était mise à la fenêtre, attirée par ce spectacle. Elle se retourna tout émue, avec des larmes dans les yeux. « Ah! dit-elle, j'ai vu cela bien souvent, — autrefois! — sous l'autre! »

« Lorsque je mourrai, avait dit George, je veux être enterrée dans le manteau de Rodogune. »

Elle mourut à Passy, 3, rue du Ranelagh, le 11 janvier 1867. Elle avait quatre-vingts ans. L'empereur prit à sa charge les frais de son inhumation, qui eut lieu au cimetière du Père-Lachaise.

Essayons maintenant de porter un jugement impartial sur le talent et le caractère de la femme et de l'artiste.

Tous les contemporains sont d'accord pour célébrer sa merveilleuse beauté. Avant ses débuts, lorsqu'elle paraissait au balcon de la Comédie-Française, le public applaudissait son entrée. Elle devait se lever pour remercier cette foule d'admirateurs anonymes. Comme le remarque le critique Geoffroy, on songe involontairement à l'enthousiasme des vieillards de Troie, lorsque Hélène passait devant eux avec le prestige radieux de son irrésistible séduction.

Dans les *Belles Femmes de Paris*, Théophile Gautier a consacré à George une de ses plus admirables pages. Il la compare à une Isis des bas-reliefs éginétiques. Il parle de sa bouche superbement dédaigneuse, comme celle de Némésis vengeresse, qui attend l'heure de démuseler son lion aux ongles d'airain. Après avoir dit qu'un de ses bracelets d'épaule ferait une ceinture pour une femme de taille moyenne, il ajoute que ses bras sont très blancs, très purs, terminés par un poignet d'une délicatesse enfantine, et par des mains mignonnes frappées de fossettes, de vraies petites mains royales, faites pour porter le sceptre et pétrir le manche du poignard d'Eschyle et d'Euripide.

Ce merveilleux portrait en dit plus peut-être que les peintures mêmes inspirées par la tragédienne. Le portrait par Lagrenée, dont nous ne saurions fixer la date avec précision, nous montre une Clytemnetre ou une Émilie déjà très robuste, très imposante. Le peintre n'a pas oublié le dessin des bras et la finesse des mains. Il est entendu qu'il ne faut pas parler des pieds, pour ne pas contrarier Napoléon.

Dans le portrait qu'il a fait d'elle (1), Gérard a dissimulé l'embonpoint de son modèle; il l'a aminci, affiné quelque peu. Le portrait n'est qu'un buste, mais la tête a le rayonnement, la majesté douce et le sourire d'une déesse antique.

Dans ses *Mémoires*, Alexandre Dumas, qui fut un peu l'amant de George, nous raconte qu'elle ne

(1) Le portrait de Gérard a appartenu à Vivant-Denon, le spirituel surintendant des musées du premier Empire, et l'auteur de l'adorable conte : *Pas de lendemain*. A la vente qui eut lieu après le décès de Denon, en 1826, le portrait de George fut racheté moyennant un prix dérisoire (2,010 fr.) par le peintre Pérignon. Il appartient à Mme la comtesse de Pourtalès.

dédaignait pas de se montrer sans voiles, en prenant son bain, fière d'offrir aux regards de ses
admirateurs les formes pures de sa nudité marmo-
réenne.

Tout passe, hélas! et le temps inflexible ne res-
pecte guère les chefs-d'œuvre de l'art ou de la
beauté humaine. Une obésité déplorable vint
envahir ce corps de femme, que la perfection de
ses lignes aurait dû protéger. Dans les dernières
années de sa vie, la déesse apparaissait comme
une sorte de mastodonte. La figure seule avait
conservé quelque majesté.

Que fut maintenant le talent de l'artiste? Rien
ne reste malheureusement du comédien ou de la
comédienne. Quelques souvenirs de contemporains, et rien de plus. George fut-elle, comme le
disent M. de Manne et Ménétrier, une artiste médiocre, sans grande originalité, plus faite pour
jouer le drame que la tragédie? Fut-elle, au contraire, l'artiste inspirée, émouvante, sublime,
qu'ont célébrée Victor Hugo et Alexandre Dumas?
Elle interprétait leurs œuvres; ils ont pu, incons-
ciemment, forcer un peu la note de l'admiration.

J'estime que la vérité doit se trouver entre ces
deux appréciations.

A seize ans, George faisait pleurer la vieille
Dumesnil, en lui récitant des tirades de Clytemnestre. Son professeur, Mlle Raucourt, qui était
elle-même une grande tragédienne et une femme

d'esprit, jugeait que le talent de son élève l'appelait à jouer les mères tragiques. En effet, George avait au plus haut point le sentiment familial, plus que le sens de l'amour. Elle a dû être une Clytemnestre, une Mérope, une Idamé magnifiques, si, à son talent tragique on ajoute la beauté de toute sa personne, la vigueur et la puissance de son geste et de sa voix. Lorsqu'elle a abordé le drame romantique, lorsqu'elle y a porté cette fermeté de diction que peut seule donner l'étude de la tragédie, elle a dû être vraiment splendide dans Marguerite de Bourgogne, dans Lucrèce Borgia, dans Marie Tudor. Mais elle n'a jamais dû avoir l'acuité tragique, ni ce que j'appellerai la distinction antique, la ligne plastique, sculpturale de Rachel, ni la grâce souveraine et l'intelligence artistique sans rivale de Sarah Bernhardt.

Définir le talent de George, c'est dire en même temps son caractère. Elle n'a jamais eu d'enfant; mais la maternité était sa vocation. Elle était foncièrement bonne, généreuse, incapable de méchanceté ni de rancune. Pas une ligne amère, pas un mot cruel dans ses mémoires. Il me semble les lui voir débiter avec un sourire aimable et maternel. Victor Hugo a dit, en parlant de la reine Anne : *Elle était fière d'être grasse* (1). Je crois que le mot pourrait être appliqué à George.

(1) Victor Hugo, *l'Homme qui rit.* — Paris, librairie Lacroix, Verboeckoven et Cie, 1869. Tome II, p. 86.

La lettre de Sardou, qu'on trouvera plus loin, constate que, dans ses dernières années de théâtre, elle avait gardé un grand air et une grande noblesse. Retirée ᵒde la scène, elle se négligea, s'alourdit de plus en plus. Elle devint la grosse maman, dont parle Sardou à la fin de sa lettre.

Malgré les récits peut-être un peu embellis de ses relations avec Bonaparte, et malgré sa longue liaison avec Harel, son directeur et son amant, je ne crois pas que George ait été très amoureuse et très sensuelle. On cite parmi ses admirateurs Talleyrand, Murat, le prince de Wurtemberg, Lucien Bonaparte, le roi Jérôme, l'empereur Alexandre Ier, Coster de Saint-Victor, le comte Beckendorf, Jules Janin, Alexandre Dumas, d'autres encore. Mais ce ne furent que des caprices passagers. La liaison durable, c'est celle avec Harel, peut-être parce que, ni d'un côté ni de l'autre, on ne s'était promis une absolue fidélité. Quoi qu'il en soit, je serais disposé à penser que, pour cette nature opulente et paresseuse, l'amour était plutôt une fatigue. George devait aimer mieux se montrer, faire admirer ses charmes, se complaire en d'agréables préludes, plutôt que se donner d'un élan fougueux et passionné. Elle n'avait rien du tempérament de son amie, Marie Dorval, cette enragée d'amour, dont je publierai un jour la correspondance. Celle-là, c'est

Vénus tout entière à sa proie attachée!

C'est l'amoureuse par excellence, c'est la Phèdre du dix-neuvième siècle.

Tout autre était la calme, sereine et plantureuse Marie Tudor. D'une intelligence plutôt moyenne, bonne jusqu'à l'aveuglement, généreuse, répandant autour d'elle tout ce qu'elle gagnait, supportant gaiement la pauvreté, c'était, j'imagine, par laisser-aller, par douceur d'âme, par curiosité d'art antique, plutôt que par passion, qu'elle devait s'abandonner aux caresses d'un amant.

Ses mémoires, pleins de tendresse filiale, de reconnaissance pour l'Empereur et les Bonaparte, d'indulgence pour tous, nous la font aimer. Cette femme, que sa beauté souveraine, ses conquêtes impériales auraient pu rendre vaniteuse et hautaine, n'a jamais su haïr, ni faire du mal à qui que ce fût. C'est un éloge que n'ont pas toujours su mériter les grands artistes. Il y a parfois un peu de férocité chez les dieux, surtout dans l'âme des déesses.

Et maintenant, laissons parler Mlle George.

MÉMOIRES INÉDITS

DE

MADEMOISELLE GEORGE [1]

PREMIÈRE PARTIE

MANUSCRIT ORIGINAL

SA NAISSANCE. — SA FAMILLE

Le *Journal de Bayeux* indique et donne les détails de ma naissance assez originale. Sortie de Bayeux à l'âge de dix mois en compagnie d'une belle et fraîche nourrice normande, nommée Marianne; mon père et ma mère vinrent à Amiens, mon père comme chef d'orchestre, ma mère pour y jouer l'emploi des sou-

(1) George (Marguerite-Joséphine Weimer, dite Mlle). — Née à Bayeux le 23 février 1787. — Débute le 8 frimaire an XI (28 novembre 1802). — Sociétaire le 17 mars 1804. — Partie le 11 mai 1808. — Russie, 1811. — Rentrée le 29 septembre 1813. — Retirée le 8 mai 1817. — Odéon, 1822. — Porte-Saint-Martin, 1831. — Morte à Passy, 3, rue du Ranelagh, le 11 janvier 1867. — Inhumée au cimetière du Père-Lachaise. (Georges MONVAL, *Liste alphabétique des sociétaires de la Comédie-Française, depuis Molière jusqu'à nos jours.* — 1 vol. in-8°, Charavay, 1900.)

brettes, et mon frère Charles qui, à cinq ans, raclait
du violon! Toute petite, on me trouvait, dit-on, assez
bien; ma nourrice, fière de son nourrisson, cédait
facilement aux instances des premières grandes
dames de la ville, qui voulaient avoir tous les jours la
petite Mimi, et la comblaient de petits bonnets, etc.,
la nourrice n'était pas oubliée, ce qui la rendait
très docile, et ne se trouvait nullement fatiguée
d'avoir tout le jour sur les bras son gros enfant!
Arrivée à l'âge de cinq ans, on découvrit en moi
quelques dispositions; j'avais déjà une jolie voix,
j'étais musicienne par instinct. Comment ne l'aurais-
je pas été? mon père Allemand et grand musicien,
mon frère ne s'occupant que de son violon; j'étais
toujours à chanter et à taper une mauvaise épinette
qui me préparait au piano. On faisait peu d'argent
au théâtre, mon pauvre père était désolé; il lui vint
l'idée de m'apprendre à chanter le rôle de Perrette
dans *la Petite Victoire*, opéra en un acte. Il fut si
heureux de voir que sa Mimi s'en tirerait avec succès qu'il mit cet opéra à l'étude; les répétitions
prouvèrent que je m'en tirerais bien, et me voilà
partie et lancée au théâtre!

Heureux début qui versa dans la caisse une
ample moisson, qui vint ranimer le courage de ces
pauvres comédiens, car ma tout enfantine apparition fit un effet si merveilleux que l'on donna
quarante représentations de suite avec salle comble!
Définitivement, j'étais un grand personnage; il était,
au fait, assez curieux de voir cette laitière de cinq
ans, si petite que, pour le pot au lait que je devais
porter sur la tête, ma mère fut obligée de me donner
une tasse, et j'avais, ce qui rendait la chose complè-

tement bouffonne, un Guillot et un Colas grands comme don Quichotte. J'ai toujours conservé mon costume, tant tous les souvenirs de l'enfance me sont chers. Hélas! pourquoi sont-ils si doux et si tristes à la fois?

Mon frère, à l'âge de dix ans, tenait sa partie à l'orchestre comme second violon. Ah! nous étions tous au travail. Mon père ne négligeait point notre éducation : pour moi, maître de piano; pour mon frère et moi, maître de langues, de dessin, d'histoire et de danse, s'il vous plaît. Rien ne fut épargné pour suffire à toutes les dépenses. Mon père faisait un peu de commerce; on l'aimait, on l'estimait, et on lui facilitait tous les moyens pour élever avec honneur sa petite famille. Pauvre père! Combien de fois a-t-il passé des nuits à copier de la musique! Il arrivait ainsi à apporter un peu d'aisance dans sa maison, et ma chère toute petite mère, qui était si glorieuse de ses enfants, nous tenait avec un soin et une propreté exemplaires. J'étais très exacte pour mes leçons. Comme directeurs, nous avions notre appartement, je veux dire nos chambres, au théâtre; et, tout en prenant mes leçons, j'entendais l'orchestre, et malgré les réprimandes de mon maître, je courais me dilater dans une loge. Ma bonne Marianne venait, furieuse, m'enlever mon bonheur en me menaçant de le dire à maman, que je craignais plus que mon père. On avait beau me dire que l'on ne voulait pas me mettre au théâtre, que c'était un métier atroce, que l'on m'avait fait jouer pour m'amuser, qu'il n'y fallait plus songer : peine inutile! j'adorais le théâtre, voilà. On vit bien que c'était ma vocation, on céda! On me fit donc jouer

dans les opéras, dans la comédie, dans les vaude-
villes. Il venait souvent des artistes en représentation à Amiens : Mme Dugazon, du théâtre de l'Opéra-
Comique (Feydeau alors) elle joua *Nina ou la Folle
par amour*, ce rôle qui lui fit une si grande réputation et si méritée; c'était bien ce qu'il y avait de plus
touchant au monde. Elle avait à lutter contre son
physique, à cause de son embonpoint; sa figure
était charmante et remplie d'expression, ses yeux
ravissants. Elle était sœur de notre Dugazon (1), du
Théâtre-Français.

Elle joua *Camille ou le Souterrain;* moi, son fils
Adolphe, en petit habit de gros de Naples blanc,
écharpe rose, mes grands cheveux tombant en tire-
bouchons sur mes épaules. J'étais très gentille; je
séduisis Mme Dugazon, qui était la plus excellente
et la plus spirituelle femme qu'on pût voir, bonne,
simple, ne parlant jamais de son immense talent :
les grands et véritables artistes sont vraiment toujours modestes, et remarquez qu'ils ne vous entre-
tiennent jamais de leurs succès.

Une fois, mon père me dit — j'avais peut-être dix
ans : « Ma fille, ma bonne Mimi (pauvre père, mon
bon Allemand, va! mais nous avons eu le malheur
d'avoir un *père Allemand pure race*; sans cela, qui
sait? nous aurions peut-être des hôtels), reste à la
cassette une heure seulement; ta mère joue dans la

---

(1) Dugazon (J.-B.-Henri Gourgaud, dit). — Né à Marseille le
15 novembre 1746. — Débute le 29 avril 1771. — Sociétaire le
10 avril 1772. — Passe au théâtre de la rue Richelieu en avril
1791. — Réunion générale de 1799. — Mort, encore au théâtre,
à Sandillon (Loiret), le 10 octobre 1809. (Georges MONVAL, *Liste
alphabétique des sociétaires*, etc.)

première pièce. Prends le manchon de ta mère, tu aurais froid ! Vois bien tout ce qui se passe. — Oui, papa ! » — Me voilà installée à la cassette ; pourquoi ? » pas pour recevoir d'argent. Un temps affreux avant le spectacle, une neige horrible, et, en province où les équipages sont plus que rares, on ne vient guère au théâtre ! Pourtant, il arrive quelques personnes, et deux ou trois misérables suppléments. Je m'ennuyais, j'avais faim. Je mets les 15 sols de supplément dans mon manchon et j'envoie une nommée Fanchonnette, qui tenait un poste à côté de moi, chercher six chaussons tout chauds ; je régale tout le monde ! Mais, le public absent, mon père arrive quand les chaussons viennent d'être dévorés, oh ! ciel ! et me dit : « Ma bonne Mimi, on ne jouera pas ; il faut rendre l'argent. » Rendre l'argent ! plutôt les chaussons que nous avions encore dans la gorge ! « Ah ! mon Dieu ! cela sera bien mal ; tu te feras du tort. Ne fais pas cela, crois ta Mimi. » Pendant ce petit dialogue, où je tremblais de tous mes membres, oh ! bonheur ! le temps se calme, et il arrive, il arrive du monde, et l'on joue. Voyez comme l'innocence fut protégée ! La leçon fut bonne ; pourtant j'avouai ma faute à mon père en lui disant : « Mais j'avais ma petite *poquette*, papa, et je t'aurais remboursé. C'est une faute, c'est une gourmandise. »

J'avais beaucoup d'amour-propre pour ma petite mère. J'aimais à la voir bien mise ; je n'avais guère à souhaiter de ce côté, elle était très soigneuse, très recherchée, et même assez coquette, ma petite mère ! Très gentille du reste, pas jolie, mais des cheveux qui touchaient presque à terre, des bras et des mains charmants, une poitrine et des épaules

d'une blancheur éblouissante. On pouvait dire :
« C'est une charmante petite femme! » Une petite
femme très fière; on voyait bien qu'elle était née
pour un sort plus brillant, ma pauvre maman. Elle
était tombée à un homme excellent, et qui souvent
riait avec ma mère de ses grands airs : « Madame la
comtesse veut-elle permettre à un roturier de lui
offrir le simple bouquet de roses? » Donc, pour voir
ma mère très bien mise dans un rôle (je ne me rappelle plus dans quoi) où il fallait fleurs et rubans, je
fis emplette de fleurs et rubans : « Je vous payerai
cela sur mes petites économies! Ne dites rien
à maman. C'est une surprise que je lui fais! —
« Maman, tiens, comme c'est joli. C'est sur mes économies que je te fais ce présent! » Maman eut l'air de
le croire en se disant : « Je payerai sur les économies de ma fille! » La pièce passée, je dis : « Bah!
on attendra, » et, à mesure, je puisais dans mon
boursicaut pour acheter macarons et chaussons;
quand je passais devant les marchands : « Eh!
Mimi! quand viendrez-vous donc? — Demain, madame. » Et demain n'arrivait jamais. Je n'osais plus
sortir. Un jour, mon père me dit : « Tu as pris tes
leçons? — Oui, papa. — Eh bien! ma fille, porte-
moi vite cette lettre à la poste. » Il fallait passer devant les marchands; je faisais des détours incroya-
bles. Je finis par tout avouer à mon père en lui disant :
« N'en parle pas à maman. Voici ma belle chaîne en
cuivre. Vends-la et paye pour moi. C'est par amour-
propre pour ta femme que j'ai fait cela; tu me le par-
donneras. » Mon bon père, est-ce que je n'étais pas
son idole? Aussi, je l'ai rendu le plus heureux possible! N'est-ce pas, mon bon papa? Tu es là-haut; dis,

tu n'as jamais eu un reproche à faire à ta Mimi!

Ceci n'est point gaminerie. Je vous ai déjà dit que mon père nous donnait tous les maîtres possibles. C'est donc notre faute si nous n'en avons pas profité. J'étais très forte sur le piano, mais j'étais si craintive que, quand mon père me disait : « Metstoi là, joue-nous quelque chose, » je me coupais le bout des doigts pour les faire saigner. Ce n'était pas méchanceté, c'était vraiment la peur qui était plus forte que moi ; et pourtant il est arrivé souvent que, dans les entr'actes, mon père me faisait exécuter des sonates, mon frère m'accompagnant sur le violon.

On m'entourait, on m'embrassait. « Tu as été bien gentille, Mimi. » Ma mère, qui jouait dans *Paul et Virginie*, disait : « Elle est mieux dans les grandes actions, elle me fait pleurer en scène ; dans les chose *gaies*, elle est triste et ennuyeuse ! » Va pour le pathétique ; puis, ces jours-là, on me régalait de bonnes petites tartes. Ah ! que tous ces détails étaient amusants ! Heureux temps ! Charmante joie de l'enfance : combien je vous ai regrettée ! Nous n'étions pas riches, mais nous étions si heureux ! Toute la famille s'occupait ; pouvait-on s'ennuyer jamais? Mon père, ma mère avaient l'estime de tout le monde. Nous étions admis dans les premières sociétés. Pas une fête, pas un bal sans les enfants de Mme George. C'était si divertissant! Songer à une autre existence eût attristé nos cœurs. Mais je dis : « Hélas! » Oui, hélas! Mlle Raucourt (1),

(1) Raucourt (Françoise-Marie-Antoinette-Josèphe Saucerotte, dite Mlle). — Née à Paris, rue de la Vieille-Boucherie, le 3 mars 1756. — Élève de Brizard, de Mlle Clairon. — Débute le 23 décembre 1772. — Partie le 28 mai 1776 (Russie). — Rentrée le

ma vie d'enfance que je croyais éternelle va finir; ici va commencer une existence brillante, ambitieuse, tourmentée! Artiste de Paris, au premier théâtre du monde! C'est beau et souvent bien triste! Adieu, mon Amiens; adieu, mes promenades sur l'eau, mes danses joyeuses avec mes petites diablesses de camarades. Je reviendrai. — Vous me reverrez, sans doute, élégante; j'arriverai au théâtre en équipage; vous vous presserez tous pour revoir votre petite Mimi. — Eh bien, croyez-le, mes chères amies, la petite Mimi n'oubliera jamais et aimera toujours sa robe d'indienne et ses beaux bas bleus avec les coins d'un bel orange.

Mlle Raucourt était belle, mais très imposante; elle me causait une peur effroyable. Je fuyais quand je l'apercevais. Elle me remarqua sans doute, car elle dit à mon père : « Faites donc approcher votre belle petite sauvage! » Alors je n'ai pu l'éviter, me voilà face à face.

Mlle Raucourt était toute gracieuse, quand elle le voulait bien. Elle prit son air aimable et me demanda si j'aimais la tragédie : « Moi, madame, non; je la déteste. — Ah! ma chère, c'est peu encourageant pour ce que j'ai à vous demander. — Quoi, madame? — Il faut, mon enfant, me jouer Aricie, dans *Phèdre!* — Je le veux bien, madame, si maman le permet. » Aricie, le petit matelot, ou Blaise et Babet, pour moi, je n'y voyais pas grande différence.

28 août 1779. — Reçue le 11 septembre suivant. — Réunion générale du 30 mai 1799. — Directrice d'une troupe française en Italie. — Morte à Paris, rue du Helder, le 15 janvier 1815. — Ses obsèques font scandale à Saint-Roch. — Inhumée au cimetière du Père-Lachaise. (Georges MONVAL, etc.)

Je jouais donc Aricie; le costume grec se mariait assez à ma figure, à ma taille. Mlle Raucourt me trouva quelques intentions tragiques, en vérité. Comment les avais-je? je l'ignore. Ce premier essai fut trop bien pour mon repos, car elle me fit encore jouer Élise, dans *Didon*. Mon physique lui parut assez tragique pour porter peut-être un jour la couronne. Enfin, Mlle Raucourt était chargée par le ministre de chercher une jeune fille dont elle se chargerait comme élève pour la remplacer, s'il était possible. — Le ministre ferait une pension de douze cents francs jusqu'au jour de ses débuts.

Croyant avoir trouvé en moi cette élève, elle pria mon père de passer chez elle, lui dit ses projets sur moi; tout fut conclu. Ma mère, comme de raison, m'accompagnerait, ma bonne nourrice et ma petite sœur. J'étais enrôlée. Que d'adieux à tous mes bons Amiénois, que de larmes! Comme j'étais un personnage, on me fit faire mes adieux par une représentation extraordinaire : *Adèle ou la Chaumière*. On se porta en foule au théâtre, et je vous demande si la pauvre petite Mimi a été fêtée. A cette époque, il n'était guère d'usage de redemander, ni de jeter des bouquets; j'eus tous les honneurs, fleurs, redemandage et quantité de boîtes de bonbons. Ce qui me toucha infiniment, les dames m'envoyèrent des petits bijoux très gentils. Tout fini, on s'occupa des préparatifs de départ; ma bonne petite maman renonçait, pour le bonheur futur de sa fille, à son état; mon père se séparait de nous pour la première fois, parti bien douloureux à prendre. Enfin, trois jours après, nous voilà embarqués pour Paris dans un grand berlingot, que par amour-propre on appelle

berline! Nous voilà, père, mère, nourrice et sœur.
Deux grands jours en route pour faire trente lieues.
Nous descendîmes dans un petit hôtel fort modeste,
comme vous pensez bien, rue de Thionville, *hôtel
Thionville*, aujourd'hui rue Dauphine.

Arrivée à Paris. — Le Théâtre-Français sous le Consulat. — Les
   études avec Mlle Raucourt, Mlle Duchesnois, Mlle Clairon,
   Mlle Dumesnil. — Les débuts.

Le lendemain, notre premier soin fut de nous
rendre chez Mlle Raucourt, qui alors habitait aux
Champs-Élysées, au bout de l'allée des Veuves, la
Chaumière, qui primitivement avait appartenu à la
célèbre et belle Mme Tallien ; maison couverte de
chaume, mais délicieusement coquette et d'une élégance des plus recherchées au dedans. Mlle Raucourt
nous fit une réception toute maternelle ; il y avait
près d'elle Mme de Ponty qu'elle ne quittait jamais,
petite femme charmante ; sa mère, nous l'avons su
depuis, était une dame d'atours de Marie-Antoinette.
A la Révolution, Mme de Ponty fut mise en prison
en même temps que Mmes Raucourt, Contat, etc. (1).
C'est dans cette triste demeure qu'une liaison
d'amitié s'établit entre Mmes de Ponty et Raucourt,
liaison qui n'a fini qu'à la mort de Mlle Raucourt.

On me donna Émilie, de *Cinna*, à apprendre. Nous
voilà tous trois revenant à pied, bien entendu, très
enchantés, mes parents surtout. Moi, je n'étais pas si

(1) Contat aînée (Louise-Françoise, épouse du marquis de
Parny-Deforges). — Née à Paris le 16 juin 1760. — Débute le 3 février 1776. — Reçue à l'essai le 26 mars 1777. — Sociétaire
le 3 avril 1777. — Retirée le 6 mars 1809. — Décédée à Paris,
56, rue de Provence, le 9 mars 1813. — Inhumée au Père-
Lachaise. (Georges MONVAL, *Liste alphabétique des sociétaires,* etc.)

émerveillée que cela. Je songeais toujours à Amiens, à mes opéras ! Me voici à étudier cette grande figure, Émilie ! Ah ! mon Dieu, maman, qu'est-ce que toutes ces grandes tartines-là ! Mais je n'y comprends rien, mais je ne pourrai jamais dire cela, moi.

Ne pouvant rester à l'hôtel, quelque modeste qu'il fût, nous cherchâmes un appartement, pardon ; je voulais dire une chambre : nous en trouvâmes une. *Hôtel du Pérou* (le titre était séduisant), rue Croix-des-Petits-Champs. Une grande chambre, ma foi, donnant sur de belles gouttières ; un petit cabinet pour ma bonne nourrice et ma petite bebelle ! Mais mon bon père fut obligé de nous quitter, et alors que j'ai maudit mon heureuse destinée ! Mon père éloigné de nous, il me semblait que nous étions abandonnés, seuls, au milieu de tout le monde inconnu et sans doute bien indifférent.

Adieu, mon bon papa : ne nous laisse pas trop longtemps sans toi ; tu sais bien que cela ne peut pas être. Ah ! la famille ! Comment former d'autres souhaits que celui d'être toujours réunis ! Pour moi, le sentiment de famille a toujours prévalu ; des caprices, des passions, si vous voulez. Dans les étourdissements de la vie, on dit : « Oui, je sacrifie tout, je quitterai tout ! » Mensonges ! On quitte tout, on oublie tout ; jamais sa famille.

Le lendemain de ce triste départ, nous prenons, ma mère et moi, le chemin de la Chaumière ; trajet très long pour ma mère, petite comme notre charmante Anaïs. J'allais prendre ma première leçon : la route était longue de la rue Croix-des-Petis-Champs à l'allée des Veuves ; elle me parut trop courte, tant ma frayeur était grande. Mlle Raucourt me fit lire

Émilie; elle me le lut ensuite... C'était bien certainement une grande artiste très savante; mais, pour une jeune fille, la voix un peu rauque et très peu harmonieuse ne me séduisit point. Je croyais qu'il fallait, si je voulais parvenir, prendre cette voix, et j'y trouvais une impossibilité qui me désolait. « Attendons, dis-je à ma mère; je verrai peut-être plus clair. » On nous donne nos entrés au Théâtre-Français. Ah! je suis heureuse : je vais voir comment les autres ont une voix! Nous voilà toutes deux au balcon; on jouait *Andromaque :* Larrive(1), Saint-Phal (2), Mlle Fleury (3), Mlle Vanhove (4),

(1) La Rive (Jean Mauduit, dit de). — Né à La Rochelle le 6 août 1747. — Troupe Montansier, Tours, Lyon. — Débute le 3 décembre 1770. — Reçu à l'essai le 1er janvier 1771. — Parti en octobre 1771. — Province. — Rentré le 29 avril 1775. — Sociétaire le 18 mai suivant. — Retiré le 13 juin 1788. — Rentré comme acteur libre en 1790. — Mort à Montlignon, près de Montmorency, le 30 avril 1827.

(2) Saint-Fal (Étienne Meynier, dit). — Né à Paris, rue Saint-Séverin, le 10 juin 1752. — Comédie bourgeoise, troupe de la Montansier, Hollande, Lyon, Bruxelles. — Débute le 8 juillet 1782. — Sociétaire le 25 mars 1784. — Réunion générale du 30 mai 1799. — Retraité le 1er avril 1824. — Mort à Paris le 22 novembre 1835.

(3) Fleury (Marie-Anne-Florence-Bernarde Nones, dite Mlle, épouse du Dr Chevetel). — Née à Anvers le 20 décembre 1766. — Débute le 23 mars 1784. — Nouveau début le 23 octobre 1786. — Sociétaire le 5 avril 1791. — Réunion générale de 1799. — Retraitée le 1er avril 1807. — Décédée à Orly, près de Choisy-le-Roi, le 23 février 1818.

(4) Talma (Charlotte, dite Caroline *Vanhove*, femme Petit, puis épouse de *Talma* (1802) et du comte de Chalôt (1828). — Née à La Haye (Hollande), le 10 septembre 1771. — Rôles d'enfant (1777). — Débute le 8 octobre 1785. — Sociétaire le 25 décembre suivant. — Réunion générale du 30 mai 1799. — Retraitée le 1er avril 1811. — Morte à Paris le 11 avril 1860. — Inhumée au cimetière du Mont-Parnasse. (Georges MONVAL, etc.)

depuis Mme Talma. Toute navrée et tout ignorante
que j'étais, j'oserai dire que je fus peu frappée de
Larrive, dans le beau rôle d'Oreste. Le public, toujours oublieux et ingrat, traita mal ce talent naguère
si entouré d'hommages. Larrive, élève de la fameuse
Clairon (1), finit mal cette carrière parcourue avec
tant d'éclat; il n'eut pas l'esprit de se retirer à
temps. C'était chose triste de voir le spectacle!
Larrive sifflé sans pitié. Point de souvenirs à invo-
quer... « Le public ne veut plus de vous; allez-
vous-en, vous qui m'avez fait passer des soirées si
émouvantes; je ne veux plus vous entendre, je ne
me souviens plus. Allez-vous-en, le cœur brisé,
l'amour-propre humilié. Ceci ne nous regarde plus.
Allez-vous-en!.... » Ah! le vilain métier!

Mlle Fleury, dans Hermione. Physique ingrat, pas
de moyens, mauvaise tenue, quelque chose de pauvre
dans toute sa personne; mais une voix agréable,
beaucoup de cœur et de chaleur, disant admirablement bien. Avec toutes ces qualités, elle avait plus
à lutter qu'une autre : la première apparition lui
était défavorable; mais, à mesure qu'elle parlait, on
ne pouvait rester froid; elle entraînait; elle ne lar-
moyait pas, elle pleurait bien. Hermione ne s'harmo-
nisait pas avec ces qualités; il y a dans ce rôle trop
d'effets hardis pour un talent suave plutôt qu'impétueux. Elle pouvait être victime, mais ne pas en faire.

(1) Clairon (Claire-Josèphe-Hippolyte Leris de la Tude, dite
Mlle). — Née à Condé sur Escaut le 25 janvier 1723. —
Débute au Théâtre-Italien le 8 janvier 1736. — Opéra (mars 1743).
— Admise le 22 octobre 1743. — Sociétaire le 29 novembre 1743.
— Retirée le 31 mars 1766. — Morte à Paris, rue de Lille, le
9 pluviôse an IX (29 janvier 1803). — Transférée du cimetière
de Vaugirard au Père-Lachaise en 1838. (Georges MONVAL, etc.)

Mlle Vanhove, dans Andromaque : physique distingué, sentimentale, voix très touchante, mais peut-
être un peu monotone; du talent sans doute, du
charme, mais jamais de grands effets dans la tragédie surtout, le drame convenant mieux à son
talent mélancolique.

Saint-Phal, chaleureux, très, trop chaleureux;
diction saccadée qui, toute jeune que j'étais, me
parut, pardonnez-moi le mot, un peu rococo.

Voilà, pour la tragédie, ce que je vis pour la première fois! L'épreuve nouvelle ensuite! Ah! mademoiselle Mars, comme je vous sentis tout de suite!
Quelle ingénuité! Que je fus émue! Qu'elle me parut
ravissante! Des yeux si expressifs, si veloutés; les
sourires envahissants; cette vraie ingénuité qui ne
baissait pas les yeux, qui ne faisait pas la modeste :
elle ne comprenait pas! Cette salle tout entière
attachée sur elle, ces rires qu'elle excitait par cette
naïveté honnête et séduisante! Ah! ma chère Mars,
jamais on n'atteindra cette perfection, vous en avez
emporté le secret dans la tombe : elle restera bien
scellée. Vous avez eu vos détracteurs, admirable
actrice, mais en quittant cette terre, vous avez dû
dire : « Cherchez, vous ne trouverez pas. »

Je me laisse aller à mes souvenirs; revenons à
mon ignorance.

Michot (1), dans le paysan de *l'Épreuve*, quel

_____

(1) Michot (Antoine Michaut, dit), beau-frère de Pigault-Le-
brun. — Né à Paris, rue Jacob, le 12 janvier 1765. — Débute
le 15 mai 1790 (Palais-Royal); Théâtre de la République (1792-93);
Feydeau (1798). — Sociétaire à la réunion générale de 1799. —
Retraité le 1er avril 1821. — Inhumé au cimetière de Montmartre,
avenue de la Croix. (Georges Monval, etc.)

naturel! C'était un acteur bien remarquable, la nature prise sur le fait, une bonhomie, un entrain! On adorait le talent. Comme il jouait Onus, des *Deux frères*, Kœpp dans *la Jeunesse d'Henri V*, et le vieux domestique dans *le Philosophe sans le savoir*, rôle qui paraît un accessoire, et qui, avec lui, devenait important! Puis cet homme faisait pleurer et rire en même temps. Eh bien! à peine a-t-il laissé un souvenir. Que cette carrière est bizarre!

Dugazon, dans le comique. Ah! celui-là était un véritable comique. Impossible de ne pas rire franchement. Il était bien amusant.

Fleury (1), qui jouait Lucidor, rôle assez compère des autres personnages ; mais avec lui on croyait que c'était un bon rôle. Cette pièce était assez bien montée, je pense ; aussi, quel succès avait le petit acte! c'était un feu roulant. J'étais, en sortant de cette soirée, folle de la comédie. La tragédie! ah! j'en voulais peu, je vous proteste.

La seconde fois, je vis *l'Orphelin de la Chine*. Ce fut la dernière représentation de Larrive qui, cette fois, fut affreusement traité, bafoué même. Il perdait la mémoire, le pauvre! Il ne savait plus ce qu'il faisait. Ce spectale faisait mal. Mlle Raucourt, dans le rôle d'Idame : c'est de la maternité au plus haut degré. Et Mlle Raucourt était plus elle-même dans les rôles savants, elle avait le costume exact.

(1) Fleury (Abraham-Joseph Bénard, dit). — Né à Chartres le 27 octobre 1750. — Théâtre de Lyon (1765). — Débute le 7 mars 1774. — Retourne en province. — Nouveau début le 20 mars 1778. — Sociétaire le 12 mai suivant. — Réunion générale de 1799. — Retraité le 1er avril 1818. — Mort à Valençay (Loiret) le 3 mars 1822. — Inhumé au cimetière d'Orléans. (Georges MONVAL, *Liste alphabétique des sociétaires*, etc.)

C'était bien fait; elle ressemblait trop à Jameti; on ne distinguait vraiment pas le sexe.

Je vis enfin le beau Lafont, l'acteur en grande vogue, dont les débuts avaient été si brillants que Talma (1) en conçut quelques inquiétudes. Orosmane, c'était plutôt un joli homme : des traits très délicats, le nez un peu en l'air, de petits yeux noirs, mais très brillants et fins, de l'élégance dans toute sa personne, bel organe, parlant bien amour, des larmes, de l'enthousiasme, une chaleur très entraînante, jeu très éclatant, mais point de profondeur, peu de composition; c'était un feu d'artifice qui éblouissait, qui produisait des applaudissements très chaleureux. Lafont plaisait beaucoup aux femmes; son genre de talent séduisait avec juste raison. Il était vraiment ravissant dans Tancrède, le Cid, Orosmane. L'amour, il l'exprimait au mieux; il avait ces qualités et son succès dans le genre chevaleresque était bien légitime et mérité. La sensible Mlle Volnais (2) venait aussi de terminer ses

---

(1) Talma (François-Joseph), époux de Julie Carreau (1790), et de Caroline Vanhove (1802). — Né à Paris, rue des Ménestriers (paroisse de Saint-Nicolas-des-Champs), le 15 janvier 1763. — Élève de l'École de déclamation (1786). — Débute le 21 novembre 1787, par Séide, de *Mahomet*. — Sociétaire le 1ᵉʳ avril 1789. — Théâtre de la rue de Richelieu (avril 1791). — Réunion générale du 30 mai 1799. — Mort à Paris, rue de la Tour-des-Dames, le 19 octobre 1826. — Inhumé au cimetière du Père-Lachaise.

(2) Volnais (Claudine-Placide Croizet-Ferreire, dite Mlle), épouse Philippe Roustan, du Vaudeville (1822). — Née à Paris, rue Neuve-Saint-Eustache, le 4 mai 1786. — Débute à Versailles le 4 mai 1801. — Débute à Paris le 7 du même mois. — Sociétaire en 1802. — Retraitée le 1ᵉʳ avril 1822. — Morte en son château d'Ormes-le-Guignard, près Vendôme, le 16 juillet 1837. (Georges Monval, *Liste alphabétique des sociétaires*, etc.)

débuts, qui avaient eu quelque retentissement dans les Palmire, les Zaïre, etc. C'était une jolie personne, des yeux noirs magnifiques, un peu courte de sa personne, une tournure un peu empâtée; mais sa tête était théâtrale. Son organe n'était pas ce qu'elle avait de mieux : il était lourd et sourd. Elle pleurait beaucoup : à cette époque, toutes nos premières étaient par trop sensibles. C'était le désespoir de Talma; il avait bien raison.

Enfin voici Talma. A cette époque, il était un peu à l'index; le brillant Lafont lui causait des tourments. Le Premier Consul, qui aimait beaucoup Talma, — il savait aimer, — lui dit : « Je ne suis pas fâché, mon cher, des petits ennuis que vous cause le beau Lafont. C'est un stimulant dont vous aviez besoin. Vous dormiez, il va vous réveiller. » C'est Talma qui m'a raconté cette anecdote.

Talma dans *Iphigénie en Tauride*. Je ne sais pas s'il dormait, mais, ce jour-là, son réveil fut terrible. Voilà de la belle tragédie. Que d'émotions! quelle figure, mon Dieu! quelle fatalité sur cette tête! quel talent qui vient vous remuer dans les entrailles! que de terreurs! que de véritables larmes mélancoliques et déchirantes! Toute cette figure se décompose, toutes les fibres tremblent. Il pâlit, et c'est une pâleur livide et suante. Où va-t-il chercher ses effets terribles? C'est du génie, et c'est vrai. On voit Oreste, on s'identifie avec lui, on éprouve tout ce qu'il éprouve. Ah! ce n'est pas de la diction. Est-ce que la passion peut avoir de la diction? est-ce que les hallucinations d'Oreste peuvent avoir de la diction? Non. Talma, c'est le *sublime*. C'est toutes les passions poétiques et humaines incarnées dans cet homme.

Ah! Talma, si tu pouvais sortir de ton linceul, on viendrait des quatre coins du monde pour t'entendre même de l'Amérique où l'on n'aime pas, dit-on, la tragédie. Pauvre tragédie, où es-tu? qu'es-tu devenue?

Il parlait la tragédie, lui : il ne causait pas, ce qui est différent. Ce n'était pas du Marivaux : c'était bien Corneille, Racine. Je sortis malade après cette ineffable soirée. Saisie, haletante, je repris avec ardeur mes études, tout en me disant : « Impossible! Comment peut-on faire pour arriver là? Essayons, sans espoir. Courage, pauvre petite fille! Toute la famille attend. Si tu réussis, tu les rendras heureux. Courage donc. Oui, j'en aurai, je travaillerai! »

Je vois enfin Mlle Contat, cette grande dame de la cour, cette magnifique insolence, ces grandes manières, ce ton leste, cette aisance sans façon, le laisser-aller sans minauderies, cette comédie si spirituelle, le sourire enchanteur, cette gaieté franche du grand monde. Mlle Contat! Me voici à toutes mes jeunes et premières impressions! Laissez-moi vous les dire, chers acteurs, et ne m'accusez pas : il n'y a point de parti arrêté. Mes impressions, mes sensations, voilà tout. Toute jeune fille que j'étais, je ne trouvais pas tout magnifique, ne le pensez pas : seulement, je suis bien convaincue que ce qui était beau le serait aujourd'hui, devant ce public que l'on accuse; que ce qui est mauvais le serait aujourd'hui. Il y avait des acteurs bien ridicules. Molé (1), dans *le Vieux Célibataire*, Mlle Contat,

(1) Molé (François-René). — Né à Paris, dans la Cité, rue Saint-Louis, le 24 novembre 1734. — Débute le 7 octobre 1754. — Lyon, Toulouse, Marseille. — Nouveau début le 28 janvier

c'était du merveilleux. Fleury, si fin et de si bonne
compagnie dans les impertinences, ses goguenar-
deries, son rire si moqueur; puis Dugazon, Dazincourt (1) et Mlle Devienne (2), femme de chambre
véritablement; cette chatte si maligne, si familière
avec sa maîtresse, mais toujours parfumée et me-
surée. La mise d'alors était très charmante et très
simple et coquette pour les soubrettes : toujours de
jolis bonnets, jamais en cheveux, des manches
longues, à coude, la poitrine couverte de mouchoirs garnis et qui laissaient deviner tout, mais
qu'on ne voyait pas, ce qui ne manquait pas de
charme; de charmants tabliers garnis, toujours des
gants. Tout cet ensemble était fort élégant, je vous
assure.

*
* *

Je poursuivais mes études avec rage; on commençait à s'occuper de moi : quand j'arrivais à ma
modeste place du balcon, il se faisait un léger mou-

1760. — Sociétaire le 30 mars 1761. — Parti le 1ᵉʳ septembre 1791.
— Membre de l'Institut (1795). — Réunion générale de 1799. —
Mort à Paris, rue Cormeille, 1, le 20 frimaire an XI (11 décembre
1802). — Inhumé dans sa propriété d'Antony (Seine).

(1) Dazincourt (Joseph-J.-B. Albony dit). — Né à Marseille le
11 décembre 1747. — A Bruxelles (1772). — Débute le 21 novembre 1776. — Sociétaire le 23 mars 1778. — Mort à Paris,
24, rue de Richelieu, le 28 mars 1809. — Inhumé au cimetière
Montmartre.

(2) De Vienne (Jeanne-Françoise-Sophie Thévenin, dite Mlle),
femme Gévaudan (1809). — Née à Lyon le 21 juin 1763. —
Débute le 7 avril 1785. — Reçue le 12 novembre suivant. —
Théâtres Montansier et Feydeau. — Réunion générale de 1799. —
Retirée le 1ᵉʳ avril 1813. — Morte à Paris le 20 novembre 1841.
(Georges MONVAL, etc.)

vement dans la salle, qui déjà me troublait : « C'est
l'élève de Mlle Raucourt; elle lui donne des leçons
pour la remplacer. — Vraiment! mais elle est trop
jeune! » Puis toutes les lorgnettes se braquaient
sur moi! J'étais rouge comme une cerise, je n'osais
plus bouger. Plus tard, on m'applaudissait; quand
j'étais placée, tout le parterre se soulevait. A cette
époque, on s'occupait beaucoup du théâtre, et surtout du Théâtre-Français, que l'empereur aimait
tant et où il venait souvent. Ensuite, c'était un événement que le début d'une élève de Mlle Raucourt.

En entendant les applaudissements, je croyais
qu'on se moquait de moi; j'avais honte, et, les
larmes aux yeux : « Mais, maman, j'ai donc quelque
chose de ridicule? — Eh! non. Mais salue donc! »
Ah! véritablement, j'étais au supplice.

Je devais naturellement assister aux représentations de Mlle Raucourt, et, après la tragédie, me
rendre dans sa loge; c'était de rigueur à cette
époque. On avait beaucoup de respect et de déférence pour les grands talents. Ce n'était ni le respect ni la déférence qui devaient me guider; plus
que cela : la reconnaissance m'imposait un devoir
que je remplissais avec joie et bonheur! Il y avait
toujours nombreuse société dans cette loge; il fallait être présentée à chaque personne. J'étais très
timide : « Allons, mon enfant, montrez-vous donc.
Otez ce vilain chapeau, qu'on vous voie! » J'avais
fait une grande maladie avant mes débuts, qui
avait causé la perte de mes cheveux; on fut obligé
de me raser la tête! Mlle Raucourt avait l'affreuse
fantaisie de me montrer dans cet état; elle s'amusait de ma honte, elle me trouvait superbe comme

cela... J'étais affreuse. Ah! que je la maudissais de son admiration pour ma tête rasée!

Cette bonne Mlle Raucourt était assez paresseuse pour les leçons, et je l'ai bien compris depuis. A Paris, me consacrer une heure tranquille était chose difficile. Dix fois, vingt fois, on venait l'interrompre : Mgr le prince d'Hénin, Mme de Talleyrand, Mme Tallien; et puis, et puis, cela n'en finissait pas! « Prince, vous allez entendre mon élève. Mon enfant, mets-toi là; répète bien. » L'enfant était de fort mauvaise humeur et tremblait comme la feuille, mais il fallait obéir.

Nous étions pauvres, très pauvres. Mon père faisait d'assez tristes affaires à Amiens. Mon frère était venu nous retrouver à Paris pour prendre des leçons de Kreutzer.

Il avait pour écoliers les enfants de l'ambassadeur de Hollande. Pauvre frère, il nous donnait à peu près ce qu'il gagnait! Mon père ne pouvait guère nous envoyer d'argent; il nous expédiait des caisses de légumes, des vêtements. Ma nourrice allait laver notre linge à la rivière. Ah! temps charmant et cruel! Les études allaient lentement. Mlle Raucourt, occupée toute par son théâtre, par des visites sans nombre, par des distractions, était peu disposée à s'ennuyer avec son élève. Elle avait à deux heures d'Orléans une habitation ravissante : La Chapelle, qu'elle venait d'acquérir. Elle en était folle; elle y faisait des voyages trop fréquents pour mes études. Mme de Ponty, qui demeurait avec elle, était une personne excellente qui me portait un intérêt sérieux, grondait, se fâchait contre la paresse de mon professeur : « Mais, Fanny, à quoi songez-

vous donc? Cette pauvre petite ne débutera jamais,
au train dont vous y allez. Il faut en finir. Je n'aime
pas la campagne, mais, par amitié pour Mme George
et pour la petite, je me décide à partir pour La Chapelle : je les emmènerai. Là, au moins, nous vous
tiendrons et n'accepterons plus vos mauvais pré-
textes. » Cette chère petite femme se sacrifiait pour
nous.

C'était une personne très distinguée que Mme de
Ponty, fille d'une première dame d'atours de la reine
Marie-Antoinette. La Révolution la ruina complètement. Elle fut enfermée et fit la connaissance de
Mlle Raucourt en prison, où Mlle Contat, Mlle Vanhove étaient aussi. De là cette liaison intime entre
Mlle Raucourt et Mme de Ponty, petite femme,
petite-maîtresse, spirituelle, gracieuse, qui prit un
grand ascendant sur Mlle Raucourt, qui la gâtait
comme un enfant.

Elle avait un caractère très arrêté, Mme de Ponty.
Cette petite femme si frêle, elle aimait bien, quand
elle aimait; elle défendait ses amis quand on les
attaquait. Elle avait un noble et courageux caractère; c'était une loyale femme, à laquelle on pouvait se fier. Ses goûts étaient peu d'accord avec
l'existence qu'elle avait acceptée; elle avait tout
perdu : la nécessité entraîne... Comment satisfaire
à ses habitudes de grande dame sans la main amie
que Mlle Raucourt lui avait tendue? Tout cela est
triste et navrant. Passons.

Enfin, nous partons pour Orléans. Mlle Raucourt
est toute la journée dans son parc avec les fleurs;
elle greffe à ravir, mais trop longtemps. Les leçons
vont venir? Point. On recommence à gronder; elle

se décide avec chagrin, mais elle vient. Quelques bonnes leçons de suite : Émilie, de *Cinna;* Amenaïde de *Tancrède;* Idamé, de l'*Orphelin de la Chine; Phèdre, Didon.*

Au bout de quinze jours, Lafont, le beau Lafont, vint à Orléans pour y donner des représentations avec Mlle Raucourt. Lafont, comme vous le pensez bien, venait tous les jours chez Mlle Raucourt dîner, passer les soirées qu'ils avaient de libres; il était fort aimable, très gai, et apporta une grande distraction dans la société. Le beau Lafont me fit la cour; il faisait le sentimental. Il y avait un bois charmant; il s'arrangeait de manière à m'éloigner un peu de la société. Je me laissais conduire, je l'avoue franchement. Nous nous arrêtâmes un jour devant une belle grosse pierre formant une espèce de rocher. Là, le bon Lafont me fit une *déclaration honnête,* me jurant qu'il ferait tout pour m'obtenir en mariage : « Je vous fais le serment, me dit-il, comme s'il parlait à Zaïre, devant le rocher que nous appellerons le rocher d'*Ariane.* — Vous me faites peur, monsieur Lafont, puisque c'est sur un rocher qu'Ariane mourut de chagrin d'avoir été abandonnée par Thésée. — Ma chère petite amie, ceci est bien différent. Thésée était un libertin, et Lafont est un honnête homme. » C'était bouffon; j'en ai bien ri avec lui. Nous restâmes un peu trop de temps, à ce qu'il paraît : la société avait regagné la maison, on sonnait le dîner, et nous nous mîmes à courir. On était à table, jugez. J'étais très sotte, très rouge. Ma mère me fit une mine affreuse. Mlle Raucourt fit froide figure à Lafon et lui reprocha de m'avoir attardée : « Mon cher camarade, cela

n'arrivera plus, je l'espère. » Triste dîner. Il y avait
des mets excellents, mais je ne mangeais point,
tant j'avais frayeur de me retrouver seule avec
maman, qui était très sévère. Cette bonne petite
Mme de Ponty riait, faisait tout pour ramener un
peu de chaleur dans la conversation. On joua le soir
aux petits jeux, il vint des visites; on oublia cette
mésaventure pour se livrer aux rires les plus joyeux
du monde. On pria ma petite mère de me pardonner
mon étourderie. Le bon accord fut rétabli. Lafont
poursuivait son idée de mariage, mais mon charmant
Gascon ne voulait point brusquer; il attendrait mes
débuts. Garçon prudent, mon gendre! « Il voulait
me donner le temps, disait-il, de la réflexion. » Il fit
bien, mon Orosmane du Midi; je réfléchis et me
convainquis que le mariage n'était point de mon
goût. Je me sentais déjà d'un caractère indépendant. Pauvre Lafont, avec ses habitudes bourgeoises,
qu'aurait-il fait de moi, bon Dieu! et qu'aurais-je
fait de lui? Le chevalier de la Triste Figure, je
crois.

On recevait des visites de Paris, on passait le
temps à faire des parties d'eau, on visitait les belles
propriétés si renommées des bords du Loiret, la
Source, la Fontaine, séjours vraiment admirables.

Nous assistions aux représentations d'Orléans —
Lafont et Raucourt. — Les jours où l'on ne jouait
pas, on faisait dans la cour d'honneur du château
des parties aux quatre coins. Mlle Raucourt se
mettait à ces folies; elle était là sans façon, et tout
aussi rieuse et enfant que moi; elle se prêtait à
cela avec une bonhomie et un entrain charmants.
Elle avait tant d'esprit, cette femme; elle était si

amusante, quand elle contrefaisait son monde.
Parfois, elle avait des fantaisies qui me m'allaient
guère. Par exemple, elle aimait la chasse avec
passion. Elle prenait un fusil, son chien, sa carnas-
sière, et la voilà partie en petite jupe blanche, qui
venait juste aux genoux. C'était la Diane antique,
et avec des jambes aussi belles que les siennes, et
des pieds longs et fins, ravissants : la voilà chassant
dans son parc, en plein soleil sur le nez. Elle me
dit : « Viens avec moi ; tu verras comme tu t'amu-
seras ! » Moi, qui n'ai jamais eu les goûts guerriers
(j'avais mis masculins, mais je crois que c'était trop
direct), je tremblais de tous mes membres ! « Non,
je vous prie, ne m'emmenez pas ; j'aurais une peur
affreuse, je le sens bien. Moi, je n'aime pas la chasse ! .
— Poltronne ! — Madame, laissez-moi avec maman
et Mme de Ponty ; j'étudierai ; j'aime mieux cela. —
Allons donc ! il ne faut pas être si pusillanime. Si
tu es si craintive, comment feras-tu pour débuter
devant une salle comble ? — Madame, cette salle
ne sera pas composée de lapins, et je n'aurai pas
peur des fusils. »

Tout ceci est vrai, mais bien enfantin ; mais vous
m'avez dit de mettre toutes mes bêtises, et je n'en
chômerai pas, hélas !

Je la suis donc, cette implacable Diane. A chaque
coup de feu, je tombais par terre, avec les pauvres
petits lapins. Ne me disait-elle pas, cette belle chasseresse, quand elle croyait avoir bien ajusté, de
courir après, et de lui rapporter cette pauvre petite
bête ? « Ah ! pour ceci, madame, non ! Je me révolte,
je ne puis vous obéir ; je ne reviendrai pas, d'abord.
Vous attendrez longtemps votre lapin ; on me trou-

verait morte! » Elle riait aux éclats. Elle était vraiment bonne, Mlle Raucourt. Tous ces souvenirs ne peuvent intéresser personne, je le sais bien, mais j'ai de la joie au cœur en les retraçant. Qu'on est heureuse, mon Dieu, à quatorze ans! Tout vous paraît vrai, vous voyez tout en beau; vous croyez à l'amitié, au dévouement, à l'amour! Je croyais à l'amour de mon beau Lafont, qui me paraissait le beau idéal! Quand il me parlait, quand dans nos jeux du soir ma main rencontrait la sienne, mon sang se refoulait vers mon cœur, je ne respirais plus! Plus tard, on voit que tout est faux, tout est calcul : l'amitié, c'est bien rare; le dévouement, plus rare encore; oh! oui, bien plus rare, L'amour, oui, il vous fait illusion, il vous fait vivre; il vous torture, vous brise le cœur bien souvent, mais il vous anime! C'est quelque chose! on ne vit pas dans le calme plat; mais je pense que ce qu'il y a de vraiment *vrai*, c'est l'*amour maternel*. Cher Lafont, plus de promenades, plus de causeries; des regards, de gros soupirs, puis l'espoir qui fait vivre.

Pour utiliser les soirées, Mlle Raucourt avait imaginé de me faire répéter en costume. Elle avait quelques méchants manteaux au fond d'une vieille caisse, un diadème en paillon. Me voilà déguisée en Hermione, Cornélie, tout ce qu'il vous plaira. Je me trouvais superbe, avec toutes ces pampilles. On invita toutes les notabilités d'Orléans, les gens d'esprit du canton, les poètes des environs. Je n'ai pas besoin de vous dire toute la bienveillance dont je fus entourée. Par courtoisie pour le professeur, par indulgence pour moi, on me prodiguait des éloges. « Comment! elle n'a pas quatorze ans! et elle va jouer Clytemnestre! Mais c'est prodigieux! »

On flattait mon maître, en prédisant de grands succès à son élève. Cette prédiction réveillait enfin Mlle Raucourt. Elle sentit qu'il fallait sérieusement s'occuper de moi; son amour-propre était en jeu, aussi les auditions ne manquaient pas. J'avais, quand je devais répéter, des peurs horribles : je ne dormais ni ne mangeais, la bouche sèche, tous les agréments qui résultent de la peur. « Bah! me disait-on, tu mens, quand tu nous parles de tes frayeurs : les commençants ne craignent rien; à peine ils comprennent ce qu'on leur démontre; ce sont de petits perroquets. » — Merci! Il faut donc être stupide pour oser! Eh bien, moi, madame, maman vous le dira, à cinq ans, je tremblais comme une feuille, au point que maman était obligée de rester près de moi dans la coulisse, en m'humectant les lèvres d'eau sucrée. Ah! par exemple, quand une fois j'étais devant le public, c'était une tout autre petite fille; les applaudissements m'enivraient, et alors je ne pensais plus qu'à mon personnage. Du reste, j'ai toujours été très poltronne : que de fois, avant d'entrer en scène, me sentant paralysée de la peur, ai-je demandé à Dieu de m'envoyer un accident qui m'empêchât d'entrer. Un accident? en vérité, je souhaitais la mort! Que le public serait indulgent s'il pouvait se douter de ce qui se passe dans le cœur et dans la tête d'un artiste au moment du combat! Oui, c'est un assaut : il faut du courage et généralement on croit que c'est un métier très amusant. Quelle profonde erreur! Métier émotionnant, qui vous brise et vous attaque les nerfs, qui se porte sur vos entrailles. Comment en serait-il autrement? L'existence du comédien est tout autre que celle du monde; notre hygiène, toute particulière. Des habitudes, nous ne pouvons pas en avoir. Vous jouez, il faut dîner à trois heures, choisir vos aliments! Souper, alors; ce que vous ne faites pas quand vous êtes au repos. Voulez-vous déjeuner à onze heures? vous avez une répétition. Déjeunez alors à dix heures. Comme l'estomac s'accommode de tous ces changements! Voulez-vous profiter d'un beau soleil, vous promener comme tout le monde? Non, il faut dîner, être à sa loge à cinq heures; au lieu du soleil, être abîmé par la chaleur des lampes. Êtes-vous de belle humeur? Avez-vous de la gaîté au cœur? Voulez-vous rire? Les trois coups se font entendre. Prenez vite votre visage de Lucrèce Borgia ou Cléopâtre, ce qui n'est pas plus divertissant l'un que l'autre. Et les artistes du genre gai! Ils ont des chagrins aussi, eux. Je crois qu'il est encore plus pénible de faire rire quand on a le cœur brisé, que de faire pleurer quand on a envie de rire. Cher public, n'enviez donc pas quelquefois notre sort : c'est l'esclavage.

Revenons à Orléans, pour en partir. Lafont, partit après les représentations; et Mlle Raucourt, à son grand regret, fut obligée de quitter sa Chapelle adorée. Nous voici tous à Paris : nous, rue des Colonnes; Mlle Raucourt, rue Taitbout, dans la même maison où demeurait Mme Dugazon, nom qui est resté pour cet emploi. Les débuts arrivaient. Mlle Duchesnois (1), élève de Legouvé, protégée

_____

(1) Duchesnois (Catherine-Joséphine Rafuin, dite Mlle). — Née à Saint-Saulves, près Valenciennes (Nord), le 5 juin 1777. — Débute à Versailles le 12 juillet; à Paris le 3 août 1802. —

par Mme de Montesson, par le général de Valence qui travaillait à faire passer Mlle Duchesnois la première; mais Mlle Raucourt avait promesse du ministre de l'intérieur de me faire passer avant les autres aspirantes. Je travaillais tous les jours; nous touchions au terme de nos petites misères! On s'intéressait beaucoup à nous : on fit entrer ma petite sœur à l'école de danse de l'Opéra, dirigée par M. Lebel, sous la surveillance de M. Gardel. Mon frère Charles était admis à l'orchestre du théâtre Feydeau, comme second violon, par la protection du bon Kreutzer, son maître! Tout s'agitait, tout se remuait. Mlle Raucourt sentait elle-même qu'il ne fallait pas s'endormir. Elle était reçue très souvent chez Mme Bonaparte (épouse du Premier Consul.) Nous prîmes la route de Saint-Cloud, et Mlle Raucourt fut admise à l'instant. Je vis donc cette belle et gracieuse Joséphine, qui vint à nous avec le sourire qui de suite vous attachait à elle. Ses yeux si doux et si attirants! Elle était si bonne! Elle vous mettait à l'aise, mais avec sa distinction, avec cette élégante simplicité qui n'appartenaient qu'à elle. Il y avait dans toute sa personne une suavité qui vous magnétisait. Impossible de ne pas se courber devant cette influence mystérieuse, ce charme si doux. On l'aimait avant de l'entendre; l'on sentait qu'elle portait bonheur.

Elle pria Mlle Raucourt de me faire dire quelques vers. Je répétai une scène d'*Idamé*, qui fit pleurer

Sociétaire le 17 mars 1804. — Retraitée le 1er novembre 1829. — Morte à Paris, rue de La Rochefoucauld, 7, le 8 janvier 1835. — Inhumée au Père-Lachaise, avenue des Acacias (monument Lemaire). (Georges MONVAL, etc.)

Mme Bonaparte; une scène de maternité ne pouvait pas manquer son effet sur le cœur de Joséphine, elle, si bonne mère. Elle veut m'embrasser, ayant encore ses belles et grosses larmes dans les yeux. « Mon enfant, votre talent sera la *maternité*. Vous m'avez remué le cœur. » Nous sortîmes enchantées. Mme Bonaparte dit à Mlle Raucourt : « Au revoir, chère Raucourt. A bientôt, j'espère. Ramenez-moi cette petite vilaine, qui m'a fait pleurer. »

(Tout cela est historique. Vous pouvez vous étendre sur les bouts de l'aile; moi, je suis une grosse bête qui ne sais pas tirer parti de cela.)

Mlle Raucourt profita de son enchantement pour faire un petit voyage à la Chapelle. Visiter ses arbres, ses greffes était plus important que de veiller à tout ce qu'on pouvait faire en son absence. Décidément, je ne débuterai jamais!

Effectivement, ce que l'on devait craindre arriva. On obtint l'ordre de début de Mlle Duchesnois. « Tant mieux, dis-je à Mme de Ponty. C'est bien fait. On croit que Mlle Raucourt n'y tient pas, puisqu'elle s'en va au moment où sa présence nous est utile! » Mais quel vacarme au retour de Mlle Raucourt! « Vous voyez, Fanny, ce qui arrive, grâce à votre négligence et à votre amour pour vos arbres. Voici un passe-droit qu'on vous fait. C'est une infamie, une trahison, une insulte personnelle qu'on vous jette au visage. Vous n'avez que ce que vous méritez. » Mlle Raucourt était piquée dans son amour-propre, elle, si impérieuse! Ses amis et ses amies accouraient : « Ne souffrez pas cette injustice, Fanny; c'est une impertinence, en vérité. » On eût dit que Paris était bouleversé. Au bout du compte, cela m'était égal de débuter la seconde. Je riais sous cape de tous ces bavardages, et, au fond (c'était *méchant*, si vous voulez), mais je n'étais pas trop fâchée de voir que Mlle Raucourt était un tant soit peu vexée. Pourquoi aussi va-t-elle à la Chapelle? A la fin, toutes ces allées et venues, tout ce tapage, ce charivari continuel me fatiguaient au dernier point; et, au bout de ces journées si orageuses, je me trouvais heureuse de retourner avec ma petite mère, rue des Colonnes, et de rentrer dans ma pauvre chambre, où je jouais avec ma petite sœur.

Mlle Raucourt me fit dire, le lendemain, de faire ma toilette; qu'elle viendrait me prendre à midi, pour aller à Saint-Cloud. Ma toilette! Une robe de mousseline blanche, faite à la Vierge; mes cheveux frisés à la Titus; bras nus; des gants longs, couleur grise; une petite ceinture bleue : voilà ma plus belle parure! Cette excellente et ravissante Mme Bonaparte écouta avec une indulgente patience tout ce que lui raconta Mlle Raucourt sur sa déception : « Eh bien, ma chère Fanny (elle l'appelait aussi de ce petit nom), ne vous émotionnez pas si fort, mon Dieu! Vous vous faites mal, vous vous rendez malade, ma chère. Voyons, discutons un peu et soyez calme. En quoi les débuts de Mlle Duchesnois peuvent-ils nuire à cette charmante enfant? Cette demoiselle a vingt-huit ans, dit-on; elle est faite, doit être ce qu'elle sera; quelle comparaison peut-on établir entre une femme de vingt-huit ans et une enfant de quatorze ans? Aucune. Soyez donc raisonnable! Et vous, chère petite, qu'en pensez-vous? N'est-ce pas que vous n'êtes pas

aussi affligée que votre professeur? » Elle m'embrassa avec tant de bonté que je me mis à pleurer
comme une bête! Aussi, qu'elle était bonne! « Ah!
voilà qu'elle pleure. Allons, puisque c'est un si gros
chagrin, puisque vous tenez absolument qu'elle
débute la première, je vais faire prier le Premier
Consul de se rendre chez moi; il décidera. »

Voilà la peur qui me galope au point que j'ose
dire : « Oh! non, madame; par grâce, ne le faites
pas venir. J'aime bien rester avec vous toute seule;
vous êtes si bonne, vous, que je n'ai pas peur.
D'ailleurs, voyez-vous, madame, je gâterais mes
affaires; je serais comme une idiote devant lui.
Puis, au fait, ça m'est égal de débuter après cette
demoiselle. Cela me fera travailler avec plus d'ardeur. Consentez-vous, madame? dis-je à Mlle Raucourt. N'est-ce pas, il ne faut plus se tourmenter?
ni madame non plus, qui est si bonne. » Joséphine
se mit à rire, mais de tout cœur, me prit dans ses
bras, et dit : « Vous voyez bien, Fanny; elle est
plus raisonnable que nous. Il faut faire ce qu'elle
dit, cela lui portera bonheur (c'est vous, madame,
qui me porterez bonheur); puis nous serons tous là
pour applaudir notre petite protégée. »

(Historique. *Pas un mot de plus, pas un mot de
moins.*)

Me voilà en voiture, en face de Mlle Raucourt qui
faisait grise mine. « Petite sotte, tu m'as fait là une
belle équipée; le consul aurait donné l'ordre. La
bonne Joséphine n'a pas insisté, quand elle t'a
vue si bête; j'ai cédé. Allons, maintenant, plus de
reproches; prends ton courage à deux mains. » Voici
les courses, les visites qui se succèdent. « Viens,

nous allons chez Mlle Clairon. Elle m'a mise au théâtre et, quoiqu'elle ait été depuis fort mal pour moi, je ne puis me dispenser de te mener chez elle. Je lui dois cette déférence. » (On était très polie, dans ce temps-là!)

Mlle Clairon nous reçut, mais très froidement. Petite femme, aux allures glaciales et bien près de l'impertinence. Dédaigneuse, Mlle Raucourt lui baisa la main qu'elle tendit à peine, le regard assez important, mais pas la moindre bonté. C'était tout orgueil, cette femme! Posée dans un grand fauteuil à la Voltaire, n'essayant pas même de se soulever, nous saluant de la tête, elle faisait froid, cette femme! J'aurais voulu être loin.

— Ma chère madame Clairon, permettez-moi de vous présenter mon élève.

— Ah! ah! vous faites une élève! Pour quel emploi?

— Mais d'abord les grandes princesses, puis les reines...

— Ah! vous n'y allez pas de main morte. Ah! vous faites une élève, je souhaite que vous ayez plus à vous louer d'elle que je n'ai eu à me louer de vous.

Cette apostrophe déplut à Mlle Raucourt.

— Mais, madame, veuillez rappeler vos souvenirs : si j'ai cessé de vous rendre mes devoirs, vous l'avez bien voulu.

— Ah! bah! les élèves sont toujours ingrats; excepté le bon Larrive pourtant, qui n'a pas cessé de me rendre ses hommages.

Mlle Raucourt lui dit *malicieusement* :

— Vous le traitiez *si bien,* qu'il eût été doublement ingrat d'en perdre la mémoire.

La Clairon devint presque rouge; je dis presque, car elle était d'une pâleur effrayante.

— Allons, c'est bien! Petite, dites-moi quelque chose.

Il me prit un étranglement à la gorge. Jamais je ne dirai rien devant cette figure qui me regarde sans la moindre expression bienveillante. Mlle Raucourt vit bien le peu de désir que j'avais de contenter cette froide figure et elle-même avait hâte de se retirer :

— Elle est très enrhumée, chère mademoiselle Clairon, et, aujourd'hui, vous ne pourriez la juger que défavorablement.

— Comme vous voudrez.

— Si vous le permettez, une autre fois, je vous la ferai entendre.

La grande Mlle Clairon ne répondit pas. Nous sortîmes.

— Elle est gentille, celle-là! qu'en dis-tu?

— Je dis que, chez elle, il vous tombe des glaçons sur les épaules. Je ne l'aime pas du tout, celle-là.

— Allons chez la bonne Dumesnil (1).

Celle-ci, à la bonne heure! Nous entrons dans une petite chambre au rez-de-chaussée, dans la cour d'un ancien couvent, rue des Filles-Saint-Thomas. Il y avait là des habitations appartenant au gouvernement, où des artistes obtenaient de loger pour

(1) Dumesnil (Marie-Françoise Marchand, dit Mlle). — Née à Paris, rue des Marais, le 2 janvier 1713. — Strasbourg (1733). — Débute le 6 avril 1737. — Reçue le 8 octobre suivant. — Sociétaire le 2 février 1738. — Retirée le 31 mars 1776. — Décédée à Paris, 24, rue et barrière Blanche, le 1ᵉʳ ventôse an X (20 février 1803). (Georges MONVAL, *Liste alphabétique des sociétaires*, etc.)

rien. Cette grande artiste avait cette misérable faveur. Une vieille bonne nous annonça. La Dumesnil était couchée (depuis quelques années, elle ne se levait plus), entourée de poules. Je la vois encore — tant elle m'a frappée — assise dans son lit, un manteau de nuit en soie bleue, un petit bonnet monté, surmonté d'un nœud en ruban bleu.

— Ah! chère Fanny, que je suis bien heureuse de te voir. Viens donc embrasser ta vieille Dumesnil. Qu'est-ce que c'est que cette belle petite que tu m'amènes? Approche, ma fille, et embrasse aussi la vieille Dumesnil!

Je la dévore des yeux, avec une curiosité incroyable. Elle avait une physionomie si expressive, l'œil et le regard de l'aigle.

J'étais stupéfaite:

— Eh! Fanny, dis-moi, c'est une élève à toi que tu m'amènes?

— Oui, bonne Dumesnil.

— Et quand débute-t-elle?

— Bientôt, ma chère.

— Ah! c'est très bien. Et dans quel rôle?

— Clytemnestre.

Elle se retourna vers moi comme si elle regardait Ériphyle. Elle était magnifique.

— Oh! oh! à son âge, c'est hardi. Sais-tu, Fanny?

— Non, ma chère amie; cette petite diablesse a des entrailles maternelles!

— Tant mieux; c'est le sentiment qui prend les hommes comme les femmes. Je vais te dire la première scène. Tu veux bien, Fanny?

— Si je le veux! Te moques-tu de moi? Ce que je

désire, bonne Dumesnil, c'est qu'elle puisse se rappeler ce qu'elle va entendre.

J'entends sortir de ce petit corps amaigri une
voix tonnante, un parler serré, une vérité presque
familière, mais digne cependant. Au vers

> Et de ne voir en lui que le dernier des hommes,

on voyait Achille tout petit. Son regard sur Éry-
phyle faisait disparaître cette femme. On la voyait
s'abaisser jusqu'à terre sous le regard pénétrant. Et
le vers

> Et ce n'est pas Chalchas que vous cherchez,

chaque monosyllabe avait une valeur. J'étais saisie,
clouée à ma place ; je disais tout bas : « Ah ! l'immense femme ! quelle vérité ! Mais ce ne sont pas
des vers qu'elle dit, cette femme ! Non ! C'est une
mère outragée, humiliée dans son enfant. C'est une
femme qui se vengera un jour bien certainement.

— Fanny, comment la Clairon vous a-t-elle
reçues ?

— Tu me le demandes ? Mais fort mal !

Elle se mit à rire :

— Ah çà ! mais elle trône donc toujours, la chère
Clairon ? Toujours sèche et savante, n'est-ce pas ?
C'est bien quelquefois ; mais tu sais bien, toi,
qu'avec ce ton pédant et ampoulé, on ne remue pas
les masses, qu'on ne s'enfonce pas dans le cœur de
son public. Elle a du cœur, dis-tu, cette petite ?

— Je te l'ai dit, surtout dans la maternité.

— Bravo ! bravo ! C'est le sentiment le plus sympathique. Répète-moi, mon enfant, la scène d'Idamé,
quand on a voulu lui enlever son enfant.

J'ai répété tout de suite, sans peur, mais avec l'émotion qu'elle m'avait donnée.

— Bien, bien, petite! Tiens! voilà mes yeux qui se mouillent. Tu as raison, Fanny, cette petite a les cordes maternelles.

— Mais, madame Dumesnil, j'aimerais bien aussi l'amour.

— Par Dieu, je crois bien, elle a raison! A ton âge, eh! moi aussi, j'aimais l'amour.

— D'ailleurs, madame, pour l'amour maternel, il faut bien connaître l'autre un peu.

— Quel rôle amoureux aimes-tu?

— Mais Aménaïde.

— Oui, oui, c'est de l'amour, mais tout simplement de l'amour. C'est Hermione qu'il faut étudier. C'est de l'amour mêlé de jalousie. Voilà le bel amour! Eh bien! c'est un rôle presque impossible; n'est-ce pas, Raucourt? Hermione amoureuse, du cœur d'abord, et qui devient féroce par l'amour-propre blessé. Cette femme emploie tous les moyens, l'ironie étouffée par les larmes, qu'elle ne veut pas laisser couler. Ce n'est pas de l'ironie froide et emportée comme celle de Roxane. Non, ce sont des larmes qu'elle retient, qui lui tombent dans la gorge. On se trompe bien quand on veut y mettre de l'amertume sèche! Cette bonne Clairon le savait, mais elle n'avait pas d'entrailles. Puis de la déclamation pour produire de grands effets. Vois-tu, petite, il faut savoir faire des sacrifices, déblayer, et vous arrivez à des effets inattendus. N'écoute pas les auteurs, surtout; ils ne veulent rien perdre, ceux-là.

— Mais Hermione, madame, est donc bien difficile?

— Demande à ton professeur ce que renferme cette grande figure. Colère, amour, coquetterie, froideur dédaigneuse devant cette belle et touchante Andromaque, cette douleur antique — que l'on pleurniche et qu'on ne représente pas! — L'incertitude, l'amour-propre outragé, les insultes qu'elle jette au visage de cette figure fataliste qu'on nomme Oreste! Pour jouer ce rôle, en vérité, il faudrait deux femmes... Vous avez la beauté, petite, ce qu'il faut pour Hermione, — cherchez et trouvez toutes les qualités. Si vous pouvez à vous seule les réunir, vous serez plus grande que nous. Si je vis encore, Fanny, viens avec elle me rendre compte de ses débuts. Elle m'intéresse pour elle et pour toi. Bonjour, mes enfants; je suis fatiguée. Le maudit théâtre, quand j'en parle, vient encore me remuer; il me soulève malgré moi de mon lit de repos, où je veux finir tranquillement avec ma vieille bonne et mes poules. Embrassez-moi toutes deux et bonne chance!

Je me retirai avec peu d'envie d'Hermione. La conversation de Dumesnil sur ce personnage ne pouvait sortir de ma pensée. Je me suis trouvée paralysée devant le rôle. Je l'ai joué souvent avec Talma, et m'y suis toujours trouvée très insuffisante, malgré les applaudissements d'un public trop indulgent. La Dumesnil m'apparaissait comme un fantôme, me disant à l'oreille : « Hein! petite, je te l'avais bien dit. »

En sortant de chez Mlle Dumesnil, Mlle Raucourt, qui aimait à me tourmenter par mille questions parfois très embarrassantes pour mon inexpérience et ma parfaite ignorance de toutes choses, cherchait

à savoir s'il y avait en moi l'intelligence et quelques
pensées.

— Que penses-tu de ces deux femmes?

— Moi, madame? Je n'ose dire ce que je pense;
vous vous moqueriez de moi.

— Non, pas du tout! Parle avec confiance avec
moi. C'est pour ton bien que je t'interroge; va un
peu de toi-même.

— Eh bien! puisque vous le voulez! Cette demoiselle Clairon ne me va pas le moins du monde. Elle
m'a paru tenir beaucoup à son orgueil; elle n'a, je
crois, que de la sécheresse au cœur. Ce regard insolent ne m'en a pas imposé, à moi, petite fille. Elle
avait, sans doute, beaucoup de talent, mais peut-
être trop profond, trop calculé. N'est-il pas vrai,
madame, qu'il devait être trop profond? Alors, pas
d'entraînement, pas de spontanéité, point de naturel. Je suis bien hardie d'émettre ainsi mon opinion,
moi qui ne sais rien. Mais, enfin, pourquoi la
Dumesnil m'a-t-elle laissé tant d'émotion au cœur?
Ah! c'est qu'elle était vraie, celle-là, naturelle! Elle
jouait Cléopâtre et Mérope! C'est bien différent!
Mérope, tout son cœur à son fils. Cléopâtre, atroce,
le tuant de sa main royale. Quel talent souple elle
avait donc, cette immense actrice! Vous m'avez
raconté que Voltaire, en entendant répéter sa
Mérope, criait dans son enthousiasme : « Je n'ai
pas fait si beau que cela. Elle me fait fondre en
larmes, cette enchanteresse sublime! Ma Dumesnil,
c'est toi qui as fait *Mérope*. Où donc trouves-tu dans
tes entrailles ces effets qui magnétisent tous ceux
qui t'écoutent? Ah! que tu es belle, que tu es touchante! » Puis, dans Cléopâtre, dans cette mère si

froidement cruelle, quelle anecdote différente! Vous m'avez raconté qu'au cinquième acte, au moment où Antiochus doute du doute le plus poignant pour ce cœur si tendre, de laquelle de ces femmes qu'il aime a pu verser le poison, un des comparses, pénétré de cette situation si dramatique et ayant suivi tous les mouvements de Cléopâtre, fit signe à Antiochus : « C'est elle, c'est celle-là! » en lui donnant un grand coup dans le dos, tant il était indigné. Aussi, m'avez-vous dit, la salle manqua crouler sous les applaudissements, et la Dumesnil resta impassible. Elle n'eut pas l'air de s'apercevoir de ce qui se passait, ni d'avoir senti le coup de poing que le soldat lui avait donné. Le génie ne peut pas aller plus loin.

Mlle Raucourt m'écoutait toujours sérieusement.

— Je vois, chère enfant, que tu feras quelque chose. Tu es bien gamine, tu aimes bien à faire des espiègleries, mais tu penses et tu observes. C'est bien!

Je croyais travailler sans relâche. Le moment de mes débuts s'approchait. Il n'en fut pas ainsi. Les visites incessantes, les ministres, puis toute la famille du Premier Consul : Lucien, qui, comme le Premier Consul, n'aimait que la tragédie; Mme Bacchiochi, femme éminente, ayant beaucoup de rapports avec l'empereur, chétive, maladive. Nous déjeunions souvent chez elle avec la mère de l'empereur et Lucien. Puis, après, on me faisait répéter : Lucien se mettait en scène, me donnait des répliques, ou, pour mieux dire, jouait les scènes entières. La mère de l'empereur s'amusait infiniment de ces répétitions. Elle avait l'aspect sévère; elle était très noble et très belle, bonne et indulgente. J'étais très protégée par toute cette grande famille. Mme Bacchiochi m'avait prise en affection et me faisait venir chez elle presque chaque matin, et, quoique très souffrante, elle me faisait répéter. J'étais seule avec elle; elle avait des vomissements qui la faisaient souffrir, et, bien souvent, pendant que nous répétions, elle était interrompue. « Passez-moi vite la cuvette; cela ne sera rien. » Puis, effectivement nous recommencions de plus belle. Quelle courageuse et charmante femme!

La reine Hortense, qui aimait Mlle Raucourt, nous recevait souvent aussi, à cette époque. Elle habitait un hôtel, rue de la Victoire. Eugène Beauharnais, qui était bien ce qu'il y avait de plus charmant, se trouvait presque toujours chez sa sœur. Elle était bien belle, la reine Hortense : les plus beaux yeux du monde et d'une douceur angélique, des cheveux ravissants, une taille de nymphe, une carnation magnifique, le teint frais et calme, blanche comme le cygne. *(Chère Valmore, vous comprenez bien qu'il n'y a que vous qui puissiez faire son portrait, avec les expressions poétiques qui n'appartiennent qu'à vous.)* Elle avait l'exquise bonté de laisser répéter. Un jour où je m'étais vraiment fatiguée, la sueur me tombant sur le front : « Pauvre enfant; je ne veux pas qu'elle s'en aille dans cet état, elle tomberait malade. Enveloppons-la de ce châle. » Elle me mit, malgré moi et malgré Mlle Raucourt, un grand cachemire qu'elle avait sur ses belles épaules.

— Je vous le renverrai aujourd'hui même.

— Point du tout; elle le gardera en souvenir de moi.

Oui, je l'ai gardé, belle et bonne reine Hortense.

Je l'ai toujours conservé ; c'est ma relique à moi. Je serais morte de faim, plutôt que de m'en séparer.

« Tous ces souvenirs me sont bien chers, bien précieux, et j'ai la douce consolation de n'avoir jamais varié dans mes affections. Je suis pauvre ; que m'importe? Je me trouve riche par le cœur, et par mon dévouement pour cette *immense* famille, qui m'a tendu la main dans ma jeunesse. J'aurai l'honneur de mourir avec mes premiers sentiments. Je n'aurai peut-être pas de quoi me faire enterrer. C'est très possible ; ça s'est vu. Je n'étais pas faite pour avoir du bien au soleil. J'aurai quelques pelletées de terre et quelques fleurs de mes amis. Que faut-il de plus ?

Au milieu de tout ce train, de ces allées, ces venues, le monde tout nouveau pour moi, ces exhibitions que l'on faisait de ma personne, dans mon intérêt, pour me faire des prosélytes, tout cela me fatiguait par des émotions fréquentes. A chaque soirée, le cœur me battait à me fendre la poitrine. J'étais trop heureuse de rentrer près de ma petite mère.

— Es-tu contente ?

— En vérité, non ! Tout cela m'ennuie. J'aimais mieux jouer ma *Petite Laitière*, *Paul et Virginie*. On m'aimait à Amiens. Est-ce que je sais, moi, ce que je deviendrai ? Ces grands manteaux sous lesquels j'étoufferai peut-être ! Puis il faut tant de choses pour la tragédie ! Puis cette Mlle Duchesnois qui débute avant moi ! Puis Mlle Raucourt qui me fait courir sans cesse avec elle, dans sa voiture. Il est vrai, cela ne me fatigue pas les jambes ; mais les leçons sont bien rares ! Tiens, petite mère, je regrette Amiens, notre chambre, mon piano, mes opéras. Je regrette même jusqu'aux petits soins de ménage que l'on me faisait faire, quand je mettais le couvert, que ma nourrice me grondait : « Dépêche-toi donc, Mimi; M. George va rentrer, et tu ne seras pas prête! » Ah! que c'était gentil! Et mon loto donc! quand tu me permettais d'y jouer avec vous. Comme j'étais rouge quand je perdais! Et M. Baudry! te rappelles-tu comme il était furieux quand il appelait les numéros? A peine dans ses doigts je les nommais! « Cette petite fille est insupportable! Défendez-lui donc, madame George, d'être aussi malhonnête. Vous l'élevez très mal! — Vous croyez me faire gronder, mais vous voyez bien que cela amuse maman. Me gronder, elle, ou papa? Ils sont trops bons pour cela, ils m'aiment trop! » Eh bien, oui, je pleure de penser que je ne reverrai plus tout cela! Tiens, encore demain, nous allons passer la soirée chez M. Rœderer, au Jardin des Plantes; comme c'est amusant!

(Chère amie Valmore, il faut rechercher ce qu'était Rœderer, et quelle place il occupait à cette époque.)

— Pourquoi Mlle Raucourt est-elle venue à Amiens? Quelle rage mon père a-t-il eue de me voir attifée d'un diadème? Il n'avait pas voulu me donner à Molé, à Mme Dugazon, et il me donne à la tragédie. Comme c'est gai!

— Voyons, Mimi, finis! C'est pour ton bonheur que nous avons fait le voyage, que je me suis séparée de ton père, que j'ai renoncé à mon état. Tu as bon cœur, tu nous aimes; ne l'oublie pas. Sois raisonnable, embrasse ta petite mère..

Les débuts de Mlle Duchesnois avançaient, on

préparait les miens. Le prince d'Hénin, qui aimait et voyait souvent Mlle Raucourt, venait de me faire cadeau d'une très belle peau de tigre pour mon rôle de Didon. A cette époque, on jouait Didon, habillée en chasseresse, comme la Diane antique, l'arc, le carquois; c'était réellement très beau. Je commençais à trouver les détails des parures assez amusants. — Essayer tous ces beaux habits me faisait un peu oublier la petite laitière et le loto.

Ah! par exemple, le costume chinois d'Idamé me flattait peu. Tous mes cheveux relevés au-dessus de la tête, un grand oiseau de paradis (très rare) que m'avait donné la mère de l'empereur, perché sur le haut de ma coiffure et dont les plumes magnifiques retombaient sur les épaules; cette robe qui avait l'air d'un grand sac: quelle horreur! Tout le monde disait que cela m'allait bien, et que j'étais superbe avec le front découvert. Je n'étais point de cet avis. Je me trouvais très laide. Je me disputais avec Dublin, qui était le dessinateur du Théâtre-Français, homme d'esprit et de talent même, mais très entêté pour l'exactitude de ses costumes.

— Comment! vous me mettrez dans cette espèce de sac; vous me cacherez les bras, le col, la poitrine, et vous croyez que j'oserai paraître comme cela! On se moquerait de moi.

— Et moi, dit ce bon Vanhove, qui jouait Yamti, que pensez-vous, mon enfant, de ce qu'il veut faire de moi? Il me coud, entendez-vous? Pas une pauvre petite place pour y placer ma tabatière, et monsieur sait que j'aime à prendre mon tabac; mais il aime à me contrarier. Vous êtes un révolutionnaire, monsieur Dublin.

Et il se retourna vers Lafont :

— Figure-toi, mon ami, lui dit-il tout bas, — mais j'écoutais bien, — que mon pantalon est cousu ; si bien, mon ami, qu'un besoin pressant enfin peut arriver. Obligé de le satisfaire. Où ? Dans mon pantalon. J'ai donc raison de vous dire, monsieur Dublin, que vous n'êtes qu'un Robespierre.

Vous concevez tous les éclats de rire. On était gai, dans ce temps, sans pédantisme ; on était en bonne camaraderie, chacun connaissait sa valeur ; il régnait une égalité charmante. Talma, Monvel (1) tutoyaient Dublin qui les tutoyait aussi ; même un nommé Marchand, renommé pour son nez qui n'en finissait plus, et pour sa taille la plus petite et la plus menue du monde ; toute sa grêle personne disparaissait sous ce nez gigantesque. Le pauvre diable ne faisait que des annonces, mais il y mettait une importance tout à fait comique. C'est lui qui était chargé d'apporter les chaises dans la scène de Trissotin des *Femmes savantes,* et, d'après la tradition, de se laisser choir en apportant une chaise. Il priait Talma, Michaud, tous ceux qui se trouvaient là, de venir le voir. Quand son effet avait été grand, on venait le féliciter.

— Vraiment, Talma, tu ne me flattes pas ? tu as été content ? Dis-donc cela au Comité. C'est que vrai-

(1) Monvel (Jacques-Marie Boutet, dit de). — Né à Lunéville le 25 mars 1745. — Débute le 28 avril 1770. — Reçu le 1er avril 1772. — Parti le 1er juillet 1781. — Lecteur du roi de Suède et directeur de la troupe française à Stockholm. — Théâtre de la rue Richelieu, 1791. — Membre de l'Institut, 1795. — Réunion générale de 1799. — Retraité le 1er mars 1806. — Mort à Paris le 13 février 1812. (Georges MONVAL, etc.)

ment, tu le vois, on est injuste, on m'arrête dans ma carrière.

Talma est naïf, bon enfant même, s'amusant de toutes ces plaisanteries. Ce Talma, dont le regard faisait trembler et frémir tout un auditoire, dans la vie privée, doux, simple et calme. On ne se préoccupait pas d'argent. On ne songeait qu'aux succès. On était bien artiste.

Parmi ces artistes simples et sans fierté, il y en avait pourtant, dont la fierté était souvent impertinente. Monvel racontait qu'un jour, en pleine assemblée, la très impériale Clairon, qui regardait ses camarades comme des vassaux, dit :

— Vous devez savoir, messieurs, que, quand je joue deux ou trois fois, je vous nourris pour tout un mois.

— Chère mademoiselle Clairon, lui répondit Molé, en faisant un saut de marquis, c'est donc pourquoi je suis si maigre !

Mlle Contat avait sa part d'arrogance ; elle était très spirituelle et très charmante, quand elle voulait l'être. C'est une fantaisie qu'elle avait rarement. On ne l'approchait que si elle le permettait. Quel grand talent ! quelle grande dame ! Une tête ravissante, les plus beaux yeux noirs qu'on puisse imaginer ; le regard si fin ; une bouche riante, moqueuse, le talent était large et franc ; les grandes manières de la cour, la tête haute. Elle jouait en s'amusant. Il ne fallait pas la voir dans le sentiment, impossible de jeter la moindre mélancolie sur cette physionomie. La mère coupable, la femme jalouse, ah ! ce n'était plus Mlle Contat. Son organe alors devenait glapissant ; des larmes prises dans la tête ; c'était à faire souffrir. Aussi elle s'en dédommageait, quand elle reparaissait pour se rire de tout le monde. Dans la *Comédie des femmes*, où elle était étourdissante de comique avec ce Fleury, qui ne lui cédait en rien pour le persiflage, dans une scène avec lui où elle veut prendre le ton sentimental, il lui dit : « Laissons là le tragique : vous avez tant de grâce à jouer le comique! » On applaudissait à dix reprises sans claqueurs. Ils étaient peu en faveur : on les mettait fort souvent à la porte. Faisait-on mal?

Le théâtre, à cette époque, était tout autre; il y avait bien aussi à subir de petites menées, mais cela se passait sans trop de scandale. Les jalousies théâtrales existaient, existeront toujours, mais l'émulation avait quelque chose de plus noble; on désirait faire mieux que son prédécesseur, on travaillait sérieusement. Le public alors était très enthousiaste et très sévère; on était donc sans cesse sur ses gardes. On savait qu'une négligence serait punie; on faisait donc de vrais *artistes*. C'était de l'art et non du métier. C'est beau d'être vraiment artiste, de ne pas songer à l'avenir. L'avenir, s'en préoccuper est chose si triste, si parcimonieuse! Les idées mercantiles ne vont pas aux arts; il nous faut de l'exaltation, du montant. Sans cette fièvre permanente, comment aurait-on le courage de paraître devant un public qui vient vous guetter, qui vous attend, qui vous magnétise, et qu'il faut magnétiser pour vous mettre en communication avec lui? Quand vous avez obtenu pendant votre représentation un succès d'enthousiasme, vous rentrez dans votre loge toute haletante, toute fiévreuse, entourée d'hommages. Pensez-vous à compter avec vous-même? Peu

vous importe, en vérité! Vous payez — quand vous
le pouvez — votre cuisinière ou votre cuisinier, sans
vous inquiéter s'il vous trompe de quelques carottes.
Soyez donc artistes, si vous entrez dans ces détails!
Le fameux comédien Baron disait : « Les artistes
devraient être élevés sur les genoux des reines. » Il
avait bien raison : là, on ne compte pas!

Enfin, nous voici aux débuts de Mlle Duchesnois.
Elle débuta à Versailles. C'était l'usage. On ne faisait pas du Théâtre-Français une école d'enseigne-
ment mutuel, une exhibition grotesque de personnages, femmes ou hommes, qui se disaient en s'éveil-
lant : « Je veux jouer la tragédie : ce genre m'amuse.
Je vais *débuter* au Théâtre-Français; si je ne réussis
pas, eh bien, j'irai à Quimper-Corentin.

*(Valmore, je ne sais dans quel rôle; je crois que
c'était Didon.)* Son succès fut médiocre. On en
vint instruire Mlle Raucourt qui fut très heureuse,
elle et ses nombreux amis. On fut très alarmé dans
le camp ennemi de cet insuccès. On s'agita. M. Legouvé, professeur de Mlle Duchesnois, fut très naturellement fort inquiet. Mme Legouvé, femme
d'esprit et d'intelligence, ne négligea rien, employa
tous les moyens pour obtenir une revanche éclatante. Mme de Montesson, le général de Valence,
tous furent sous les armes! Toutes les forces réunies
pour ne pas manquer cette seconde épreuve! C'était
de toute justice. Cette chère Mlle Duchesnois était
comme moi : elle avait besoin d'un succès. Née
d'une famille très pauvre, que serait-elle devenue? Elle était bonne, elle désirait comme moi
les rendre heureux! Les femmes ne manquaient
pas à cette représentation! Les femmes sont si

bonnes, si indulgentes! Quand elles entendent dire :

— Quel dommage que la débutante ait un physique si malheureux! Mais non, elle est bien, cette femme; sa taille est bien prise.

— Oui, mais elle est bien maigre, bien noire.

— Vous trouvez? Vous êtes difficile. Moi, je la trouve une assez belle personne. Pour son talent, il est très heureux qu'elle ne soit pas belle; elle s'occupera avec plus d'ardeur de son art. Les flatteurs, les adorateurs ne viendront pas la distraire de ses études; elle fera une grande artiste. Nous viendrons l'entendre souvent; nous aurons du plaisir à la voir.

— Je le crois facilement, ma chère, répond le mari; vous gagnerez toujours à la comparaison. Ah! les femmes raffoleront de Duchesnois.

Quoi qu'il en soit, Mlle Duchesnois eut de très bons débuts; elle avait de très belles qualités : une voix harmonieuse, une grande chaleur, une belle prononciation.

On lui reprochait de trop chanter le vers, de le psalmodier; c'était l'opinion de Talma surtout, lui qui parlait si bien la tragédie! Quant à moi, il ne m'appartient pas de juger Mlle Duchesnois. La rivalité, je dirai même la lutte, qu'on voulut établir entre nous, m'impose silence, et je dois garder ma jeune opinion pour moi seule (1).

_____

(1) Il a paru en 1803 un opuscule intitulé : « La Conjuration de Mlle Duchesnois contre Mlle George Weymer pour lui ravir la couronne, avec les pièces justificatives recueillies par M. J. Boullault. Ouvrage dédié au Parterre, à l'Orchestre, aux Loges, aux Galeries, à l'Amphithéâtre et même au Paradis du Théâtre Français. A Paris, chez Pillet jeune, libraire, place des Trois Marie

Ses débuts terminés, on attendait avec curiosité ceux de l'élève de Raucourt. Ce sera très piquant de voir cette élève de quatorze ans en présence de la Duchesnois. Quel attrait pour un public de voir aux prises les deux débutantes! Ce sera amusant. Qui l'emportera? L'attention se divisait; on s'agitait, on assiégeait le bureau de location. Le théâtre est une grande affaire : on accourait de toutes parts pour retenir des places avec la même ardeur que l'on s'agite aujourd'hui à la porte de Mirès pour obtenir des actions. Me voici; j'arrive avec enfantillage dans cette arène. Je suis annoncée : Clytemnestre d'*Iphigénie en Aulide*, mon début.

(Voici, mon amie Valmore, les journaux; vous y verrez la date.)

Mlle Raucourt me présenta à l'Assemblée générale : toute la Comédie-Française me fit un accueil maternel. Je le devais à l'amitié et aux égards que l'on avait pour Mlle Raucourt (les égards et les bonnes façons étaient d'usage); on me traita comme l'enfant de la maison. Le lendemain, répétition, Mlle Raucourt présente. Je reçus tous les encouragements si nécessaires à ce moment vraiment suprême. Mlle Raucourt était plus agitée que moi. J'ignorais le danger; je riais et m'amusais de tout, à tel point que, la veille de mon début, revenant de la rue Taitbout, rue des Colonnes, je gaminais, en frappant et sonnant à toutes les portes. Je n'avais plus

près du Pont-Neuf, n. 2, et chez Martinet, libraire, rue du Coq Honoré, n. 124. An XI-1803. » Cet opuscule n'a pas moins de quatre-vingts pages! Avec quelle passion dans ce temps-là on s'occupait du théâtre!

que quelques heures de cette existence de joie et
d'indifférence, pour m'enfoncer tout entière dans
la vie agitée. A midi, la foule encombrait déjà toutes
les issues du théâtre. *(C'est vrai, chère madame Val-*
more; je ne mens pas.) A quatre heures et demie,
pour entrer par la porte des artistes, on fut obligé
de faire venir la garde pour faire faire passage, et
cette pauvre Mlle Raucourt venait de se fouler le
pied. Mais cette femme courageuse ne voulut pas
me quitter. Elle se fit porter dans ma loge; son
médecin vint la panser. Elle était bien touchante;
je pleurais beaucoup.

— Allons, mon enfant, calme-toi. Ce n'est rien,
je ne souffre pas.

On la porta dans une petite loge d'avant-scène qui
donnait sur le théâtre! Mon entrée fut accueillie avec
faveur. J'eus le bonheur d'obtenir un grand succès
dans ma première scène. Ma peur était légère; et
pourtant, cette salle comble, le Premier Consul dans
sa loge, cette bonne et ravissante Joséphine, toute
la famille assistait à ce début. Le parterre, composé
des gens les plus distingués et des artistes. Nous
avions les amis de Mlle Raucourt, bien entendu : le
fils de Mme Dugazon, Danty, le fils d'Audinot, le
Directeur de l'Ambigu-Comique, tous amis dévoués;
Castéja, ancien préfet; le duc de Fitz-James, le
prince d'Hénin, tout cela au parterre! Quant à moi,
mon frère au parterre et ma sœur à l'orchestre,
essayant tous les vieux gants de ma mère pour faire
le plus de bruit possible en applaudissant.

Après ma première scène, la peur se déclara plus
forte, mais l'action vint à mon secours. Mlle Vanhove jouait Iphigénie; Mlle Fleury, Eryphile; Saint-

Prix (1), Agamemnon; Talma, Achille. Mon cher
Talma, il fut sifflé dans Achille, les partisans du
beau Lafont étaient courroucés de n'avoir par leur
Lafont. Comme Talma a pris sa revanche dans ce
même rôle qui devint pour lui un de ses plus beaux!
Cette agitation du public contre Talma vint me troubler. A chaque instant, Mlle Raucourt m'envoyait
un message : » Cela va bien, tiens-toi ferme. Il y a
de la cabale. N'aie pas peur; oui, n'aie pas peur,
mais tremble toujours. »

Arrivée au IVᵉ acte, à la grande tirade :

> Vous ne démentez pas une race funeste...

je fus interrompue plusieurs fois par de vifs applaudissements. Cela allait trop bien, sans doute. Les
mécontents s'acharnèrent à moi dans les vers :.

> Avant qu'un nœud fatal l'unit à votre frère,

On murmurait, la malveillance fut assez cruelle.
Mlle Raucourt me criait de sa loge : « Recommence. » Je recommençai, même murmure. On en
venait aux mains, on applaudissait. Le Premier
Consul lui-même désavouait cette cabale en applaudissant. « Recommence. » Et, moi, je recommençai
avec plus d'ardeur. Saint-Prix me disait : « C'est
bien, mon enfant. Ils veulent vous intimider; ne
cédez pas. » La troisième fois fut enlevée à la pointe

---

(1) Saint-Prix (Jean-Amable Foucault, dit). — Né à Paris, rue
de Grenelle-Saint-Honoré, le 9 juin 1758. — Comédie bourgeoise,
troupe de la Montansier, à Versailles. — Débute le 9 novembre
1782 et reçu à l'essai. — Sociétaire le 24 mars 1784. — Retraité
le 1ᵉʳ avril 1818. — Mort le 28 octobre 1834. (Georges MONVAL,
Liste alphabétique des sociétaires, etc.)

de l'épée, et mon succès fut d'autant plus grand qu'il fut une protestation à une malveillance trop visible. On me rappelle avec rage. Mlle Raucourt ne put reparaître! On vint remercier pour elle en annonçant l'accident qui la privait de se rendre à l'honneur qu'on lui faisait. Ce fut une rude soirée pour le professeur, pour la débutante; et pour les amis, donc! Ils vinrent dans la loge tout suants, quelques habits déchirés, car on en était venu aux mains. Mon pauvre frère Charles avait les siennes tout en sang. Et le bon Kreutzer aussi était au parterre; il était abîmé, mais il était si artiste, si chaleureux! Tout le monde s'embrassait.

— Quelle belle soirée, Raucourt!

— Oui, oui, elle a été chaude. Cette petite dia blesse n'a pas perdu la tête, et il y avait de quoi.

Monvel me dit :

— Bien, petite. Est-ce que vous saviez le vers :

A vaincre sans péril, on triomphe sans gloire?

Mlle Contat n'avait pas manqué, pour sa chère Fanny, d'assister à ce début. Elle fut de suite après la représentation dans la loge de Mlle Raucourt. Elle m'embrassa à plusieurs reprises, chose peu commune chez elle; aussi, Mlle Raucourt me dit : « Tu dois être bien fière. »

Le Premier Consul et Joséphine envoyèrent complimenter Mlle Raucourt et savoir des nouvelles de sa foulure. Toute la famille du Premier Consul en fit autant. Ah! cette soirée peut-elle jamais être oubliée? Non, jamais. Ces souvenirs-là ne s'effacent pas. Cette foule de gens du monde, des artistes qui se pressaient dans les couloirs de cette loge qui ne

pouvait les contenir tous à la fois, c'était trop
beau, trop imposant. Cette bonne Mme Dugazon,
la Saint-Aubin, les artistes du Grand-Opéra, tous
s'étaient donné rendez-vous pour soutenir l'élève
de Raucourt : il y avait parmi les grands artistes
d'alors tant de fraternité !

On soupa chez Mme Dugazon ; il a fallu en entendre, des avis ! On me prenait à part :

— Tu as été très bien, mon enfant ; mais, à ton
second début, évite de copier ton professeur.

Un autre :

— Fais toujours comme te dira Mme Raucourt.
Prends garde à ta démarche. ne lève pas trop les
bras. Laisse-toi aller à ton inspiration, cela vaut
mieux ; livre-toi à ta nature, ne joue pas trop en
dehors.

Un autre me disait :

— N'aie pas peur, il vaut mieux dépasser le but
que de ne pas l'atteindre.

Voilà trop d'avis pour que mon expérience puisse
choisir le bon. Mais, en vérité, j'étais étourdie.
C'était un véritable casse-tête chinois.

Je revins rompue. Mon père et ma mère décidèrent que dorénavant nous reviendrions prendre
tranquillement notre modeste repas. Je rejouai Clytemnestre. Je ne puis parler de la foule qui se portait à mes débuts. On saura seulement qu'ils ont
duré plus d'un an avec salle comble. Mon second
début fut plus brillant, et sans accident ; puis
Aménaïde, dans *Tancrède*, rôle que j'aimais beaucoup et qui fut très heureux pour moi. Que dirais-
je de mes jeunes succès ? Mais lisez, chers lecteurs, si vous le voulez bien, les feuilletons de cette

époque! Idamé, de *l'Orphelin de la Chine*, me fit honneur. On m'y trouva des entrailles maternelles; et, de fait, j'aimais ces rôles de mère, je m'y trouvais plus à l'aise; puis Didon, Émilie, de *Cinna*, puis enfin Phèdre. Ah! celui-là, je le trouvais si affreusement difficile que je tremblais comme la feuille. Mlle Raucourt tint à me le faire jouer pourtant. Elle me l'avait fait travailler plus que tout autre, puis je lui disais :

— Il me semble que, pour cette femme qui ne mange pas, je me porte trop bien.

— Imbécile! Est-ce que je suis maigre, moi? Faut-il donc être comme la gueuse du Père La Chaise pour bien jouer Phèdre? Elle ne mange pas, mais depuis trois jours.

— Ah! oui, au fait, cela me rassure.

Je jouai avec plus de confiance.

Joséphine avait envoyé à Mlle Duchesnois et à moi nos costumes de Phèdre : ils étaient très beaux, bordés en or fin. Celui de Duchesnois était plus brillant : manteau rouge tout parsemé d'étoiles, voile, etc. Moi, plus simple, manteau bleu Marie-Louise, simple broderie. Le Premier Consul nous fit remettre 3,000 francs à moi et même somme à Mlle Duchesnois.

Après ma première représentation de *Phèdre*, nous étions bien heureux dans notre petite famille! Avec quel appétit je mangeais mes bonnes lentilles en salade! Mais mon beau manteau m'avait déchiré tout le bras. Ma nourrice me frotta avec l'huile de nos si excellentes lentilles.

— Bah! ce n'est rien, va, ma bonne. Qu'est-ce que c'est que d'avoir des égratignures au bras,

quand on a eu une si belle soirée? Le Premier
Consul y était encore avec sa bonne Joséphine; elle
a voulu jouir de son magnifique costume; il m'allait
bien, n'est-ce pas, bon père?

Que de bonheurs à la fois! Le lendemain,
Mlle Raucourt, qui mettait des sommes fabuleuses
à la loterie, venait de gagner un terne et me fit
cadeau de deux petites robes (de soie, allez-vous
croire?); non pas, s'il vous plaît, mais de toile,
c'était bien assez beau pour la pauvre débutante.
Pauvre, mais joyeuse, ravie, étourdie de mes succès; cette foule qui m'entourait, tout était éblouis-
sant pour moi. Quand j'allais au spectacle, on m'applaudissait comme si j'étais un roi; que d'illusions,
pour une pauvre petite cabotine de province!

*(Voici, chers amis, les journaux qui vous feront
classer les rôles de mes débuts — et peut-être reproduire quelques feuilletons — cela allonge la sauce.)*

Nous songeâmes à déménager pour nous mettre
dans nos meubles. Oui, en vérité, dans nos meubles
On trouve un petit appartement rue Sainte-Anne,
au coin de la rue Clos-Georgeot; un entresol qui
donnait sur ce petit bout de rue, juste en face du
maréchal ferrant. Charmant voisinage! qui charmait
mon sommeil et me rendait le service de me faire
lever deux ou trois heures plus tôt.

Notre beau mobilier se composait d'un meuble en
crin noir pour le salon, oui, salon, où ma petite
mère couchait. Alcôve fermée, donc c'était un salon;
une petite table au milieu. Ma chambre à coucher,
une commode, — que j'ai encore, en vérité : c'est un
souvenir — salle à manger, vous comprenez, les
chaises, une table dans ma chambre. Il y donnait

un cabinet avec un canapé, une table; j'appelais le petit trou mon boudoir. Nous étions au fond de la cour et, pour comble d'agrément, il y avait au-dessous des écuries, des voitures de remises tenues par Mme Arsène. Chère femme, elle m'a servie longtemps. Jamais je ne passe dans cette rue Sainte-Anne sans jeter un coup d'œil sur mes quatre fenêtres cintrées; elles sont toujours là. Dieu veuille qu'on ne les jette pas à bas.

Dans cette maison, Mme Germont, couturière de Joséphine, occupait le premier étage. J'allais souvent chez elle. Je m'amusais beaucoup avec ces demoiselles ouvrières; car, chose affreuse, scandaleuse, je le dis à ma honte, le soir, dans la rue, nous courions et jouions aux quatre coins. C'était joli de voir cette débutante (qui, à tort sans doute, faisait courir tout Paris) jouer dans la rue comme une mauvaise gamine; aussi ai-je été gourmandée vertement par ma mère et par Mlle Raucourt, quand la mèche a été découverte. Il a fallu se tenir en artiste et s'ennuyer.

Lucien Bonaparte, que je voyais toujours chez sa sœur, Mme Bacciochi, où je me rendais presque chaque matin, m'envoya un beau nécessaire en vermeil et 100 louis en or. C'était à me rendre folle; je dansais autour de mon nécessaire. Quant à l'argent, je n'en savais que faire : c'était pour maman.

Mais, hélas! ce bon Lucien partit pour l'Italie; il venait de se marier; lui, veuf, épousait une veuve. Ce mariage, je crois, fut cause de son départ. Un protecteur très chaud de moins pour moi. Privée aussi de ses bons conseils pour la tragédie, qu'il aimait avec passion. Je crois que, malgré son amour

pour sa nouvelle épouse, il avait un peu de goût
pour moi, il parla même avec toute la délicatesse
possible de ses projets à Mlle Raucourt. On voulait
me mettre dans une maison *à moi*, me donnant tous
les maîtres possibles ; on en parla même à ma mère,
ma pauvre mère si fière et si distinguée; c'était mon
avenir assuré. On me mena même, sous un prétexte,
voir cette maison ; on finit par me dire qu'elle serait
à moi, mais que je devais l'habiter *seule*. Ah! bien
oui! Que me fait votre maison, sans les miens? Mais
j'y mourrais! Je n'en veux pas, je refuse et de très
grand cœur. Mais, comme tout ceci avait lieu assez
avant le départ, qu'on était loin de prévoir, le
départ arriva. Oh! les hommes, ils vous aiment et
vous trompent! Peut-être aussi était-ce en tout bien
tout honneur qu'il voulait me rendre heureuse.
C'est possible, cela se voit; c'est rare, mais enfin
cela se voit, et j'en vais donner la preuve.

LE PRINCE SAPIEHA

Au milieu de tout ce bruit, de tous ces beaux
succès, il fallait se tenir sur ses gardes. Vous comprenez que bien des tentatives furent faites, bien
des déclarations; comment en aurait-il été autrement? Au théâtre, on a toujours des adorateurs;
belles ou laides, on en est assailli. Ma mère recevait
et éconduisait, c'était son devoir, toutes ces propo-
sitions. Il nous arriva une sœur de ma mère, mar-
raine de ma sœur Oribelle, femme très bonne, très
coquette et assez légère, inconséquente, et pas le
moins du monde sévère. Je l'aimais beaucoup, c'est
tout simple; à elle, je disais ce que je n'aurais pas

osé dire à ma mère. Puis, elle me flattait. Décidément, on aime la flatterie. Quand je jouais, ma mère me faisait mille observations; elle avait bien raison, ma mère! Ma tante me trouvait toujours superbe; elle avait bien tort, ma tante! mais elle me faisait plaisir. Puis elle me racontait tout ce qu'elle entendait dire. Hélas! elle mentait sans doute; elle me faisait mal, mais elle me faisait plaisir! Ma mère, au contraire, me disait : « J'entendais dire que tu devrais prendre garde à ta démarche; que tes sorties étaient mauvaises, quelquefois trop de précipitation dans ton débit; que cela te rendait parfois la mâchoire lourde. » Elle avait raison, ma mère, mais cela ne me faisait pas plaisir. La flatterie perfide vous perd et on l'aime; on s'éloigne toujours du bien pour se rapprocher du mal. Ce qui devait me rapprocher de ma mère m'en éloignait; ce qui devait m'éloigner de ma tante m'en approchait; par ses éloges exagérés, elle attirait ma confiance. Oh! comment, si jeune, comprendre et faire la part du bien et du mal?

Je vivais bien simplement; j'allais à mon théâtre à pied par cet affreux passage Saint-Guillaume. On m'avait donné pourtant le luxe d'une femme de chambre; luxe indispensable. Je n'aurais jamais consenti à voir ma mère dans les coulisses me tenir mon verre d'eau; elle ne l'aurait pas voulu non plus. Elle ne venait jamais dans les coulisses; elle avait sa loge et s'y tenait toute la soirée. Je trouve si humiliant et si déplacé de voir une mère aux côtés de sa fille : cela donne matière à des interprétations fort sales; c'est ma façon de voir à moi. J'avais bien des petites tracasseries à éprouver de la part de mes antagonistes, bien de vilaines lettres anonymes, moyen si bas et que l'on emploie trop. Quand je jouais bien, des gens enrhumés; mais tout ceci était si peu de chose, je m'en préoccupais si peu! Cela m'animait, au contraire. L'opposition m'a toujours été favorable; c'était un stimulant qui me montait. Un jour, pourtant, on me fit une chose infâme. Je jouais Phèdre, le soir. A midi, je reçus un petit mauvais journal qui disait qu'à Abbeville, pendant une représentation, des décombres étaient tombés du côté du théâtre et avaient atteint le chef d'orchestre; ce chef, c'était mon père. Jugez de mon effroi, de mon désespoir. Comment faire, mon Dieu? Point de chemin de fer, pas de télégraphe électrique. Je ne voulais pas jouer; j'allais partir, j'étais morte. A quatre heures, je reçois une lettre de mon père. La vie me revient : quel coup affreux on m'avait porté! J'écris bien vite que je jouerai. Mais la secousse avait été si violente, si déchirante, que j'arrivai épuisée au théâtre, et qu'au quatrième acte je tombai en scène, à côté de cette bonne Mme Guen qui jouait OEnone. Elle, si chétive, ne put me relever; on vint m'enlever. Le public, si excellent pour moi, demanda de mes nouvelles, et Florence vint annoncer qu'il m'était impossible de continuer. Pas un murmure. Le bruit se répandit bientôt dans la salle de la cause de mon évanouissement. On *chercha* les auteurs d'une telle infamie, on les *connut*. Je pouvais poursuivre cette affaire, faire du scandale; je ne l'ai jamais aimé. La rivalité vous rend quelquefois bien cruelle. Tant pis pour celle qui peut avoir l'instinct du mal; elle en sera punie. Quelques jours après, je n'y pensais plus;

seulement, je dis à l'oreille de la personne : « Vous
êtes bien méchante ; mais c'est égal, allez toujours ;
vous finirez par m'amuser beaucoup. » *(Ce fait
est vrai. C'était la bonne Duchesnois qui avait fait
mettre cet article.)*

Les visites ne me manquaient pas, les étrangers surtout. En général, ils aiment les artistes, leur
société. Il y avait un vieux marquis de Veuil qui était
sans cesse en observation et qui se faisait le cice-
rone de tout étranger de marque, qui arrivait. Il
menait vie joyeuse, le cher marquis ; il avait voiture.
Comment suffisait-il à cette existence? On ne sait.
Mais enfin il était reçu partout. On est si indifférent
à Paris, si facile. Vous venez en voiture, vous avez
un ruban quelconque à votre boutonnière, vous êtes
un homme comme il faut ; allons, c'est convenu : on
vous reçoit. Il venait me rendre visite à ma loge,
accompagné presque toujours d'un beau monsieur
couvert de crachats, étranger toujours. Le vieux
marquis les présentait tous au cercle du comte de
Livry, cercle où l'on jouait. Sans doute que le vieux
marquis avait le titre et les émoluments d'introduc-
teur. Il me demanda la permission de me rendre ses
devoirs chez moi (il était très bien élevé, le vieux
marquis).

— Venez, marquis, je vous recevrai.

Il vit mon modeste réduit ; il fut fort surpris.

— Eh bien! oui, monsieur, c'est comme cela ; je
me trouve très bien.

— Ah! miséricorde! quel tapage! Mais on ne
s'entend pas.

— Calmez-vous. C'est mon voisin, le maréchal,
qui, malheureusement pour vos oreilles si déli-

cates, a beaucoup de pratiques aujourd'hui ! C'est
bien fâcheux, j'en suis désolée, mais, moi, j'y suis
faite.

— Mais vous ne pouvez pas rester ici.

— J'y reste, à moins que vous n'ayez un palais à
m'offrir. Jusque-là, je ne me sépare pas de mon maréchal ferrant : je l'aime !

— Chère demoiselle, il faut être jeune comme
vous pour supporter un pareil vacarme.

— Je le supporte et j'en ris.

— Je venais vous prier de recevoir le prince
Sapieha, homme distingué, qui adore les artistes et
qui cherche leur société. Il va toutes les fois à vos
représentations, et il sera très heureux d'être admis
auprès de vous.

— Pourquoi pas, si ma mère le permet? Nous
recevons beaucoup de monde, mon voisin le maréchal peut vous le dire; je puis donc recevoir le
prince Sapieha.

Ma tante poussait beaucoup à cette réception;
elle aimait peut-être les Polonais !

Le prince me fut présenté. C'était effectivement
un homme tout à fait distingué, grand, mince, une
physionomie fine et charmante, élégant sans affec-
tation, très simple, ce qui dénote toujours le grand
seigneur. Il resta peu, ne m'accabla pas de compliments, ce qui est encore très distingué d'un homme
d'esprit, obtint la permission d'être reçu le lendemain. Il revint et demanda l'autorisation de me
faire accepter comme hommage au jeune talent un
superbe cachemire rouge, un voile d'Angleterre et
un petit bijou de col avec une chaîne et un petit
médaillon. Ma mère lui dit :

— Monsieur, si c'est à l'artiste que vous offrez ces cadeaux, elle les recevra comme *artiste*.

Le prince Sapieha, vraiment grand seigneur, s'était pris pour moi, non pas d'amour, certes, mais bien d'un véritable attachement. Il me voyait comme une enfant qui s'amuse de tout. Le prince Lucien, avant son départ, m'envoya un nécessaire en vermeil magnifique. Il y avait au fond de la théière en vermeil 100 louis en or.

— Tiens, maman, voici des pièces d'or; prend-les bien vite. Ah! qu'il est bon, M. Lucien, de penser à sa petite protégée. Je vais aller le remercier.

Le lendemain, à midi, je fus reçue; il me dit :

— Chère enfant, c'est trop peu de chose. Je voulais faire plus, vous rendre indépendante et heureuse.

— Mais je suis très heureuse, moi!

— Oui, pour le moment. Pensez que tout cela est fragile. Vous êtes jeune, songez à l'avenir. Le public est capricieux; tâchez de vous rendre indépendante, afin de vous retirer, si vous éprouvez un revers.

Il m'avait pris le bras et me faisait parcourir son jardin, me faisant la morale. Il avait bien raison. Il me mena à ma voiture, qu'il avait fait avancer à la grille, qui donnait rue de l'Université. Il y avait, il y a encore là, au même endroit, une pompe. Je n'y passe jamais sans donner un coup d'œil sur cette grande grille et sans donner un souvenir de reconnaissance au prince Lucien. Il partit le lendemain. Je lui promis de lui écrire tout ce qui m'arriverait. Je le fis pendant quelque temps, puis plus du tout. J'étais ingrate. Je me le suis reproché, mais trop

tard, comme cela arrive. Le passé, on l'oublie trop
vite ; on ne peut plus y revenir, il est trop tard.
Hélas ! ce mot : trop tard ! est affreux !

J'avais très envie d'une paire de bracelets en cheveux de je ne sais qui et dont les fermoirs étaient
composés de deux grosses roses. J'avais vu ces bracelets chez un petit bijoutier borgne ; ils coûtaient
une somme fabuleuse : 200 francs. Il n'y fallait pas
songer. Sur les 100 louis du prince Lucien, ma mère
fut me les acheter et les mit, sans me prévenir, dans
mon nécessaire, que je visitais au moins dix fois par
jour. Je vous laisse à penser quelle fut ma joie. Ces
deux petits bracelets, les ai-je gardés longtemps ! Ils
me coûtaient un argent fou en coton ; je les chan-
geais tous les jours, ce qui divertissait beaucoup le
prince Sapieha.

— Vous ne pouvez pas rester dans ce petit loge-
ment ; cherchez-en un, il le faut. Ne vous occupez
pas du reste.

Ma tante se mit en course, et, rue Saint-Honoré,
n° 334, en face de l'hôtel de M. Lebrun, troisième
Consul, on me fit venir pour voir un appartement
au premier étage avec un grand balcon. Oh ! pourvu
qu'on ne jette pas en bas cette belle maison, et mon
cher balcon, mon premier luxe ! Appartement de
2,400 francs avec écuries et remises !

— Ah ! ma tante, que c'est beau ! Mais pas de
meubles, pas de chevaux.

— Sois tranquille, je suis chargée de tout.

— Par qui ?

— Par le prince Sapieha.

— Oui, par le prince Sapieha. C'est très bien, mais
je ne l'aime pas ; je ne veux donc rien accepter.

— Il le sait, mais cela lui est égal ; il veut que tu sois bien comme tu le mérites.

— Il ne veut pas autre chose? A la bonne heure !

Après toutes mes conditions bien assises, je laissai faire tout ce que le généreux grand seigneur commandait. Il paraîtra très singulier peut-être de rencontrer tant de magnificence désintéressée. Cela existe et a existé pour moi, et sans doute pour bien d'autres. N'avons-nous pas vu des personnages qui, dans leur testament, ont fait des legs à des artistes? Le prince Sapieha a fait de son vivant des largesses, ce qui est encore plus grand, et plus noblement généreux ! Il rendait heureux de suite. Il vaut mieux se faire bénir de son vivant qu'après sa mort. C'est moins égoïste : ce qu'il donnait, il ne l'avait plus, tandis que ne donner qu'après sa mort, c'est de la générosité avare.

On me consultait sur mes goûts. Il ne me fallait que peu ; en sortant de mon petit réduit, tout me paraissait du luxe. Je fis ma chambre à coucher en quinze seize lilas et mousseline brodée. Quant au boudoir qui donnait dans ma chambre, je ne voulus rien y mettre, le réservant pour ma femme de chambre; j'étais trop poltronne pour ne pas l'avoir près de moi. Le salon en soie carmélite et garnie de velours noir. Salle à manger tout en blanc. Dans ce temps, le luxe était très modeste. Le moyen âge n'existait pas, les meubles de Boule étaient inconnus. On avait tort; c'est vraiment beau. Il y a maintenant une recherche si élégante dans l'ameublement. Puis les élastiques sont si doux, les divans si commodes, au lieu de nos meubles si durs. On mettait tout à l'antique; c'était beau sans doute, mais c'était triste et sévère. On ne pouvait pas, au milieu de ce genre grec, se mettre à la Pompadour; on aurait eu l'air grotesque. On se mettait en tunique, coiffure à la Titus; c'était très joli et bien affreux de se faire couper ses beaux cheveux! On était moitié homme. Ces tuniques en mousseline de l'Inde étaient bien séduisantes; les épaules nues, les bras, on était vraiment bien. Mais les femmes maigres, c'était triste pour elles!

Il fallait être un peu formée en statue pour porter avec avantage ce costume. Les statues montrent leurs épaules, leur poitrine, leurs bras; j'ai été bien étonnée quand j'ai vu des tragédiennes couvertes jusqu'au col comme les hommes. Je me suis dit : « Peut-être que tout est changé. Ces statues aujourd'hui sont plus modestes; elles veulent être habillées en vestales! Au fait, c'est plus honnête; les mœurs l'exigent; on est devenu si pudique. Puis, la maigreur s'en trouve bien, ce qui n'empêche pas de trouver Vénus et Diane bien belles. On va les voiler, espérons-le; les mœurs le veulent.

(Chers Valmore, excusez tous deux toutes mes bêtises.)

Revenons aux choses humaines. Me voici donc dans mon appartement. Rien n'y manque, et je n'ai point la tête tournée de tout cet éclat. Je marche sur des tapis magnifiques. Je me vois reflétée dans des glaces superbes, je ne me regarde pas plus! Mon bon prince est heureux du bien qu'il me fait. Chaque jour, ce sont de petites surprises. Des porcelaines partout, jusque sur une petite table de ma chambre; table antique toujours, pied de biche doré, marbre blanc. Ma nourrice, pendant que j'étais au spectacle, venait visiter ma chambre, l'épousseter : elle était très propre, ma nourrice, et très maladroite. Toute la table renversée, et toutes les belles porcelaines brisées. Elle craignait mon retour, pauvre Marianne, ou plutôt celui de ma mère. Que faire? Je riais, moi.

— Ne te tourmente pas, va; j'aime mieux cela que si j'étais malade. Laisse dire maman; ne réponds pas surtout. Va bien vite te coucher; demain, il n'y paraîtra plus. Bah! nous en aurons d'autres. Seulement, il ne faudra pas être si propre.

Nous étions à peu près en famille; ma mère, ma tante, toujours très indulgente. Mon frère Charles, qui était premier violon au théâtre de Feydeau, ne logeait pas avec nous, mais venait tous les jours dîner avec sa famille. Mon bon père était toujours à Amiens, et faisait de fréquents voyages à Paris. Nous avions voiture; ma tante avait amené un petit garçon, fils de sa bonne, pauvre fille qui était morte à Amiens, d'une manière bien affreuse. Je me rappelle cet affreux événement. Ma tante venait de prendre un bain de pieds dans un vase en faïence. Elle s'était remise au lit; elle sonna Jane pour prendre le vase. Ma tante logeait au deuxième étage, les fenêtres à balcon. Cette Jane, pour ne pas descendre apparemment, trouva plus commode de vider le vase par la fenêtre. Malheureuse! L'eau du bain était savonneuse : il lui échappa, elle voulut le retenir et tomba sur le pavé, la tête brisée. Ah! l'affreux spectacle! Ma tante, qui fut au désespoir de perdre ainsi cette femme, qu'elle avait à son service depuis douze ans, garda son fils orphelin. C'est le même petit Joseph que je fis habiller en jockey, qu'on nommerait tigre aujourd'hui, et qui montait derrière la voiture pendant le jour. Joseph était très heureux, mais, le soir, il avait une peur effroyable, et nous étions obligés de le prendre avec nous dans la voiture, ce qui m'amusait infiniment. Pauvre petit! nous l'aimions, et ne voulions pas le rendre malheureux et sans doute malade par la peur. « On va me tirer les jambes? Prenez-moi. Je vais tomber! » Tout se passait gaiement. Des succès, des déclarations! J'étais sûre, en rentrant, d'en trouver bon nombre, et souvent de bien bizarres.

Une fois, on me donna rendez-vous aux Catacombes. Fi! l'horreur! « On ne pouvait, disait-on, me voir que là; on devait agir avec mystère, tant les ménagements qu'on avait à garder étaient grands, mais je ne devais rien, rien craindre. Ma position serait compromise en agissant avec moins de prudence. Je sais ce que vous inspirez à un illustre personnage, et il serait dangereux pour moi, si l'on s'apercevait de la passion que vous m'inspirez. Soyez donc confiante; venez, et, si je suis assez heureux pour ne pas vous déplaire, je vous jure que la visite dans un lieu, qui d'abord peut vous paraître lugubre, ne se renouvellera plus. Mon désir ardent est de vous consacrer ma vie et de mettre ma fortune à vos pieds. Si vous consentez, ce soir, à minuit, mettez-vous à votre fenêtre. »

Ah bien! oui, je m'y mettrai à ma fenêtre, mais pour me moquer de vous. Vous pouvez m'attendre, aimable amant, au milieu de votre charmant séjour d'ossements, et y déposer vos soupirs et votre fortune. Allons donc, Clémentine (ma **femme de chambre**), c'est un fou ou un assassin. **Elle est** jolie, sa déclaration! Ah! s'il fait pareilles offres de sa fortune, il la gardera longtemps. C'est un juif que cet amoureux-là, et un juif gascon encore!

Ce drôle d'amant m'a poursuivie par trois ou quatre lettres; puis, je n'en ai plus entendu parler. J'ai eu tort de ne pas porter ces lettres au préfet de police! Aujourd'hui, on n'y manquerait pas. Cet imbécile, qui craint de perdre sa position et qui met, dit-il, sa fortune à mes pieds! Renonce à ta position, homme passionné, et démasque-toi au beau soleil; alors on consentira peut-être à te regarder. Quelle plate plaisanterie!

Un autre, c'était un fils de famille qui, si je voulais bien consentir à le recevoir, se déguiserait en femme. C'était plus gai, à la bonne heure! Mais je n'admettais pas les travestissements.

Un autre s'annonçait sous le nom de M. *Papillotes.* Ceci me parut plaisant. Ma femme de chambre l'avait vu. C'était un homme de quarante-cinq ans environ, très bien, de bonnes manières, mais très original. Il s'était faufilé au théâtre, et, quand je jouais, il causait avec ces messieurs et ces dames. Avec moi, il avait l'air du bon papa... Un jour, il m'entendit tousser :

— Permettez-moi de vous envoyer des sirops des îles; ils sont excellents pour la poitrine.

— Merci, monsieur, j'accepte.

Le lendemain, effectivement, je reçus des caisses de sirops, des caisses de liqueurs des îles, des pains de sucre. Ah çà! ce brave homme est un épicier en gros. Il vint me voir, ce brave homme! Ah! il n'y avait pas de danger à le recevoir. Quel singulier personnage!

— Ah! que vous avez un mauvais coiffeur! Il vous met très mal vos papillotes. Permettez que je vous les mette.

Ah! mon Dieu! c'est peut-être un perruquier. Je riais avec Clémentine à en tomber malade.

— Voyons, donnez du papier à monsieur, puisqu'il veut bien me coiffer.

— Non, non, votre papier n'est pas bon; j'ai le mien dans ma poche.

— Plus de doute, Clémentine, c'est un insolent perruquier.

— Vous avez aussi votre fer à papillotes?

— Non, mademoiselle; il ne faut jamais passer mon papier au feu. Laissez seulement deux heures mes papillotes, et vos cheveux friseront à merveille; vous verrez que vous serez contente.

Je lui laisse ma tête; il me met je ne sais combien de papillotes, puis il me dit :

— Vous me permettez de vous rendre visite dans quelques jours?

— Certainement.

— Clémentine, vous ne laisserez plus entrer cet homme, entendez-vous? Revenez vite m'ôter tout ce papier et me nettoyer la tête. Cette bête d'homme m'a tiré les cheveux et m'a fait un mal horrible. Allons, vite, ôtez-moi tout ce sale papier.

— Ah bien! il est drôle, son papier! Regardez donc, mademoiselle?

Des billets de banque! Ah! pour le coup, c'est un banquier. Il y en avait au moins une vingtaine de 500 francs chacun. *(Ma bonne amie Valmore, c'est vrai, je vous le jure.)*

Ah! celui-là n'a pas besoin des Catacombes, mais

Papillotes est un très joli nom ; j'espère qu'il le conservera.

Je suis restée sur M. Papillotes, m'en ayant posé une vingtaine à 500 francs. Malgré la coiffure dorée de ce monsieur, il m'ennuyait, et fort souvent je lui refusais ma porte. C'était mal, car ce cher homme était amoureux de sa profession de coiffeur dont il s'acquittait si bien, ne demandant que très humblement à me baiser la main. Il était d'une courtoisie bien rare, et, en fin de compte, je devais y mettre un terme : toutes les papillotes ne pouvaient me dédommager de la somnolence que sa présence me causait. L'élégant prince Sapieha était spirituel, très amusant. Je le voyais rarement ; il avait une passion effrénée pour le jeu : cette passion l'occupait exclusivement. D'ailleurs, il ne m'aimait point d'amour : je l'intéressais, voilà tout. C'était vraiment un ami pour moi. Les conversations d'amitié languissent.

— Comment allez-vous, ma chère enfant?

— Bien ; et vous, mon prince?

— Moi, je suis très fatigué, chère. J'ai passé la nuit à jouer ; je suis brisé, ce matin. Ah ! vous avez joué Aménaïde, hier. Avez-vous eu beaucoup de monde?

— Beaucoup ; puis, le Premier Consul y était.

— Diable ! Il aime donc bien la tragédie, le Premier Consul? Il y vient presque chaque fois.

— C'est vrai, mais c'est que Talma joue toujours avec moi, et le Premier Consul aime beaucoup Talma. Pour moi, je sens que je suis plus animée, quand je le vois dans sa loge ; c'est qu'il s'y connaît, lui ! Il doit se voir quelquefois dans ces grands héros ;

je suis sûre qu'il cause avec eux. Il est si grand aussi, notre Premier Consul; la grandeur lui va si bien; et comme il est beau! Je voudrais le voir, lui parler. On dit qu'il a une voix et une parole si douces. Et quelle jolie petite main! on la voit à merveille : il la pose sur le devant de sa loge. Bien certainement il y a là une intention coquette. Pourquoi pas? Les grands hommes ont bien la leur.

— Ma chère, vous êtes folle de votre Premier Consul.

— Non, je n'en suis pas folle. Je l'aime et l'admire comme tout le monde. Voyez, quand il entre dans sa loge, les femmes se lèvent, l'applaudissent; elles ne sont pas folles de lui, pourtant. C'est de l'enthousiasme, du délire; la police n'y est pour rien. Allez, c'est de l'élan vrai.

Je crois que le cher prince n'était pas de mon opinion. Ah! s'il m'avait dit un mot contre le Consul, je l'aurais très poliment mis à la porte. Ce nom de Napoléon, je l'ai toujours aimé; c'était mon culte, et je n'en ai jamais changé. Je n'ai jamais eu la sottise d'avoir une opinion, moi, femme et artiste. Mais je me suis permis d'adorer le nom, et mes affections sont toujours restées fidèles. Je ne m'en suis jamais cachée; je l'ai dit à qui à voulu m'entendre. N'importe, cela soulageait mon pauvre cœur.

BONAPARTE. — LIAISON AVEC LE PREMIER CONSUL. — TALLEYRAND. — TALMA.

Ma première entrevue avec le Premier Consul.
Je venais de jouer *Iphigénie en Aulide* (Clytem-

nestre). Le Consul assistait à la représentation. En rentrant chez moi, je trouvai le premier valet de chambre du Consul, Constant, qui venait me prier, de la part du Consul, de permettre que l'on vînt me prendre le lendemain, à huit heures du soir, pour me rendre à Saint-Cloud; que le Consul voulait me complimenter lui-même sur mes succès!

Je fut saisie d'une manière affreuse, moi qui, quelques jours avant, manifestais au prince le désir ambitieux de parler au Consul. On m'offre cette occasion, et je me trouve pétrifiée. Étais-je contente? En vérité, non, et dans ce moment j'étais fort peu désireuse de grandeurs! Que vais-je faire? Que répondre à ce Constant, qui était là avec sa figure réjouie et qui paraissait fort étonné de l'immobilité de la mienne? Singulière chose que le cœur humain! Moi, qui ne pensais jamais au prince Sapieha, j'y pense alors; lui, si excellent, si grand seigneur, qui m'offre tout ce que je peux désirer, qui est très amusant, qui a d'excellentes manières, qui ne demande qu'à baiser le bout de mes doigts, qui me laisse parfaitement libre, et dans ma tranquille innocence, chose bien convenue entre nous et bien respectée. Que pouvais-je désirer, mon Dieu! Rien! Eh bien, si, j'avais besoin d'être ingrate, et allais l'être en effet. Je l'avoue, la curiosité l'emporta, l'amour-propre peut-être; que sais-je, moi? Je réponds à Constant : « Dites au Premier Consul, monsieur, que j'aurai l'honneur de me rendre demain à Saint-Cloud. Vous pourrez venir me prendre à huit heures, mais pas chez moi, au théâtre. Au théâtre. Pourquoi? Je n'en sais rien. Pour me compromettre tout de suite, sans doute. Sotte vanité qui venait honteusement s'emparer d'une pauvre jeune fille.

J'étais triste après avoir congédié Constant. Je passai une nuit toute d'agitation; j'étais mécontente de moi. Mais que vais-je lui dire, moi, au Consul? Que me veut-il? D'ailleurs, il pouvait bien venir chez moi. Décidément, cette entrevue me trouble et je suis bien tentée de n'y pas aller, à son Saint-Cloud! Malgré toutes ces réflexions, je calculais comment il faudrait m'habiller. En blanc ou en rose? Une belle toilette ou un joli négligé? Bah! je verrai cela demain. Je vais dormir, à la fin. Mon Dieu, pourquoi le Consul a-t-il la fantaisie de me voir? Il est maître, on ne peut le refuser! C'est juste, ce n'est pas ma faute, je ne pouvais pas refuser. Ainsi, dormons.

A huit heures, je sonnai ma femme de chambre:

— Eh bien! Clémentine, je n'ai pas fermé l'œil. J'avais envie de vous sonner pour causer. Voyons, parlez. Que vais-je mettre pour aller là?

— Ah! mademoiselle, que vous êtes de mauvaise humeur! Il y en a tant d'autres qui voudraient être à votre place!

— Tu crois cela, toi? C'est joli!

— Oui, oui, mademoiselle, si la Volnais, la Bourgoin (1), voire même Mlle Mars pouvaient être appelées à votre place, elles seraient ravies. Songez donc ce que c'est que le Premier Consul. Si vous ne le

(1) Bourgoin (Marie-Thérèse-Étiennette). — Née à Paris, rue des Deux-Anges, le 4 juillet 1781. — Débute le 13 septembre 1799. — Nouveaux débuts le 28 novembre 1801. — Sociétaire en mars 1802. — Retirée le 1er avril 1829. — Morte à Paris le 11 avril 1833. — Inhumée au Père-Lachaise. (Georges MONVAL, *Liste alphabétique des sociétaires*, etc.)

comprenez pas, c'est que vous êtes tout à fait une enfant.

Cette Clémentine était une servante-maîtresse, très fine et très rusée. Elle piquait mon amour-propre par vanité, elle allait au but. Pauvre humanité!

La journée me parut d'une longueur démesurée. Je ne pouvais rester en place; j'allais au bois de Boulogne; je revenais chez mon parfumeur, chez ma marchande de modes; au théâtre, je rencontrai mon bon Talma.

— Qu'as-tu donc? tu as l'air d'une folle. Je te dis bonjour, tu ne me réponds pas; tu me pousses pour passer. Es-tu malade? ou en veux-tu au régisseur?

— C'est vous, Talma, qui êtes fou de me dire ce que vous dites. Je n'ai rien.

Fleury me prit par les mains, le vilain moqueur.

— Voyons, regardez-moi. Vous êtes rouge comme une cerise, aujourd'hui, vous ordinairement pâle comme le lis de la vallée. Êtes-vous en colère? Voyez donc, Contat. Ne lui trouvez-vous pas l'air étrange, un air de conquête? Hé! hé! il y a quelque chose.

Ah! mon Dieu! saurait-on déjà? Qu'est-ce qu'ils me veulent donc, tous ces gens-là?

— J'ai mal à la tête! Est-ce que je ne puis avoir mal à la tête? Vous avez bien la goutte, vous, monsieur Fleury, qui vous moquez de moi. Eh bien, est-ce que vous êtes de bonne humeur, quand vous avez la goutte?

— Oh! qu'elle est méchante! Ne lui parlons plus; elle est en train de nous maltraiter tous, même son bien-aimé Talma. Embrassons-la pour la punir et sauvons-nous.

Charmant et aimable Fleury! Il était toujours marquis, même dans ses pantoufles et dans sa robe de chambre!

Je rentrai vite chez moi. Il me semblait que j'avais un écriteau sur le dos où l'on avait écrit mon rendez-vous. Enfin, six heures. « Allons, Clémentine, habillez-moi : un négligé blanc en mousseline, rien sur la tête; un voile de dentelle, un cachemire, voilà tout. » Je vais aller au théâtre pour passer les deux heures mortelles. « Venez avec moi, vous m'avertirez quand Constant sera là. » Je m'installe dans une loge pour être là bien seule. Volnais vint m'y trouver. Que le bon Dieu la bénisse! Quel ennui! On jouait *Misanthropie et repentir*, je ne l'oublierai jamais.

— Verrez-vous tout le spectacle, George?

— Non, et vous?

— Non plus; j'ai affaire à neuf heures.

— Bon, elle aussi.

— Où allez-vous donc dans une toilette si riche? Y a-t-il un bal quelque part?

— Non, je vais en soirée. Vous avez une parure bien éclatante. (J'avoue que je préférais la mienne : elle était plus simple.)

Pauvre Volnais. Elle allait chez notre brave gouverneur, le général Junot. Cette parure faisait présager un mauvais goût de l'adorateur. Cette liaison a duré assez de temps. Elle lui a flanqué sur le dos des enfants qu'il n'a jamais faits, mais que Michelot a pris le soin de fabriquer. *(Ceci pour toi, mon cher Valmore.)*

Clémentine vint :

— On vous attend.

— Ah! Clémentine, que je voudrais revenir chez moi!

Je trouvai Constant au bas de l'escalier de l'entrée des artistes. Nous allâmes prendre la voiture conduite par le fameux César, qui heureusement aimait un peu trop à se rafraîchir, ce qui, le jour de la machine infernale, rue Nicaise, sauva l'empepereur et l'impératrice qui se rendaient à l'Opéra, et notre César, étant un peu trop désaltéré, mena ses chevaux avec une telle rapidité que le coup affreux fut manqué.

Nous voilà partis. Ce qui se passa en moi pendant la route, il m'est impossible de le décrire. Mon cœur battait à me briser la poitrine. Je ne causais pas, allez. De temps à autre, je disais à Constant :

— Je meurs de peur. Vous feriez bien de me reconduire chez moi et de dire au Premier Consul que je me suis trouvée indisposée. Faites cela et je vous promets de revenir une autre fois.

— Ah! bien oui, je serais bien reçu!

— Mais quand je vous dis, monsieur, que j'ai une peur tellement forte que je ne pourrai dire un mot, que je serai glacée, et que votre Premier Consul me jugera pour la plus grande bête qu'on ait jamais vue. Savez-vous que j'en serai fort humiliée?

Ce Constant riait de tout son cœur, ce qui me parut assez impertinent.

— Rassurez-vous. Vous verrez combien le Consul est bon, vous serez bien vite remise de votre frayeur. Soyez donc tranquille, il vous attend avec une vive impatience, etc. Ah! nous voilà arrivés! Allons, mademoiselle, rassurez-vous, oui, et tremblez toujours.

Nous traversons l'Orangerie, puis nous arrivons devant la fenêtre de la chambre à coucher donnant sur la terrasse, où Roustan nous attendait. Il soulève le rideau, ferme la fenêtre sur moi, passe dans une autre pièce. Constant me dit : « Je vais prévenir le Premier Consul. »

Me voilà seule dans cette grande chambre; un immense lit au fond et en face des croisées, de grands rideaux soie verte, un grand divan agrandi, estrade en face de la cheminée. De grands candélabres chargés de bougies allumées, un grand lustre. Eh! mon Dieu! c'est éclairé comme un jour de bal. Est-ce effrayant? Rien ne peut échapper aux regards, une tache de rousseur serait vue. Tout est grand ici; pas le moindre petit coin mystérieux où l'on puisse se dérober : tout est découvert. C'est trop beau pour moi! Mettons-nous dans cette bergère. Là, entre le lit et la cheminée, je serai un peu cachée; on ne m'apercevra pas de suite. Ah! cela me rassure un peu; puis, mon voile bien baissé, je serai plus hardie.

J'entends un petit mouvement. Ah! comme le cœur me bat! C'est lui. Le Consul entre par la porte qui était à côté de la cheminée, porte donnant dans la bibliothèque.

(Tous ces détails vous paraîtront bien futiles, ma chère Marceline; je pense pourtant qu'il faut les donner.)

Le Consul était en bas de soie, culotte satinée blanc, uniforme vert, parements et collet rouges, son chapeau sous le bras. Je me levai. Il vint à moi, me regarda avec ce sourire enchanteur qui n'appartenait qu'à lui, me prit par la main et me fit asseoir sur cet énorme divan, leva mon voile qu'il jeta à terre sans plus de façon. Mon beau voile! C'est aimable; s'il marche dessus, il va me le déchirer. C'est fort désagréable.

— Comme votre main tremble! Vous avez donc peur de moi? Je vous parais effrayant? Moi, je vous ai trouvée bien belle, hier, madame, et j'ai voulu vous complimenter. Je suis plus aimable et plus poli que vous, comme vous voyez.

— Comment cela, monsieur.

— Comment! je vous ai fait remettre 3,000 francs après vous avoir entendu dans Émilie, pour vous témoigner le plaisir que vous m'avez fait. J'espérais que vous me demanderiez la permission de vous présenter pour me remercier. Mais la belle et fière Émilie n'est point venue.

Je balbutiais, je ne savais que dire.

— Mais je ne savais pas, je n'osais prendre cette liberté.

— Mauvaise excuse! Vous aviez donc peur de moi?

— Oui.

— Et maintenant?

— Encore plus.

Le Consul se mit à rire de tout son cœur.

— Dites-moi votre nom?

— Joséphine-Marguerite.

— Joséphine me plaît, j'aime ce nom; mais je voudrais vous appeler Georgina. Hein! voulez-vous? je le veux.

(Le nom m'est resté dans toute la famille de l'empereur.)

— Vous ne parlez pas, ma chère Georgina. Pourquoi?

— Parce que toutes ces lumières me fatiguent. Faites-les éteindre, je vous prie ; il me semble qu'alors je serai plus à l'aise pour vous entendre et vous répondre.

— Ordonnez, chère Georgina.

Il sonna Roustan :

— Éteins le lustre.

— Est-ce assez?

— Non, encore la moitié de ces énormes candélabres.

— Fort bien. Éteins.

— A présent, y voit-on trop?

— Pas trop, mais assez.

Chère madame Valmore, tous ces détails vous sembleront bien enfantins ; mais ils sont vrais, très mal racontés par moi ; mais, par vous, ils seront charmants. Il faut tant de goût, tant de délicatesse! Vous possédez tout cela, vous!)

Le Consul, fatigué quelquefois de ses glorieuses et graves préoccupations, semblait goûter quelque plaisir à se trouver avec une jeune fille, qui lui parlait tout simplement. C'était, je le pense, nouveau pour lui.

— Voyons, Georgina, racontez-moi tout ce que vous avez fait. Soyez bonne et franche, dites-moi tout!

Il était si bon, si simple, que ma crainte disparaissait.

— Je vais vous ennuyer. Puis, comment dire tout cela, je n'ai pas d'esprit? Je vais très mal raconter.

— Dites toujours.

Je fis le récit de ma très petite existence, comment je vins à Paris, toutes mes misères.

— Chère petite, vous n'étiez pas riche; mais, à présent, comment êtes-vous? Qui vous a donné le beau cachemire, le voile, etc.?

Il savait tout. Je lui racontai toute la vérité sur le prince Sapieha.

— C'est bien, vous ne mentez pas. Vous viendrez me voir, vous serez discrète; promettez-le-moi.

Il était bien tendre, bien délicat; il ne blessait pas ma pudeur par trop d'empressement, il était heureux de trouver une résistance timide. Mon Dieu! je ne dis pas qu'il était amoureux, mais bien certainement je lui plaisais. Je ne pouvais en douter. Aurait-il accepté tous mes caprices d'enfant? Aurait-il passé une nuit à vouloir me convaincre? Il était très agité pourtant, très désireux de me plaire; il céda à ma prière, qui lui demandait toujours grâce.

— Pas aujourd'hui. Attendez. Je reviendrai, je vous le promets.

Il cédait, cet homme devant lequel tout pliait. Est-ce peut-être ce qui le charmait? Nous allâmes ainsi jusqu'à cinq heures du matin. Depuis huit heures, c'était assez.

— Je voudrais m'en aller.

— Vous devez être fatiguée, chère Georgina. A demain. Vous viendrez?

— Oui, avec bonheur. Vous êtes trop bon, trop gracieux pour que l'on ne vous aime pas, et je vous aime de tout mon cœur.

Il me mit mon châle, mon voile. J'étais loin de m'attendre à ce qui allait arriver à ces pauvres effets. En me disant adieu, il vint m'embrasser au front. Je fus bien sotte; je me mis à rire et lui dis:

6

— Ah! c'est bien : vous venez d'embrasser le voile du prince Sapieha.

Il prit le voile, le déchira en mille petits morceaux; le cachemire fut jeté sous ses pieds. Puis, j'avais au col une petite chaîne, qui portait un médaillon des plus modestes, de la cornaline; au petit doigt, une petite bague plus modeste encore, en cristal, où Mme Ponty avait mis des cheveux blancs de Mlle Raucourt. La petite bague fut arrachée de mon doigt, le Consul la brisa sous son pied. Ah! il n'était plus doux alors. Je fus interdite et me disais : « Quand tu me reverras, il fera beau. » Je tremblais. Il revint tout gentiment près de moi.

— Chère Georgina, vous ne devez rien avoir que de moi. Vous ne me bouderez pas, ce serait mal, et j'aurais mauvaise opinion de vos sentiments, s'il en était autrement.

On ne pouvait pas en vouloir longtemps à cet homme; il y avait tant de douceur dans sa voix, tant de grâce, qu'on était forcé de dire : « Au fait, il a bien fait. » *(Sur ma tête, tout cela est vrai.)*

— Vous avez bien raison. Non, je ne suis pas fâchée; mais je vais avoir froid, moi.

Il sonna Constant.

— Apporte un cachemire blanc et un grand voile d'Angleterre.

Il me conduisit jusqu'à l'Orangerie.

— A demain, Georgina; à demain!

Voilà littéralement ma première entrevue avec cet homme immense.

Constant ne me dit rien; il faisait bien. Je n'étais pas disposée à faire conversation avec lui. Il tombait de sommeil et ne fit qu'un somme durant la route.

Je ne dormais pas, moi. Je trouvais le Consul très séduisant, mais assez violent. C'est une existence toute d'esclavage que je vais me donner; pas la moindre liberté à espérer, et j'aime beaucoup mon indépendance! Retournerai-je demain, comme je l'ai promis? Je suis dans une incertitude. Il me plaît; je le trouve si bon, si doux avec moi. Puis, sais-je bien si ce n'est pas un caprice? Il serait fort triste et fort humiliant d'être quittée. La nuit porte conseil; attendons. En arrivant chez moi, Constant me dit : ,

— A ce soir, huit heures, madame; je viendrai vous prendre.

— Non, je ne suis pas décidée; venez à trois heures, je verrai. Dites au Consul que je me trouve un peu fatiguée, que je ferai mon possible pour ne pas manquer à la promesse que je lui ai faite.

Talma vint me voir. Je disais tout à mon bon Talma.

— Comment, tu hésites? Mais tu es donc folle? Vois quelle position pour toi. Tu ne connais pas, enfant que tu es, le Premier Consul. Honnête homme d'abord. J'ignore quelle sera la durée de son goût pour toi, mais je suis certain qu'il sera toujours excellent. On n'abandonne pas une jeune fille honnête qui, malgré toutes les séductions qui l'entourent, n'a pas failli; — tu me l'as dit et je le crois.

— Vous avez raison de me croire, bon Talma. Pourquoi vous mentirais-je?

(Chère bonne, vous voyez combien il est délicat de dire : pas encore failli. Enfin il faut bien que l'on sache que c'était mon premier pas, cause de la continuité de cette illustre liaison. Je suis bête aujourd'hui

*à manger du foin. Tout cela me paraît d'un plat déses-
pérant. Heureusement que l'esprit, la poésie et le cœur
sont chez vous pour faire de ces riens des choses charmantes. Mais je n'ai pas le sol, et l'imagination travaille pour savoir où en trouver : voilà mon sort.)*

— Mais, voyez-vous, Talma, c'est justement
parce que c'est mon premier pas que je suis très
effrayée. De là, voyez-vous, dépend ma destinée. Je
raisonne, allez; je ne suis pas si enfant que vous le
croyez. Le Consul est bon, oui, je vous l'accorde,
j'en suis certaine. Mais c'est le Premier Consul, et
moi une cabotine! Lui ne pense qu'à la gloire;
croyez-vous, vous, que la gloire aille avec l'amour?
Non, moi, je veux que l'on soit amoureux de moi.
Je serai bien heureuse, n'est-ce pas? si je l'aime
enfin le Consul, de n'être près de lui que par ses
ordres, quand cela lui plaira! Voyons, Talma, c'est
l'esclavage. Ai-je raison?

— Eh bien, alors, marie-toi.

— Joli conseil que vous me donnez là. Je crains
l'esclavage et vous voulez que je me marie?

— Tiens, veux-tu que je te dise? Tu iras ce soir
à Saint-Cloud, c'est ta destinée; suis-la donc. Si tu
n'y vas pas, tu feras quelques sottises, qui te seront
bien plus funestes.

— Tenez, c'est vrai. J'irai, car je sens que je
l'aime. Dînez avec moi, Talma, si vous n'avez rien
de mieux à faire. Nous parlerons de lui, vous qui
l'avez connu beaucoup; car vous le voyiez beaucoup
chez sa femme, cette gracieuse et charmante Joséphine.

— Oui, je l'ai beaucoup vu. Je te conterai cela
une autre fois. Je ne puis dîner avec toi, ma chère

amie, à mon grand regret, mais ma femme m'attend.

Mariez-vous donc; c'est plus honnête, c'est vrai, mais quelquefois bien gênant! On se marie par amour; je le pense, du moins. Quand on n'est plus amoureux, il faut se souvenir qu'on l'a été? Vous vous en souvenez, Talma. C'est encore quelque chose. On doit des égards à sa femme; cela n'est pas chaud, mais cela est honnête.

— Où donc as-tu appris tout cela?

— En voyant des gens mariés. Allons, cher Talma, partez; il est tard; mes compliments à Madame. A demain, nous jouons *Cinna*. La représentation tient-elle toujours?

— Jusqu'à présent.

— Tant pis, mais il faut faire son devoir.

A huit heures, Constant entrait dans la cour; il était venu à trois heures prendre les ordres. Me voilà encore en tête à tête avec ce bon et joyeux serviteur. La conversation pendant la route fut très laconique, de mon côté du moins. Constant avait beau dire : « Le Consul est enchanté de vous, il vous trouve charmante, il vous attend encore avec plus d'impatience. » Je restais fort silencieuse en me disant : « Le Consul cause donc avec son valet de chambre? Au fait, pourquoi pas? Je cause bien avec Clémentine. La familiarité du Consul avec son valet de chambre est une distraction, voilà tout! Puis il lui est dévoué. » Hélas! il ne l'a pas été, le misérable. Le Consul m'attendait.

— Bonjour, Georgina! Sommes-nous de bonne humeur?

— Oui, toujours pour vous.

C'était vrai, il était vraiment séduisant, son sourire céleste, ses manières si douces; il vous attirait, vous fascinait.

— Eh bien, Georgina, vous m'avez dit la vérité. Cette petite bague, que j'ai brisée sous mon talon, venait bien de Mlle Raucourt; les autres objets, de votre beau prince Sapieha. Vous lui avez déjà fait dire sans doute de cesser ses visites et ses prodigalités.

— Non, je vous avouerai franchement que je n'y ai pas songé

— C'est bien, ne vous en préoccupez pas; il le comprendra, vous ne le verrez plus.

Je me dis en moi-même : « Pauvre prince, te voilà bien récompensé. » Il n'avait pas d'amour pour moi; son cœur ne sera pas froissé, mais il aura le droit de me croire bien ingrate. Et pourtant ce n'est pas ma faute et je ne puis blâmer le Consul : il a raison. Tout homme délicat agirait ainsi. Hélas! sera-ce mon bonheur? Espérons; suivons aveuglément cette route, quelle qu'elle puisse être.

Le Consul fut plus tendre que la veille, plus pressant. Mon trouble était palpitant; je n'ose dire ma pudeur, puisque j'étais venue de ma propre volonté. Il m'accablait de tendresses, mais avec une telle délicatesse, avec un empressement rempli de trouble, craignant toujours les émotions pudiques d'une jeune fille, qu'il ne voulait pas contraindre, mais qu'il voulait amener à lui par un sentiment tendre et doux, sans violence. Mon cœur éprouvait un sentiment inconnu, il battait avec force; j'étais entraînée malgré moi. Je l'aimais, cet homme si grand, qui m'entourait de tant de ménagements, qui ne brusquait pas ses désirs, qui attendait la volonté d'une enfant, qui se pliait à ses caprices.

— Voyons, Georgina, laisse-toi aimer tout entière; je veux que tu aies une entière confiance. C'est vrai, tu me connais à peine. Il ne faut qu'une minute pour aimer; on sent tout de suite le mouvement électrique qui vous frappe en même temps. Dis-moi: m'aimes-tu un peu?

— Certainement, je vous aime, non seulement un peu; j'ai peur de vous aimer beaucoup et d'être alors fort malheureuse. Vous avez de trop grandes choses en vous pour que votre cœur ressente une tendresse bien vive pour ce qui n'est pas la gloire. Les pauvres femmes sont prises et bien vite oubliées; pour vous, c'est un joujou qui vous amuse un peu plus, un peu moins et, quoique vous soyez le Premier Consul, je ne veux pas être un joujou.

— Mais, si vous êtes mon joujou préféré, vous ne vous en plaindrez pas, j'espère. Pas de méfiance, Georgina; vous me fâcheriez.

— Eh bien, je reviendrai demain.

— Vous voyez comme je suis faible de consentir à vous laisser partir sans m'avoir donné une preuve d'abandon, qui ne nous laisse plus étrangers l'un à l'autre. Partez donc, Georgina. A demain.

— Ah! j'oubliais : je joue *Cinna*.

— Tant mieux : j'assisterai à la représentation. Soyez bien belle. Après *Cinna*, la voiture vous attendra.

— Mais je serai fatiguée.

— Allons, Georgina, cette fois, je veux vous voir après *Cinna*, et vous céderez à mon désir, ou je ne vous verrai jamais.

— Je viendrai.

J'avais de grosses larmes dans les yeux.

— Tu pleures; tu vois bien que tu m'aimes un peu, folle.

Il essuya mes grosses larmes, m'embrassa et me dit :

— A demain, ma chère Georgina.

On joua effectivement *Cinna;* rien n'avait été changé. A sept heures un quart, j'entrais en scène, et le Consul n'était pas arrivé. C'est pour me punir qu'il n'est pas là. Eh bien, s'il ne vient pas, je n'irai pas demain à Saint-Cloud. Je ne suis pas une esclave, je m'appartiens bien. Je suis à moi, à moi seule, Dieu merci. Ah! que j'ai bien fait de résister! C'était un caprice, rien de plus.

Mon cher Consul, vous voyez que j'ai ma volonté aussi et que, quoique très petite fille, je sais ne pas courber la tête devant la puissance. Tant mieux; je suis libre et je respire plus librement.

Et je sentais que j'étouffais en débitant mon monologue. Débiter, c'est le mot. J'étais détestable, absurde, et la fière Émilie était fort humiliée. Il est inouï, tout ce qui peut se passer dans la tête d'une artiste, tout en jouant, tout en étant le personnage, en apparence du moins. Car d'autres pensées viennent vous assaillir, font de vous une machine; on fait sa charge, et l'on trompe parfois le public.

A la fin de mon monologue, j'entends une rumeur dans la salle et des applaudissements frénétiques : c'était le Consul. Ah! combien je respirais avec bonheur. On crie : « Recommencez! » ce qui arrivait toujours, quand le Premier Consul était en retard. Je recommençai, mais cette fois le cœur rempli de joie et d'ivresse, mais tout entière à mon personnage. Le bon public devait dire : « A la bonne heure ! Il paraît que la présence de notre grand homme l'inspire plus que cette salle comble. » Le Consul aimait beaucoup la tragédie de *Cinna*.

La représentation de cet ouvrage était si magnifiquement jouée par Talma et Monvel ; Monvel, si simple dans Auguste, si noble ! On parle de diction ! Ah ! c'est lui qui connaissait le secret d'émotionner sa diction. Comme il parlait Corneille, cet homme ! Sans organe, presque sans voix, on l'entendait de partout. Aussi, quel silence admirateur quand il était en scène ! Qu'il était tragique, simple, et, dans son monologue du IVᵉ acte, je crois, quand Évandre venait de lui découvrir la trahison de Cinna, et que dans le monologue il récapitulait toutes ses actions et qu'il finissait par dire :

Rentre en toi-même, Octave, et souffre des ingrats,
Après l'avoir été !

Après l'avoir été était dit avec un sentiment indéfinissable. Il y avait dans ces deux mots tous ses remords : c'était d'un effet tragique. Et encore dans ce même monologue, quand il se relève et qu'enfin il veut se venger de cet ingrat, il avait un retour sur lui-même en disant :

Eh quoi, toujours du sang et toujours des supplices !

Du sang était dit avec étouffement et une expression de dégoût sur les lèvres ; il se laissait tomber dans un fauteuil et il disait d'une manière si fatiguée, si épuisée :

Ma cruauté se lasse !

(Cher Valmore, je n'ai pas Cinna *sous la main. Vous l'aurez dans votre mémoire d'artiste et vous arrangerez cela en homme de goût qui se connaît en belles choses. Je crois qu'il est heureux d'intercaler ces détails artistiques entre ma troisième visite à Saint-Cloud.)*

Et la scène qui ouvre le Ve acte entre Auguste et Cinna. Il entrait le premier; très agité, Cinna le suivait. Les fauteuils étaient posés à l'avance. Monvel prenait son fauteuil d'une main tremblante.

Prends un siège, Cinna.

Et, sur l'hésitation de Cinna, il recommençait :

Prends...

Quel effet prodigieux! Ah! j'étais là, palpitante, tout oreilles, comme tout le public, du reste. Et les vers qui suivaient le fameux *Prends* :

Sur toute chose,
Observe exactement la loi que je t'impose.

Dès le commencement de cette scène, son débit était bref, serré, et pourtant impétueux. Quand il rappelait à Cinna les faveurs dont il l'avait comblé et lui disait :

Cinna, tu t'en souviens, et veux m'assassiner.

Cinna, qui veut alors se relever, était retenu par Monvel :

Tu tiens mal ta parole. Sieds-toi.

Rendre l'effet est impossible. Et quand il lui citait tous les conjurés, qu'il les comptait sur ses doigts, ces doigts magiques dont la flamme sortait de chaque phalange; compter sur ses doigts sans exciter le rire, faire frémir tout le monde au contraire, c'est pousser l'art au delà de toute imagination; et, après avoir démontré à Cinna toutes ses bassesses, toutes ses ingratitudes, quand il finissait cet éloquent dialogue en lui disant :

Parle, parle, il est temps.

Je ne pense pas qu'il soit possible à aucun comédien d'atteindre une perfection semblable, aussi vraie, aussi intelligente, et tout cela sans un cri, sans une exagération! Ah! Monvel sublime, ta réputation est bien au-dessous de ton immense talent. L'injustice dominera donc toujours?

Talma, dans ce personnage pusillanime, incertain, brave cependant, mais faible, qui marchait sous l'influence de sa passion pour Émilie, et qui agissait contre les sentiments de son cœur. Que sa première entrée était belle, à Talma! Tout ce beau et interminable récit était fait d'une voix basse; quand il en arrivait à ces vers :

Le frère tout dégouttant du meurtre de son père,
Et, sa tête à la main, demandant son salaire,

quelle physionomie! Toutes ses fibres tremblaient! Il avançait la main droite qui vraiment portait une tête, et, de l'autre main, qu'il avançait presque au-dessus de cette tête ensanglantée, demandait son salaire. Ceci était d'un effet si épouvantablement vrai, que j'ai vu bien souvent des femmes se retourner de frayeur. C'est, je crois, du talent, mais ceux qui ne l'ont pas vu n'y croiront pas;

ils ont raison : ils ne l'ont pas vu et ne le verront pas. Les vieilles traditions sont aujourd'hui tournées en ridicule (à l'impossible nul n'est tenu). Comment parler des couleurs à un aveugle?

Les tragédies n'étaient pas entourées de beaux décors; c'était même très sale, très négligé. On avait grand tort. La faute n'en était certes pas à Talma, qui sentait et connaissait toute l'antiquité mieux que personne. Que de fois je l'ai vu dans de saintes colères contre ce mauvais goût, cette mesquinerie! « Mais vous nous ferez donner des bonnets d'âne, misérables que vous êtes! » Pauvre Talma, qui voulait, tant il aimait l'antiquité, rétablir les chœurs dans *OEdipe*. La musique élève l'âme, elle poétise; mais parler de cela à ces bonnets de coton, c'est peine perdue.

— Vois-tu, me disait-il, ils sont encroûtés dans leurs vieilles habitudes. Ils croient que j'apporte le bonnet rouge, quand je parle d'innovations si nécessaires à notre art. Si l'on négligeait la mise en scène d'une manière si mesquine, on ne négligeait pas la distribution des ouvrages. Dalmas, acteur brillant et à grands applaudissements causés par une chaleur intrépide, qui étonnait et entraînait le public étourdi par tant de volubilité, qui se demandait après : « Mais pourquoi ai-je tant applaudi? Je ne sais pas, c'est fait, et je n'ai pas applaudi Talma, quand il a dit d'une manière si simple et si touchante :

C'est Oreste, ma sœur...

j'ai eu des larmes aux yeux pourtant, et je n'ai pas applaudi. Est-ce que j'aimerais mieux le tambour que le rossignol? Décidément, je suis une vraie brute. » Dalmas n'était point sans talent, mais, je le répète avec regret : c'était un talent étourdissant. Mais enfin il tenait son emploi de jeune premier rôle et ne dédaignait pas de jouer Maxime, rôle peu à effet, effacé presque complètement par Auguste et Cinna; mais il le jouait. Les premiers confidents, quoique premiers et, il faut bien l'avouer, bien médiocres en ce temps, n'auraient pas osé se faire remplacer. Les ouvrages, de ce côté, étaient montés le mieux possible.

Ce soir-là, et la présence du Consul y était pour beaucoup, l'effet de la représentation était magnifique. Je ne parle pas de moi, mon Dieu! Au milieu de ces merveilleux et immenses talents, de ces géants, je me tenais de mon mieux pour ne pas faire ombre au tableau. J'eus donc la flatteuse récompense de mes efforts. Mais il m'arriva, au Ve acte, un applaudissement auquel j'étais loin de m'attendre, au vers :

Si j'ai séduit Cinna, j'en séduirai bien d'autres.

Applaudi, ce vers, à trois reprises. Je devins pourpre. Mon Dieu! que veut dire cela? On présume donc quelque chose? On ne peut rien savoir. Le Premier Consul vient souvent et on croit peut-être... Ce serait affreux! Les secrets de la cour seraient donc comme les secrets de la comédie? Que va me dire le Consul? Il sera furieux; il m'accusera peut-être d'indiscrétion, et pourtant je ne me suis confiée qu'à Talma. Il est trop prudent et trop peureux pour en avoir ouvert la bouche, même à sa femme. Talma me suivit dans ma loge tout ébouriffé.

— Eh bien! tu vois? Tu as entendu ces applaudissements?

— Oui; j'en suis confuse et inquiète. Pourvu que le Consul ne m'accuse pas d'indiscrétion! Après tout, peu m'importe; le public a peut-être voulu me faire un gracieux compliment. Allez-vous-en, Talma; on m'attend.

Je montai en voiture et me voilà pour la troisième fois sur la route de Saint-Cloud. Le Consul m'attendait.

— La représentation a été bien belle, me dit-il. Talma a été vraiment sublime. Monvel est un acteur bien profond; malheureusement, la nature l'a desservi. On ne peut avoir une grande réputation avec une voix aussi défectueuse, un physique si grêle. Le théâtre, c'est l'idéalité; on n'y veut pas voir des héros mal faits. Monvel combat ses défectuosités par la science, mais le charme est absent. C'est un acteur à étudier. Vous avez été belle aussi, Georgina.

— J'ai fait de mon mieux pour mériter votre suffrage, qui est le plus flatteur pour moi.

— Eh! mais, vous devenez flatteuse.

— Je cherche à me faire grande dame.

— Vous essayez à devenir méchante. Soyez ce que vous êtes; je vous préfère Georgina que comtesse.

Il m'accablait de bontés.

— Mettez-vous là près de moi. Vous êtes un peu fatiguée. Voyons, débarrassez-vous de ce schall, de ce chapeau, que l'on vous voie.

Il défaisait petit à petit toute ma toilette. Il se faisait femme de chambre avec tant de gaieté, tant de grâce et de décence qu'il fallait bien céder, en dépit qu'on eût. Eh! comment n'être pas fascinée et entraînée vers cet homme? Il se faisait petit et enfant pour me plaire. Ce n'était plus le Consul; c'était un homme amoureux peut-être, mais dont l'amour n'avait ni violence, ni brusquerie. Il vous enlaçait avec douceur, ses paroles étaient tendres et pudiques. Impossible de ne pas éprouver près de lui ce qu'il éprouvait lui-même!

Je me séparai du Consul à sept heures du matin; mais honteuse du désordre charmant que cette nuit avait causé, j'en témoignai tout mon embarras.

— Permettez-moi d'arranger cela.

— Oui, ma bonne Georgina; je vais même t'aider dans ton service.

Et il eut la bonté d'avoir l'air de ranger avec moi cette couche, témoin de tant d'oublis et de tant de tendresses.

(Ouf! en vérité, bonne madame Valmore, il faut une plume comme la vôtre pour faire passer ces détails historiques et très vrais pourtant. J'ai fait ce que j'ai pu, mais je suis impuissante.)

Le Consul me dit : « A demain, Georgina. » Il me disait : « A demain! » pour sans doute calmer mes inquiétudes; c'était encore une délicatesse de son cœur. Non, jamais ceux qui liront ces détails ne voudront y croire; ils sont réels. Pour bien connaître le grand homme, il fallait le voir dans l'intimité; là, dépouillé de ses immenses pensées, il se plaisait dans les petits détails de la vie simple et humaine; il se reposait de la fatigue, de lui-même.

— Non, pas à demain, si vous le permettez; mais après-demain.

— Oui, ma chère Georgina, comme tu le veux; à

après-demain. Aime-moi un peu et dis-moi que tu reviendras avec bonheur,

— Je vous aime de toute mon âme; j'ai peur de trop vous aimer. Vous n'êtes pas fait pour moi, je le sais, et je souffrirai; cela est écrit, vous verrez.

— Va, tu prophétises mal; je serai toujours bon pour toi. Mais nous n'en sommes pas là. Embrasse-moi et sois heureuse.

Me voici entrée dans une existence vivante, douce pour l'instant, mais qui me causera bien des angoisses! Je serai sans cesse dans le doute, peut-être jalouse. Soyez donc jalouse d'un homme, que l'on ne peut voir que quand il consent. Oui, on envie l'honneur — on appelle cela l'honneur — d'être remarquée par le Consul! C'est beau! C'est grand! Mais, au fond, c'est triste. Il vaudrait mieux être aimée de son égal : on peut s'entendre, se disputer à l'aise, et l'on n'a pas devant soi une impériale porte, qui vous défend d'entrer sans l'ordre du maître. Oui, c'est triste, c'est navrant; c'est l'esclavage avec des chaînes dorées.

Sortie à la troisième et définitive entrevue. Rendez-vous le surlendemain. C'est l'esclavage doré.

Me voici dans une ère nouvelle. Reçois mes adieux, jeune fille sans soucis, sans autre passion que celle de la gloire théâtrale : tu rentres femme dans le domicile qui, la veille encore, n'entendait que des éclats de rire enfantins. Tu reviens avec un cœur aimant; prépare-toi donc à tous les tourments de ce sentiment, qu'on appelle amour, et qui, presque toujours, est le tombeau de vos illusions, de tous vos rêves! Je rentrai triste chez moi; je sentais que j'aimais le Consul. Il envoya Constant s'informer de mes nouvelles et me rappeler ma promesse pour le lendemain. Je ne sortis pas de la journée; ma porte fut fermée pour tout le monde, excepté pour mon fidèle Talma, qui ne manqua pas de venir tout courant.

— Eh bien, t'a-t-il parlé de ces affreux applaudissements à ce vers :

Si j'ai séduit Cinna, j'en séduirai bien d'autres?

— Il ne m'en a pas dit un mot; mais il vous a trouvé sublime, mon cher Talma. Comme il parle bien, le Consul, sur la tragédie! Que de bons conseils il donne! Il trouve que vous êtes tragique de la tête aux pieds. Moi, je ne m'y connais pas comme lui, mais ce que je puis dire, c'est que, pendant votre récit du premier acte, j'ai des frissons qui parcourent tous mes membres, et que, si le public n'était pas tout entier sous vos accents et qu'il pût détourner ses yeux, il me verrait pâlir et lirait sur mon visage l'impression profonde que vous me produisez.

— C'est un grand éloge que vous me faites là.

— Mon Talma, c'est ce que j'éprouve en vous écoutant. Je ne suis plus sur un théâtre, je vous assure; vous me transportez à Rome.

— Tu dois être heureuse, d'après ce que tu viens de me raconter. On n'a pas pour une femme, pour laquelle on n'éprouve qu'une fantaisie, tous ces soins tendres et délicats, cette patience qu'il a eue. Il te gâte: tu n'en trouveras pas comme lui.

— Je ne le sais que trop; Talma, c'est que je l'aime, voyez-vous, et c'est fort inquiétant.

— Quand le vois-tu?

— Demain. Il désirait me voir aujourd'hui, mais sur ma prière...

— Que de femmes voudraient être à votre place! Soyez discrète, je vous en prie; qu'il n'y ait pas le moindre reproche à vous faire. Le Consul aime la décence dans tout. On le saura, on le sait peut-être déjà, et je le crois, mais que ce ne soit pas par vous.

Talma avait la vue très basse; je le voyais me regarder.

— Qu'est-ce que tu as à tes oreilles?

— Ah! j'oubliais. Ce sont deux boutons de diamants, que le Consul a mis à mes oreilles il y a déjà deux jours, le lendemain de ma première entrevue. «Tenez, ma chère Georgina, je vous ai tout brisé; il est juste que je remplace tout le dégât que j'ai fait.»

— Mais ils sont superbes, ces boutons.

— Certainement, ils sont magnifiques, mais la manière dont il donne est plus belle encore. Un autre aurait eu le mauvais goût de me les envoyer; mais, lui, c'est autre chose. Comment voulez-vous qu'on ne l'aime pas! Décidément, Talma, j'en suis folle.

— Tu fais bien; je trouve même que c'est très raisonnable. Viens ce soir au théâtre.

— Je n'en ai pas envie.

— Pourquoi?

— C'est que je suis bien pâle.

— Tu n'as jamais de couleurs, coquette. Tu sais bien que la pâleur te va bien. Tu es comme toujours. Viens; nous parlerons de lui. Ah! c'est que je l'aime aussi, moi, vois-tu!

J'allai donc aux Français. Talma n'y était pas encore. Je descendis au théâtre. Nous avions là une petite toilette établie; on y portait son rouge, son blanc, épingles, verre d'eau. Plusieurs sièges de repos étaient à l'entour et là les femmes se passaient toutes en revue et ne s'épargnaient guère. Quand l'une quittait sa place pour entrer en scène, une autre la remplaçait vite. Mars jouait ce jour-là dans *le Philosophe sans le savoir*. C'était bien la figure la plus ravissante que l'on pût voir; elle avait l'air d'avoir quinze ans sous sa petite robe blanche et son tablier vert. Elle était admirable dans Victorine d'un bout à l'autre, d'une ingénuité et d'un dramatique qui feraient pâlir tous les drames actuels. Ses succès étaient à la hauteur de son talent. Aussi ses charmantes camarades étaient à la piste et lui cherchaient un défaut; ne pouvant la critiquer sur son talent, elles osaient déjà parler de son âge.

— Ah çà! disait Bourgoin, elle ne laissera pas son petit tablier vert? Je ne pourrai jamais parvenir avec elle. Vous verrez qu'elle jouera les petites filles jusqu'à soixante ans. Moi, je serai aux Incurables.

Mlle Contat, la spirituelle et grande dame Contat, qui ne dédaignait pas de jouer la tante et qui faisait de ce petit rôle un rôle complet, étourdissant de comique, écoutait Bourgoin. Elle avait l'esprit très méchant, cette bonne Mlle Contat. Elle n'aimait pas très tendrement Mlle Mars, mais elle était trop parfaite comédienne pour ne pas lui rendre justice.

— Vous feriez bien, ma petite, de passer dans la salle pour bien étudier et prendre une leçon qui pourrait vous être utile peut-être. Tâchez d'imiter Mars; d'imiter, dis-je, car jamais vous ne pourrez la remplacer. Vous vous mettrez à sa place : voilà ce que vous pourrez avec désavantage. Ses manières décentes et distinguées sont à elle; on ne peut les lui enlever. Appréciez ses rôles : cela vous est permis; mais, ma petite, les jouer! Ah! renoncez à cette folie. Ni vous ni d'autres ne remplacerez jamais Mars dans les ingénuités.

Mlle Contat entrait en scène après ce petit dialogue.

— Tiens, cette grosse, est-elle malhonnête! Toutes ces vieilles-là se soutiennent. Quand j'aurai ton âge, vieille malhonnête, j'aurai autant de talent que toi, va. Si sa Mars voulait jouer son emploi, elle ne la trouverait pas si étonnante, cette vieille cabotine! Elle est joliment rouée, celle-là ; on lui a tant répété qu'elle avait de grandes manières qu'elle se croit Mme de Pompadour. Je m'en vais, car j'aurais une scène :

Achille, noble fils de vingt rois. Viens avec ta mère!

(Tout ceci, bonne, est bête et sans doute de mauvais goût; mais j'ai entendu tout cela. Faites-en ce que vous voudrez. D'ailleurs, c'est le 2 janvier ; je suis de très mauvaise humeur.)

- Tout le monde riait.

— Pourquoi ne lui as-tu pas répondu? disait la mère Thénard (1). Tu as caponné. Il fallait lui dire son fait.

_____

(1) Thénard mère (Marie-Magdelaine-Claudine Chevalier-Perrin, dite Mme). — Née à Voiron, en Dauphiné, le 11 décembre 1757. — Débute le 1er octobre 1777. — Nouveau début le 26 mai 1781. — Reçue le 1er juin suivant. — Réunion générale du 30 mai 1799. — Retirée le 1er avril 1819. — Morte à Paris le 20 décembre 1849. (Georges MONVAL, etc.)

— Oui, mais on m'aurait mise à l'amende.

— D'accord, mais tu te serais soulagée.

— On m'aurait fait payer cent francs; merci, c'est trop cher. Va, je la rattraperai sans amende. Eh! tiens, cette George, qui est nouvelle ici, elle ne dit rien. Vous avez donc peur de cette grosse, vous, George?

— Moi? point du tout. Mais j'aime et j'admire Mlle Mars; je n'avais donc pas à vous donner raison. Je me suis tue; c'est ce que j'avais de mieux à faire. Puis, je n'aime pas les discussions.

— Allons, en voilà une qui devient déjà politique.

Cette pauvre Bourgoin avait tort de m'appeler politique. J'entendais fort imparfaitement ce qui se passait autour de moi; j'étais bien loin de ce petit foyer, où se passaient toutes ces petites tracasseries de coulisses, toutes ces petites envies féminines. J'attendais Talma. Mars, en sortant de scène, vint s'asseoir juste en face de moi.

— Bonsoir, George. Comment vous va?...

— Bien, merci. Et vous?

— Moi, comme cela. Je suis peu en train; je voudrais avoir fini. Ah! mon Dieu! George, les rayons éclatants que jettent vos oreilles me font mal aux yeux.

— Mes oreilles vous font mal? Vous vous moquez!

— Non pas vos oreilles, mais vos boutons de diamants.

— Ah!

Je portai la main à mon oreille; j'avais oublié de les ôter.

Je me troublais; je sentais que les suppositions, les bavardages allaient bon train.

— Otez-les donc, que je les voie de plus près.

— Je ne puis les ôter; vous les voyez assez. Ce n'est pas très curieux, des boutons en diamants.

— Mais c'est qu'ils sont énormes; mais c'est la rançon d'un roi que vous portez à vos oreilles.

— Ni roi, ni rançon. On m'a apporté les diamants, ils m'ont plu, on m'a accordé du temps pour les payer. Voilà tout. Vous en auriez fait autant. Vous aimez les belles choses, quand vous pouvez les avoir. D'ailleurs, tout le monde les aime; les femmes surtout.

. — Oui, oui, ma chère George; mais il vous faudra bien du temps pour payer ces énormes boutons.

. — Ne vous en inquiétez pas. Je vous jure que je ne vous chargerai pas de payer cette dette, que vous acquitteriez peut-être avec plaisir. Vous êtes si bonne camarade.

(Bonne Valmore, cette petite scène s'est passée comme je la raconte; je donne un petit coup de patte à Mars, mais nous lui faisons la part assez belle pour ne pas garder le silence sur cette anecdote.)

Mars a tout deviné. Que faire? Après tout, il faut s'attendre à tous ces bruits; je n'y puis rien : arrive que pourra. Cette position craintive serait intolérable.

— Ah! enfin, Talma, vous voilà. Venez donc. Éloignons-nous vite de tous ces bavardages envieux.

— Qu'as-tu donc? me dit Talma, en me prenant le bras.

— Ce que j'ai! J'ai que votre ingénuité Mars a découvert sous mon chapeau les boutons que j'avais, par oubli, laissés à mes oreilles, et que, pendant une demi-heure, elle m'a placée sur la sellette pour tâcher de savoir d'où pouvait venir ce magnifique cadeau.

— Eh bien! que veux-tu? Tu dois comprendre que le secret est impossible.

— Vous voyez bien, Talma, que j'avais raison de redouter ce bonheur. Car c'est un bonheur de penser que l'on est aimée de cet homme, mais c'est un bonheur qui sera sans cesse troublé. Je ne me fais pas d'illusions, mon bon Talma; c'est une existence tortueuse et perdue. Étant séparée du Consul, rien ne me plaira, personne. C'est le Premier Consul, mais qui, près de moi, n'est plus qu'un homme charmant par sa grâce, par les mille petits riens, qui cherche à vous faire oublier sa puissance pour vous rendre tout à fait heureuse. Comment n'être pas fière et triste en songeant que tout finit? Je rentre chez moi. Ma voiture est là; venez me reconduire. Vous prendrez une tasse de thé, et la voiture vous ramènera chez vous.

— Volontiers.

Ce cher Talma; il était vraiment excellent, puis il pensait bien que je ne laisserais jamais échapper l'occasion de parler de lui.

— Savez-vous que les femmes sont assez méchantes? Vous n'avez pas, vous autres, toutes ces misérables petites envies. Un bijou nouveau les met toutes sur pied. Elles vous dévorent des yeux. Elles scrutent jusqu'au fond de votre cœur pour tâcher de deviner ce qui s'y passe. C'est vraiment un travail, auquel je ne pense pas pouvoir jamais m'assujettir. Et qu'est-ce que cela me fait, à moi, qu'elles aient de belles choses? Tant mieux pour les envieuses. Non, mon cher Talma, je ne pense pas que ce vice me vienne.

— Tu parleras peut-être autrement plus tard, quand tu ne seras plus jeune.

— Non. Quand je ne serai plus jeune, j'aimerai la jeunesse, j'aimerai à reposer mes yeux sur de belles personnes. Elles passeront comme moi, ces jeunes filles, si fraîches, si roses; elles se résigneront comme moi à devenir vieilles et même laides. Elles entendront des gens qui leur diront : « Ah ! vous avez été bien belles. » *Vous avez été* est affreux. On devrait rayer ce compliment malhonnête. A l'heure où nous sommes, j'entends souvent ce compliment, et, comme la beauté est assez rare, je réponds : « Vous êtes heureuse, vous, ma chère; vous n'avez jamais eu cela à regretter. C'est une consolation. »

Le lendemain, je vis le Consul qui me reçut avec même empressement, avec même bonté. Il se plaisait à me faire raconter tout ce qu'on me disait, tous les petits cancans de coulisses.

— Voyons, Georgina, dis-moi tout.

— Eh bien, hier, j'ai été très tourmentée par Mlle Mars. J'avais vos boutons à mes oreilles, et la curiosité, les questions n'ont point manqué. Je crains qu'on ne se doute d'où ils viennent et je vous assure pourtant que je suis bien discrète.

— Que veux-tu ? Laisse-les dire, laisse-les supposer; je ne t'en ferai pas de reproches ! Sois toujours bonne, chère Georgina; c'est la plus belle qualité que puisse avoir une femme.

On a fait à l'empereur une réputation de brusquerie. Calomnie jointe à tant d'autres, à tant de mensonges, qui faisaient hausser les épaules; aussi, en lisant ces souvenirs, que de gens diront : « Bah ! tout ceci n'est pas croyable, elle brode. » Croyez ou ne croyez pas, chers lecteurs ; à vous permis. J'écris la *vérité*, la plus vraie. Je ne l'embellis point et n'invente point. Je raconte ce que l'empereur était, pour moi du moins, doux, gai et même enfant. Les heures près de lui passaient sans les compter, le jour venait nous étonner. Je m'éloignais et désirais revenir. Mon retour ne tardait guère. Les jours me paraissaient longs et mortels. Tout le monde savait ce que je désirais tant cacher. Je recevais des gens qui venaient se recommander à moi.

— Je ne puis faire ce que vous désirez ; je ne connais aucun ministre, moi, je n'ai aucune influence.

— Si vous vouliez voir le ministre de l'intérieur, vous obtiendriez ce que je sollicite. Je serais reconnaissant.

— Comment l'entendez-vous ?

— En vous offrant ce que vous pourriez désirer.

— Je ne veux rien. Tenez, cette proposition me déplaît, elle me décide à voir le ministre. Je tâcherai d'obtenir ce que vous demandez, et vous verrez si je vends les services que je serais heureuse de rendre. Nous autres artistes, nous n'avons pas, grâce à Dieu, l'âme vénale.

Je fus reçue du ministre qui me promit d'examiner la demande que je lui présentais.

— Tenez, voici une carte qui vous permettra de vous présenter sans demande d'audience.

Je sortis ravie d'une si gracieuse réception. Me reçoit-on si bien pour moi ou sur les bruits qui courent ? N'importe. Profitons-en pour faire un peu de bien, s'il est possible. Quand on a été pauvre, il

ne faut pas l'oublier et ne pas repousser ceux que
l'on peut soulager. Il y a tant de gens qui font des
fortunes fabuleuses et qui oublient leur origine,
parce qu'ils ont un luxe risible, oui, vraiment
risible; malgré leurs livrées, on reconnaît vite
leur transformation. Vous avez beau vous pavaner
dans vos équipages, qui veulent rivaliser avec ceux
de la cour, on vous reconnaît toujours. Vous êtes
déguisés, voilà tout. Vous êtes sottement orgueil-
leux; l'argent vous trouble, pauvres gens; mais
l'argent ne vous donnera pas la distinction après
laquelle vous courez. N'ayez donc pas cette stupide
prétention. Vous êtes des hommes intelligents, des
hommes d'argent; restez des hommes d'argent. Con-
servez-le bien; s'il venait à vous manquer, vous
connaîtriez votre vrai mérite.

Si les bruits prenaient de jour en jour plus de
consistance, c'était, il faut bien le dire, un peu la
faute du Consul. On savait bien que le spectacle
préféré du Consul, c'était la tragédie; ce genre
sévère lui plaisait infiniment. Il n'aurait pas fait
mettre de côté les chefs-d'œuvre, que l'on dédaigne
peut-être un peu trop maintenant. Hélas! on a raison; qui les jouerait? Mais il y venait sans doute
trop souvent, ce qui donnait prise à tous ces bruits.
Les grands hommes ont des faiblesses aussi, et l'on
ne veut pas qu'ils en aient. On en veut et l'on en
voudra toujours à ceux qui gouvernent. Le monde
est et sera toujours fait ainsi. C'est absolument
comme les comédiens, qui sont sans cesse les enne-
mis de leur directeur. Le pouvoir est chose difficile
et rude à mener. Un jour, le Consul me dit :

— Georgina, si tu le veux bien, Constant ira te

chercher à neuf heures du matin; puis nous irons ensemble au Butard, un rendez-vous de chasse à peu de distance de Saint-Cloud.

— C'est de bien bonne heure!

— Paresseuse! Tu te lèveras un peu plus tôt; cela te fera du bien. Puis, enfin, je veux te voir au beau soleil.

— Oui, au commencement d'octobre, le soleil se montre peu.

— Il se montrera ce jour-là.

— C'est bien, je viendrai, puisque vous me promettez le soleil.

Pendant les quinze premiers jours, il a satisfait à ma scrupuleuse délicatesse, et j'ose dire à ma pudeur, en réparant le désordre des nuits, en ayant l'air de refaire le lit. Il faisait ma toilette, me chaussait, et même, comme j'avais des jarretières à boucles, ce qui l'impatientait, il me fit faire des jarretières fermées que l'on passe par le pied.

(Je vous donne crûment ces détails, parce que vous m'avez dit de tout mettre sur le papier, bien bonne madame Valmore. J'obéis. Comment pourrez-vous vous en tirer? Vous seule êtes capable de faire passer des détails aussi épineux. Par exemple, pouvez-vous dire que le sommeil de l'empereur était aussi calme que celui d'un enfant; sa respiration douce; que son réveil était charmant et avait le sourire sur les lèvres; qu'il reposait sa noble et belle tête sur mon sein et dormait presque toujours ainsi, et que, toute jeune que j'étais, je faisais des réflexions presque philosophiques, en voyant ainsi cet homme, qui commandait au monde, s'abandonner tout entier dans les bras d'une jeune fille? Oh! il savait bien que je me serais fait tuer pour lui.

Tous ces détails pour vous, mon cher Valmore; je serais confuse si votre cher fils les lisait. L'amour de l'empereur était doux. Jamais de dévergondage dans les moments les plus intimes. Jamais de paroles obscènes. Des mots charmants : « M'aimes-tu, ma Georgina? Es-tu heureuse d'être dans mes bras? Moi, je vais dormir aussi. » Tout cela est vrai, mais comment le dire? Vous avez le secret de faire comprendre délicatement; moi, je ne suis qu'une brute, plus fortement encore quand je suis dominée par l'absence d'argent, ce qui m'arrive bien souvent, et surtout en ce moment où je rage contre ceux qui en ont et qui le gardent.)

On vint donc à neuf heures du matin me chercher. Il faisait beau, mais froid. Je passai une douillette — à cette époque, c'étaient les douillettes — en soie blanche et ouatée, des souliers en satin noir : les bottines étaient inconnues; on avait tort; c'est joli et très commode; puis je jette sur ma tête un voile d'Angleterre. Étais-je assez étourdie de m'en aller, au mois d'octobre, la tête nue?

— Mais, mademoiselle, me dit Clémentine, mettez donc un chapeau. En voici un qui vous va si bien.

— Vous trouvez? Moi, je trouve que j'ai l'air d'une marquise endimanchée. Je n'en veux pas. D'ailleurs, le Consul veut me voir au soleil. Eh bien! il me verra; je ne lui déguiserai rien de mon visage.

Nous voilà arrivés à Saint-Cloud; on fait arrêter la voiture derrière le mur qui donne sur Sèvres. Constant descend et revient plus d'un quart d'heure après me dire :

— Je me suis trompé; le Consul est furieux contre moi et m'a dit : « Imbécile, j'attends depuis une heure. » Le Consul avait un fusil, qui laissait croire qu'il chassait. « Allez m'attendre au Butard. Je rentre me changer et j'arriverai aussitôt que vous. Seulement, je ne ferai pas la route avec elle, grosse bête que tu es. » (Ceci m'a été raconté mot pour mot par Constant.)

J'arrive donc effectivement la première. J'entre dans un pavillon situé au milieu du jardin ou plutôt du petit bois. Je trouve un bon feu d'abord, puis un déjeuner servi. Le Consul arrive dix minutes après, à cheval et suivi de quatre aides de camp : le général Caulaincourt, Junot, Bessières et Lauriston, qui m'a bien souvent parlé de cette matinée.

(C'est à vous, mon bon Valmore, de savoir si Lauriston y était à cette époque.) Lauriston m'aurait donc menti? Mais je ne le pense pas. Pour Junot et Caulaincourt, c'est certain; Bessières aussi. Mais je n'en suis pas aussi sûre.

Le Consul entra seul et me dit :

— Eh bien! comprends-tu la lourde bêtise de Constant qui se trompe sur l'endroit que je lui ai indiqué et qui me fait attendre une heure le fusil au bras! Ce crétin est cause que je n'ai pas fait la route avec toi.

— Oh! ne le grondez pas, je vous en prie; il est si confus et malheureux, ce pauvre Constant! Pardonnez-lui. Chauffez-vous. Vous devez être fatigué?

— Pas du tout. Nous sommes venus au grand galop.

— Prenez quelque chose.

Il sonne Constant qui entre la tête baissée et le visage très rouge.

— Du café. Et toi, Georgina? prends donc quelque chose?

— Un peu de café aussi, je vous prie.

— Voilà tout?

— Oui, voilà tout.

— Enfin, je te vois au grand jour. Il ne t'est pas défavorable.

— Vous êtes trop bon de le trouver, mais je me trouve horriblement laide.

— Allons, allons, ne fais pas de la fausse modestie. Tu sais bien le contraire. Ah! ma chère, c'est qu'il y a beaucoup de femmes qui vous trompent aux grandes lumières! Puis, vous autres, au théâtre, avec votre rouge, on est presque masquée. Mais, quand on se lève à neuf heures et que l'on fait trois lieues de campage, c'est une épreuve, et tu l'as soutenue victorieusement. Tu es comme je désirais te voir.

— Vous me voyez alors avec des yeux indulgents. J'en suis reconnaissante et vous en remercie encore.

— Viens faire une petite promenade dans le bois.

Il me prit sous son bras et nous passâmes devant les quatre aides de camp rangés sur une même ligne, chapeau bas, dans la cour. Le Consul *m'enleva* mon voile, ce qui me fit baisser la tête, tant j'étais rouge et confuse. Peut-être une autre aurait-elle été fière. C'est possible, et il y avait de quoi être orgueilleuse; moi, soit modestie, soit absence d'intelligence ou de hardiesse, j'étais tremblante et honteuse. Tout ceci est arrivé comme je le raconte. Je me promenais bras dessus, bras dessous, avec le premier homme du monde. Oui, l'amour-propre devait être satisfait; il l'était. Que de fois, au milieu de mes tribulations et de mes chagrins, je me suis rappelé cette

promenade! C'est égal, on ne peut m'enlever cela ;
j'ai été plus de deux heures, bras dessus, bras dessous, avec le maître du monde. Je n'ai pas de fortune, je suis pauvre, mais riche de mes souvenirs :
pas de spéculation qui vous les ravisse, pas de pouvoir qui vous les enlève. Il sont là devant moi aussi
frais, aussi jeunes, aussi palpitants que si c'était
d'hier. Au milieu de tant d'angoisses, je me trouve
heureuse d'avoir conservé mes jeunes impressions.
On vieillit moins vite. L'argent, si je l'ai tant foulé
sous mes pieds comme on veut bien le dire, c'est
que je l'ai toujours méprisé, et que je le méprise encore plus, depuis qu'on en fait tant de cas. Oui,
monsieur l'argent, je vous méprise. Pensez-en ce que
vous voudrez, peu m'importe. Je dis mon sentiment,
à vous, argent. Je ne vous ai aucune obligation. Je
suis libre et droite devant vous! N'attendez pas que
je m'incline jamais devant vos lingots.

Cher Consul! Qu'il était charmant et gai pendant
cette promenade! Il me faisait courir. Il faisait froid.
Les chemins étaient encombrés de feuilles mortes et
de branches sèches, qui me gênaient et s'attachaient
à mes pieds. Le Consul prenait soin de les écarter
et de me faire un passage plus libre. Lui se donnait
cette peine.

— Mais, je vous en prie, ne vous baissez pas
ainsi : je ne le veux pas, ou je rentre.

— Moi, je ne veux pas que tu te blesses les pieds.
Laisse-moi donc faire. *(Ceci historique.)*

Ces détails sont vrais. Voudrait-on y croire?
Il y a si peu d'hommes capables de ces attentions
délicates! Oh! oui, je n'en ai jamais trouvé de semblable. Et puis, d'un autre, cela paraîtrait simple

et naturel. Mais de *lui!* Ah! c'est bien autre chose.

— Je désire rentrer. Je suis lasse et j'ai, malgré nos courses, un peu froid.

Nous rentrâmes donc.

— Il faut que tu prennes un peu de thé pour te réchauffer avant de partir.

Nous restâmes encore une heure ensemble, puis on fit avancer la voiture. Le Consul vint m'y conduire et me fit monter.

— A bientôt, Georgina, aux Tuileries. Je quitte demain Saint-Cloud.

Il monta à cheval, nous dépassa vite, et vint à la portière pour me dire encore : « A bientôt! »

(Ce jour-là, on arrêta un individu placé pour attaquer l'empereur. Il n'y a que mon cher Valmore qui puisse se renseigner là-dessus.)

Constant me quitta à Saint-Cloud. Je rentrai à six heures chez moi. Ma vie, au milieu de toute cette grandeur, n'était pas ce que j'avais rêvé. Oui, certainement, je suis heureuse quand je suis près du Consul, mais mon illusion peut-elle aller jusqu'au point de me flatter que cela durera? C'est une incertitude de tous les instants. Je vis sous une volonté qui me brisera, quand la satiété viendra, et je n'aurai pas le droit de me plaindre. Vivons donc de cette vie frivole, puisque j'ai consenti à me la faire. Je suis jetée dans les hasards du bonheur ou du malheur. Marchons, et tâchons de ne pas trop nous égarer. Voilà tout ce que je puis espérer de moi. Je suis artiste, indépendante; je pourrais, s'il me plaisait de renoncer à voir le Consul, lui dire : « Je ne veux pas venir. » J'ai donc aussi ma volonté bien à moi, et il n'aurait pas le droit de me contraindre! Je suis libre! Cette pensée me rend joyeuse, et je vois tout sous un autre aspect. Maintenant, je me sens heureuse; si je continue, c'est que je le veux bien, parce que je l'aime.

Je voyais peu de monde, je faisais peu de visites. Quand je sortais, j'avais toujours derrière ma voiture un affreux cabriolet qui, je le pense bien, s'arrêtait peu à me suivre, mais enfin me suivait. Je m'amusais à le faire passablement courir. Il faisait de drôles de pauses.

M. de Talleyrand, que je voyais beaucoup, et qui m'aimait assez, — comme aiment ces grands personnages spirituels séchés dans les grandeurs, s'amusant de tout sans s'intéresser à rien, qui vous prennent et vous quittent sans songer à vous; auxquels, à votre insu, vous servez de jouet, — M. de Talleyrand donc me tourmentait, pour que je consentisse à recevoir deux fois par semaine.

— Qui donc, lui dis-je? Votre société, mon prince, votre société, en hommes? Quel honneur! Pour que l'on dise : « Allez-vous chez la George, ce soir? Il y a très bonne compagnie en hommes. » Non, mon cher prince, je suis très reconnaissante de l'honneur que vous voulez me faire, mais moi, permettez-moi de vous le dire, je trouve cet honneur humiliant. Je suis artiste, je veux vivre dans mon monde à moi. Vous riez, prince? Oui, mon monde. Je trouve et j'ai toujours trouvé cette prétention aux réceptions fort ridicule. Puisqu'il est écrit que les dames de la haute société ne peuvent venir chez les comédiennes, — et, en cela, je les approuve : chacun chez soi, — que les femmes artistes se respectent donc

assez pour rester éloignées! Qu'elles vivent au
milieu des artistes, des gens de lettres qui ne les
dédaignent pas, eux, qui les recherchent au contraire. Savez-vous,mon prince, que cette société des
arts est bien plus vivante, bien plus instructive, —
je ne dis pas cela pour vous qui êtes un prodige de
savoir et d'esprit! — vous comprenez très bien que
ce monde-là nous va, à nous. Les éloges de Gérard,
qui a beaucoup d'esprit aussi, lui; de Talma, qui a
bien son génie aussi; de notre grand peintre David;
Contat, la merveilleuse comédienne; Mars, Fleury,
Monvel; leurs éloges nous sont plus précieux que
les compliments courtois des grands seigneurs. En
parlant de tous les artistes, vous voyez, je m'anime,
je ne suis pas trop bête. Au milieu de votre société,
je ne trouverais pas un mot. Vous voyez bien que j'ai
raison de vous refuser. Vous m'approuvez, je le vois
et vous en sais gré. Puis, voyons, une société composée d'hommes, ce n'est pas amusant; et, si l'on
admettait dans votre cercle tout masculin quelques
femmes artistes, que dirait-on? Je vous le laisse à
penser. En vérité, cela pourrait vous compromettre!
Enfin! vous riez de bon cœur, vous ne me gardez
pas de rancune. Je viendrai vous voir quand vous
me le permettrez; ce sera toujours un honneur et
un plaisir pour moi. Si vous daignez m'honorer de
votre visite, j'en serai fière alors.

— Oui, j'irai. Je suis content de vous avoir
entendue parler ainsi; cela vous fait honneur. Oui,
ma belle Georgina, j'irai vous voir; comptez-y.

— Venez avec le bon Giamboni; c'est votre intime.
Il vient me voir souvent, et tous les soirs il est dans
nos coulisses. (*Tout cela est vrai.*)

Le lendemain, je contai tout à l'empereur, qui m'approuva.

— Ce diable de Talleyrand, de quoi se mêle-t-il? Il veut que tout le monde boite comme lui; il aime à déranger toutes les existences simples et calmes. Il est tripotier, ma chère Georgina. Vous avez eu raison et je vous aurais grondée si vous aviez consenti à tenir cercle.

— Oui, n'est-ce pas? j'ai bien fait. J'aurais été là pour servir des rafraîchissements. Je ne suis pas assez complaisante pour servir des tasses de thé. D'ailleurs, jamais je ne consentirai à la moindre chose sans vous le dire, puisque vous êtes assez bon et assez indulgent pour me permettre de tout vous dire. Ce qui peut m'arriver est bien insignifiant; mais quelquefois tous ces riens peuvent vous distraire, et je suis trop heureuse quand je vous vois rire. Vous riez si bien que vous me faites oublier que c'est vous. C'est charmant de se mettre au niveau d'une personne naturelle. C'est une transformation qui, pendant quelques instants, doit vous rendre la vie plus légère.

(Ma chère amie, je tiens à ces petits mots, à cette conversation qui a eu lieu entre le Consul et moi.)

Quand les grands hommes veulent bien être aimables, il faut bien l'avouer, ils le sont plus que les autres, ils gâtent pour l'avenir. C'est de l'égoïsme, je suis tentée de le croire. C'est vous forcer aux regrets : la comparaison laissera toujours un souvenir qui arrivera jusqu'à moi. Et l'amour-propre, quel que soit l'homme, de quelque condition qu'il soit, le domine par-dessus tout.

Le Consul était la bonté même pour moi. Il dai-

gnait me parler souvent sur la manière dont j'avais
joué; les critiques étaient toujours parfaites.

— Georgina, je ne vous trouve pas assez amoureuse dans Aménaïde. Je sais très bien que Voltaire
a fait ce personnage un peu trop virago; mais enfin
elle est passionnée, amoureuse jusqu'à la folie, et je
vous trouve un peu froide.

— Eh bien! je vous assure que je fais tout mon
possible. Mais, que voulez-vous? je ne me sens pas à
l'aise comme dans mes rôles de mère.

— Oui, vous semblez sentir la maternité plus profondément. Eh bien, ma chère Georgina, il faut
devenir mère...

— Si cela se pouvait, que je serais heureuse!
Comme il serait gentil, mon petit! Comme il aurait
de belles robes, de beaux petits bonnets! Oh! tenez,
je ne veux pas penser à cela; je deviendrais folle de
joie.

Hélas! j'avais tort de me livrer à une pensée qui
ne me *préoccupait pas seule,* car je me rappelle avoir
été envoyée par celui qui *désirait* voir ce *vœu* accom-
pli chez une femme qui habitait le faubourg
Saint-Antoine et qui indiquait les moyens de devenir
mère. Moyens infructueux pour moi, hélas! Quelle
existence m'était promise, si je n'avais pas été frappée de stérilité!

Un soir, le Consul me fit venir à Saint-Cloud de
très bonne heure. Il faisait assez froid, car il y avait
du feu dans la bibliothèque où il me reçut. Ce feu,
je dois me le rappeler. Le Consul se mit à jouer avec
moi comme un vrai enfant. Nous nous mîmes par
terre sur le tapis. Puis il se mit à monter la petite
échelle que l'on a dans les bibliothèques. Il voulait

prendre *Phèdre* et me faire lire sa déclaration, ce qui m'ennuyait horriblement; si bien que, toutes les fois qu'il arrivait pour prendre le livre, je faisais rouler l'échelle au milieu du cabinet. Il riait, descendait et me donnait de petits soufflets sur les joues, correction faite bien tendrement.

Je ne sais, chers amis, si je vous ai raconté ces niais détails, mais qui ne deviennent pas moins charmants de la part de cet homme immense.

— Décidément, tu ne veux pas me répéter *Phèdre?*

— Non, je ne suis pas disposée. Causons, je vous en prie; j'aime mieux cela.

— Soit, mauvaise tête.

Nous nous remettons par terre sur le tapis.

— Eh bien, ma chère Georgina, je vais te quitter, Je pars à quatre heure du matin.

— Comment, vous partez?

— Oui, pour quelques jours. Tu vois quelle confiance j'ai en toi, tête folle; personne ne le sait. Eh bien, tu ne me parais pas affligée de mon départ.

En vérité, je sentais qu'il avait raison. J'aurais tout donné pour répandre une larme, mais je n'ai jamais été larmoyante. Puis, il faut être franche, je n'avais pas envie de pleurer. Ah! je ne puis effacer de ma mémoire ni de mon cœur le mouvement du Consul, qui mit la main sur mon cœur et la retira comme pour me l'arracher.

— Ah! il n'y a rien pour moi dans ce cœur!

J'étais à la torture. Je tournais la tête du côté du feu, je ne répondais pas un mot, mes yeux bêtement fixés sur ce feu étincelant, sur ces chenets brillants comme le soleil; enfin, les yeux fixés, fatigués sans doute de cet éclat, se mouillèrent et répandirent

quelques larmes secourables. Le Consul les vit et son
ravissement égalait ma confusion. Il se mit à les
boire et à les baiser avec bonheur. Je le laissai
dans l'erreur C'était mal, très mal, je m'accuse ;
mais il était si joyeux que j'aurais été cruelle en le
désabusant. Je l'aimais, d'ailleurs ; je ne le trom-
pais donc pas !

*(Arrangez cela, chère; mais ce que j'écris est telle-
ment exact qu'il me semble que c'est arrivé hier,
27 mai 1857.)*

Le Consul, toujours très bon et prévoyant, me dit :
« Je ne veux pas que ma Georgina manque d'argent
pendant mon absence. » Et il me fourra des billets de
banque plein mon estomac.

*(Ainsi, Valmore, cherchez la date : il partait pour
le camp de Boulogne. Ceci est bien essentiel de voir les
dates pour prouver la vérité de ce récit. Je vous l'ai
déjà dit : Jamais l'empereur ne m'avait fait remettre
d'argent par personne. C'était lui toujours.)*

Nous nous quittâmes à trois heures du matin. Je
fus très émue, quand il me dit :

— Adieu, Georgina. Sois sage, et à bientôt.

Que c'est étrange ! Je n'avais point pleuré devant
lui, et, une fois en voiture, je fondis en larmes.
Constant, le bon et ingrat Constant, avait beau me
dire :

— Ne pleurez pas, ce n'est qu'une absence de
quelques jours. Je dirai au Consul combien vous
êtes peu raisonnable, et que vous n'avez fait que
pleurer durant toute la route.

— Oui, dites-le-lui, Constant; qu'il sache tout
mon attachement, et combien je l'aime. Mais le
reverrai-je ?

avant de quitter St Cloud, j'oubliais une entre chose,
que je vais vous raconter, une drôle de scène. le lendemain une entre chose
chercher à 6 h. du soir. j'arrive à St Cloud. et le soir je restai dans la pièce
attenante à la chambre à coucher, c'était la première fois que je voyais cette
pièce qui était la bibliothèque — le consul vint aussitôt, je lui fis voir
plutôt chère georgina, j'ai voulu te voir avant mon départ. ah ! mon dieu
vous partez — oui à 5 heures du matin. pour aroulagne, personne ne le
sait encore ; nous nous étions assis tous simplement par terre tous les deux
oh ! bien, tu n'es pas triste, mais si, je suis triste, non tu réponds aucune peine
o : me voir éloigné, il mit la main sur mon cœur et fit comme dit m'arrachais
en me disant d'un ton moitié colère et moitié tendre, il n'y a rien pour moi
dans le cœur. les propres paroles ! j'étais au supplice et j'aurais donné
tout au monde pour pouvoir pleurer, mais enfin je ne pleurais pas
enfin, nous étions sur le tapis près du feu (car il y avait du feu
mes yeux étaient fixés sur le feu et les chenets brillants,
                                        ... me disait, disait-il de son ...
poitrine, et le conduis avec une tendresse que je ne puis exprimer
apaise les larmes et les but ! (hélas comment dire cela, et pourtant c'est vrai)
je fus tellement touché au cœur de cette preuve d'amour, que je me mis
à sanglotter de mes véritables larmes, que vous dire, il était délirant
de bonheur et de joie, je lui aurais demandé les tuileries dans ce moment
là, qu'il me les aurait données ; il riait, il jouait avec moi, il me
faisait courir après lui, pour éviter de le laisser attraper il
montait sur l'échelle, qui sert, à prendre les livres, et moi comme
l'échelle était sur roulette et très légère, je promenais l'échelle
... le survenant du cabinet lui riait et me criant tu vas

(Mlle George a fait un récit un peu différent de la scène qu'elle vient de narrer.

Voici cette seconde version.)

Avant de quitter Saint-Cloud, j'oubliais une entrevue que je vais vous raconter, telle qu'elle s'est passée. On vint me chercher à huit heures du soir; j'arrive à Saint-Cloud, et, le soir, je passai dans la pièce attenant à la chambre à coucher. C'était la première fois que je voyais cette pièce, qui était la bibliothèque. Le Consul vint aussitôt.

— Je t'ai fait venir plus tôt, chère Georgina; j'ai voulu te voir avant mon départ.

— Ah! mon Dieu! vous partez?

— Oui, à onze heures du matin, pour Boulogne. Personne ne le sait encore.

Nous nous étions assis tout simplement par terre, sur le tapis.

— Oh bien! tu n'es pas triste?

— Mais si, je suis triste.

— Non, tu n'éprouves aucune peine de me voir m'éloigner.

Il mit la main sur mon cœur et fit comme s'il me l'arrachait en me disant d'un ton moitié colère et moitié tendre :

— *Il n'y a rien pour moi dans ce cœur!*

Ses propres paroles. J'étais au supplice, et j'aurais donné tout au monde pour pleurer; mais, aussi, je n'en avais pas envie. Nous étions sur le tapis, près du feu, car il y avait du feu. Mes yeux étaient fixés sur le feu et les chenets brillants, restant là fixée comme une momie. Soit l'éclat du feu ou des chenets, ou de ma sensibilité, si vous l'aimez mieux, deux grosses énormes larmes tombèrent sur ma poi trine, et le Consul, avec une tendresses que je ne peux exprimer, baisa les larmes et les but. (Hélas! comment dire cela? Et pourtant, c'est vrai!)

Je fus tellement touchée au cœur de cette preuve d'amour que je me mis à sangloter de véritables larmes. Que vous dire? Il était délirant de bonheur et de joie. Je lui aurais demandé les Tuileries dans ce moment-là qu'il me les aurait données. Il riait, il jouait avec moi, et il me faisait courir après lui. Pour éviter de se laisser attraper, il montait sur l'échelle qui sert à prendre les livres, et moi, comme l'échelle était sur roulettes et très légère, je promenais l'échelle dans toute la longueur du cabinet. Lui riait et criait : « Tu vas te faire mal. Finis, ou je me fàche... »

(Oh! chère amie, vous pouvez tirer parti de cela; ce sera si joli, raconté par vous, mon bon Valmore.)

Vous saurez la date : l'empereur partait pour visiter le camp de Boulogne.

Ce soir-là, le Consul me fourra dans la gorge un gros paquet de billets de banque.

— Eh, mon Dieu! pourquoi me donnez-vous tout cela?

— Je ne veux pas que ma Georgina manque d'argent pendant mon absence. (Ses propres paroles!)

Il y avait quarante mille francs.

Jamais l'empereur ne m'a fait remettre d'argent par personne. C'était toujours lui qui me le donnait.

Il fut plus tendre, ce soir-là, que je ne l'avais encore vu.

J'oubliais de vous dire que, ce soir-là, il renvoya M. de Talleyrand qui venait travailler avec lui. Le lendemain, je fus chez Talleyrand où j'allais souvent; l'empereur le savait.

— Ah! venez, ma belle, que je vous gronde. Eh bien! on m'a renvoyé hier pour vous.

— Je ne sais ce que vous voulez dire. Comment, on vous a refusé l'entrée de ma loge à Feydeau où j'étais? Vous m'étonnez beaucoup.

— Vous êtes un diplomate trop jeune, vous ne savez pas encore mentir; cela viendra. — Au fait, vous avez raison, je ne suis nullement offensé d'avoir été renvoyé; j'en aurais fait tout autant. Je me suis hâté de revenir à Paris pour faire ma partie. Mais voilà deux fois que je suis congédié pour le même objet. Soyez fière, cela ne m'était jamais arrivé.

Je puis vous attester que ceci est encore vrai. Du reste, ce Talleyrand était toujours charmant; il était si spirituel!

J'étais libre pour quelques jours, pour toujours peut-être. L'absence de quelques jours suffira pour que le Consul ne pense plus à moi; il désirera un autre jouet. Je suis si peu de chose. Pourtant, il a été bien tendre. Cette soirée comptera dans ma vie. Je me suis sentie ingrate, froide. Je ne mérite pas ce qu'il est pour moi. Moi! un rien, qui dans ce moment n'ai pas compris toute la grandeur de ce sentiment, qui faisait tomber cette gloire devant quelques larmes d'une sotte enfant. Je m'en veux; je me méprise.

Tu sentiras ce que vaut cet homme quand il ne te verra plus; tu auras mérité son oubli. Pendant cette absence, je croyais que je respirerais plus à l'aise, que je m'amuserais à courir partout; mais,

point. J'étais plus isolée, plus ennuyée. Il fallait
jouer : c'était encore la meilleure distraction ; mais,
vis-à-vis de cette salle comble, je voyais un désert.
Cette loge où le Consul assistait si souvent à nos
représentations tragiques, cette loge vide était si
triste. Mon bon Talma lui-même n'avait plus la
même émotion. Le soir, il me semblait entendre la
voiture qui devait me mener à Saint-Cloud. Tout
est donc caprice dans cette vie où l'on ne veut pas
ce que l'on possède, et l'on désire ce que l'on n'a
plus ! Si le Consul ne veut plus me recevoir à son
retour, je partirai. Ah ! oui ! Certainement je ne resterai pas dans cet affreux Paris, si je ne dois plus le
revoir. Je ne sais où j'irai, mais je partirai parfaitement heureuse... Je ne pouvais l'être malgré ma
jeunesse, mon étourderie, si vous voulez ; je sentais
bien que ma position très enviée était peu stable.
D'un moment à l'autre, le bel édifice devait crouler.
Pouvais-je me flatter au point de penser que cette
trop brillante position n'aurait pas une fin ? Il fallait
vivre d'une vie trop incertaine. Ne pensons pas. Ne
cherchons pas à voir et marchons.

Je n'avais que mon Talma, qui écoutait toutes mes
angoisses avec une patience d'ange. Je devais l'ennuyer.

— Tu as un avenir magnifique, comme artiste, qui
te rendra toujours indépendante. Ne rêve donc pas
l'impossible. Amuse-toi. J'espère bien que cette
déception, si elle arrive, ne te portera pas à te faire
carmélite comme la belle La Vallière. Tu serais trop
drôle sous le voile et tu ne ferais pas ton année de
noviciat, bien certainement.

— Tiens, tu as raison ; je ferais triste figure et

l'on ne viendrait pas arracher la pauvre comédienne
de ce saint asile. On m'y laisserait très bien. Soyons
donc franchement comédienne, et pas de fausse
dévotion; on est ridicule. Adorons Dieu; je l'adore
et fais ma petite prière tous les soirs. Prière à moi :
je n'ai jamais voulu en apprendre d'écrites. Je préfère apprendre Racine; ça fait plus d'effet.

— Viens ce soir; tu trouveras David, Gérard, etc.

— C'est bien. Compte sur moi, cher ami.

Je voyais peu de monde chez moi, je refusais
presque toutes les visites par crainte. C'était une
existence presque toujours contrainte; ma position
me commandait une grande réserve. Aussi je ne
vivais pas; je m'ennuyais horriblement. Mon bon
Talma était souvent près de moi; toujours peureux
horriblement, mon bon Talma.

— Prends garde, chère amie. Les femmes t'en
veulent; elles sont méchantes. Ne perds pas l'attachement du Consul par ta faute. Point de coups de
tête. Évite les affreux cancans.

— Oui, cher Talma. J'ai tout ce que je peux
désirer, excepté le bonheur intime. Car, enfin, je
suis comme une machine; je ne m'appartiens pas et
j'attends qu'on ait envie de me voir. Je ne suis rien
dans l'existence de ce grand homme, et je suis,
quoi que vous disiez, très isolée. Malgré vos conseils
amis, je regrette ma liberté de jeune fille allant,
venant, sans conditions, ma volonté à moi : je reçois
qui me veut, qui me plaît. Quelle ravissante existence! Rien ne peut se comparer à l'indépendance.
J'aime mieux la clef des champs qu'une belle cage
dorée. Malheur à qui veut sortir de la sphère où
Dieu l'a placé. Je ne suis qu'une sotte. L'amour-

propre me pousse; puis, après, je me suis laissée aller à aimer un homme que je ne devais qu'admirer!... Je raisonne ainsi quand je suis loin du Consul. Près de lui, je suis la plus heureuse du monde.

Le Consul, au bout de   jours, revint.

(Cher Valmore, si vous n'avez pas toutes les dates, j'ai prié un ami à moi, Saint-Ange, de me les procurer. C'est un vieil ami d'Harel qui va même me faire une biographie, qui sera très bien.)

Je revis donc le Consul le lendemain de son arrivée aux Tuileries, dans un appartement que je vois toujours : les petites fenêtres au-dessus des grands appartements. Salon, chambre à coucher dans laquelle il y avait une espèce de petit boudoir. Mes chères petites fenêtres, que je vous regarde souvent! Je les aimais tant que j'allais toujours prendre mes bains aux bains Vigier, parce que, de ma baignoire, je voyais mes chères petites fenêtres. J'étais d'un sentimental!

— Voyez, Clémentine, regardez bien ces petites fenêtres avec leurs persiennes. C'est là mon appartement, c'est là que l'on m'aime et que j'aime. Je suis amoureuse de mon bon et beau Consul. Je tremble toujours que cela finisse. Je suis trop peu de chose, je le sens bien; c'est ce qui me désespère! Tenez, je suis assez ridicule pour désirer être une grande dame.

Pour gagner le joli petit appartement, il fallait monter horriblement, passer par des couloirs assez noirs.

— Ah! Constant, que c'est haut! Je n'en puis plus.

— Chut! pas de bruit.

— Pourquoi, chut? A Saint-Cloud, vous ne disiez pas : « Chut! » C'est ennuyeux, vos : chut! Il y a ici du monde partout.

Nous voilà arrivés. J'entrai par un tout petit cabinet qui donnait dans la chambre à coucher. Le Consul n'était pas encore monté. Je me débarrassais de mon cachemire. J'avais l'habitude de mettre deux paires de souliers, parce qu'à Saint-Cloud, je traversais l'Orangerie. J'allais ôter ces premiers souliers quand je m'aperçus que j'en avais perdu un dans ces affreux escaliers.

— Ah! mon Dieu! Constant, j'ai perdu un soulier. Voyez, courez! Mon nom est dans toutes mes chaussures. Que va dire le Consul? Courez vite.

Pendant qu'il court après ce malheureux soulier, le Consul arrive, bon et tendre comme toujours; mais, moi, j'étais toute troublée.

— Qu'avez-vous, Georgina? Voyons, mon enfant, dites-le-moi?

— Je n'ose pas vous dire ce qui m'arrive, mais c'est désolant. J'ai perdu mon soulier dans un de ces vilains escaliers.

— C'est un fort petit malheur!

— Oui, mais ce n'est pas tout : mon nom est écrit dans toutes mes chaussures. Voyez combien c'est désolant; j'en suis toute tremblante.

— Eh bien, chère Georgina, on lira votre nom, et celui qui trouvera le joli soulier blanc le gardera, le coquin! comme ayant appartenu à une belle personne. Ne te tourmente donc pas, et sois tout heureuse de me revoir.

— Je suis très heureuse de vous retrouver pour

moi ce que vous avez toujours été. Mais, je vous en prie, sonnez Constant qui court après cet affreux soulier.

Constant entra avec le soulier.

— Ah! à présent, me voilà tout heureuse et tout à la joie de vous revoir.

Les questions ne manquèrent pas. Il était vraiment enfant, l'empereur! Je lui dis la vérité.

— Je me suis beaucoup ennuyée; je m'ennuie souvent. Allez, je voudrais toujours être avec vous. Je suis bien ridicule, n'est-il pas vrai? Je sais bien que c'est impossible. Je sais très bien aussi que je ne puis occuper votre pensée. Je suis une petite distraction, voilà tout! C'est triste pourtant, mais cela doit être ainsi.

Le Consul était trop bon pour ne pas me dire le contraire. C'était bonté, pas autre chose, mais cette bienveillante bonté devait me satisfaire.

Je me retirai presque au jour. L'empereur ne s'en préoccupait pas, mais c'était fort embarrassant et très désagréable. Constant, bête comme un pot, faisait attendre la voiture au guichet du côté de l'eau. Je dis à l'empereur que cela m'ennuyait et, dès lors, la voiture attendait au bas du perron.

Je voyais l'empereur presque toujours deux fois par semaine, quelquefois trois.

Un jour où ma toilette était un peu plus coquette, — j'ai oublié de vous dire, je crois, que l'empereur me déshabillait lui-même et me rhabillait lui-même; il mettait tout en ordre comme une bonne femme de chambre, — il me déchaussait, et, comme mes jarretières étaient à boucles, cela l'impatientait, et il me dit de me faire faire de suite des jarretières rondes passant par le pied. Depuis cette époque, trop éloignée pour mes charmes, je n'en porte pas d'autres. Ces détails sont insignifiants pour les *Mémoires*, mais je veux tout vous dire.

J'avais une jolie couronne de roses blanches. L'empereur qui, ce soir là, était d'une gaîté charmante, se coiffa avec ma couronne, et, en se regardant dans la glace, me dit :

— Hein! Georgina, comme je suis joli avec ta couronne! J'ai l'air d'une mouche dans du lait! (Ce sont ses enfantines paroles.)

Puis, il se mit à chanter et me força à chanter avec lui le duo de *la Fausse Magie*.

Vous souvient-il de cette fête où l'on voulut nous voir [danser?]

Voilà ce qu'était l'empereur avec moi. Comme je questionnais toujours Constant pour savoir si le Consul était toujours le même pour moi, il me répondait :

— Dame! J'ignore si le Consul est très fidèle, mais ce que je sais bien, c'est que, lorsqu'il me donne l'ordre de vous venir chercher, ce jour-là il est très léger, et je l'enlève de terre en lui passant sa culotte. Puis, voulez-vous que je vous dise? je crois que le respect et les révérences des grandes dames le fatiguent et le font bâiller; au lieu qu'avec vous, il est toujours gai et joyeux, et quitte de très bonne heure les salons pour venir vous rejoindre! (C'est vrai, tout cela!)

Que Constant est bête de me dire tout cela! Il me fait joie et me laisse, par ses sottes paroles, l'inquiétude au cœur! Il y en a d'autres. Il me préfère. Pourquoi? Parce que je suis sans conséquence, et qu'il est enfant avec une enfant. Je lui fais diversion; c'est beaucoup, mais ce n'est pas assez; cela ne peut être durable! Ah! toujours mon idée fixe: quand ce sera fini, je partirai.

Au lieu de dire : « Enfant, chère bonne, vous trouverez autre chose! » Et pourtant c'était bien enfant!

J'arrive. Constant me dit:

— Le Consul est monté; il vous attend.

J'entre. Personne. Je cherche dans toutes les chambres. J'appelle. Rien! personne! Je sonne :

— Constant, le Consul est redescendu?

— Non, madame; cherchez bien.

Il me fait signe et me montre la porte du boudoir, où je n'avais pas eu l'idée d'entrer. Le Consul était là, caché sous les coussins, et riant comme un écolier. Il m'avait demandé mon portrait, et je le lui apportais. C'est une miniature qu'il ne trouva pas très bien, et il avait raison.

— Eh bien, rendez-le-moi; je m'en ferai faire un autre.

— Non, je le garde; fais-en toujours faire.

— Oui, mais à une condition.

— Ah! des conditions, mademoiselle Georgina! Voyons les conditions.

— Écoutez donc : ce n'est pas amusant de poser, et pour moi surtout qui n'ai pas de patience; aussi je vous fais un grand sacrifice. Eh bien, je veux en échange votre portrait. Voyez-vous, cela, je le veux. Non, je désire, si cela est mieux.

— Si tu es bien sage et bien gentille, je te le donnerai.

Et il ne me fit pas la proposition de me donner une pièce d'or à son effigie, comme on a bien voulu le dire. J'ai eu et j'ai bien son portrait, une adorable miniature, bien donnée par lui à moi.

— Comme je n'ai pas encore votre portrait, je veux aujourd'hui même autre chose. Ne me refusez pas, car aujourd'hui j'ai très mauvaise tête et je me fâcherais.

Il riait à en pleurer.

— Je refuse; je veux voir une grosse colère. Allons, va donc; je refuse.

— Nous allons voir. Sonnez Constant.

— Sonne toi-même; je te le permets.

— Constant, des ciseaux.

— Allons, apporte des ciseaux à madame. Ah! que veux-tu donc faire de ces ciseaux? Que veux-tu donc me couper? Vraiment, tu me fais peur!

Comme il riait, le cher Consul!

— Je veux vous couper une mèche de ces beaux cheveux, si doux et si fins.

— Non, non, ma chère; j'en ai trop peu.

Et je lui courais après, tenant mes ciseaux.

— Je n'en veux que quatre : je vous promets de n'en point couper plus. Si vous n'avez pas confiance en moi, je vais m'en aller.

— Ah! la vilaine petite entêtée! Allons, voyons, coupe! Que cela ne se voie pas!

Je coupai quatre ou cinq cheveux.

— Voyez si j'ai tenu parole; j'en ai vraiment trop peu.

— Voyons, câline, coupe encore, mais peu.

— Oui, soyez tranquille.

Et j'en coupai une bonne petite mèche.

— Ah! la vilaine menteuse! c'est énorme!

— Non, voyez bien, pardonnez-moi, cela ne se voit pas du tout. Je veux encore quelque chose.

— Ah çà! auras-tu bientôt fini?

— Tout de suite! Eh bien, je veux que, quand vous viendrez dans votre petite loge, — vous savez bien, votre petite loge où j'aime tant à vous voir, — je veux que vous me montriez mon portrait. Je ne sais comment vous ferez, mais vous me rendrez bien, bien heureuse.

(*Chère amie, il n'y a que vous au monde pour tirer parti de tous ces détails qui deviendront charmants, entre vos mains.*)

Vous voyez le caractère de l'empereur; vous voyez comme il se livrait tout entier aux caprices d'une gamine. Les grands hommes ont leur côté faible; il leur est doux quelquefois de descendre et de se faire petits pour connaître la vie intime et simple dans les détails, heureux sans doute de s'oublier quelquefois.

Il vint le lendemain entendre *les Horaces,* et, dans un moment où j'étais placée du côté de sa loge, il leva sa jolie petite main, qui me fit un signe. Avait-le portrait? je l'ignore. L'intention était déjà assez aimable, et je devais m'en contenter.

Malgré les bruits qui couraient sur mon intimité avec le Consul, les adorateurs (je ne trouve pas d'autre mot, mais c'est mauvais), les adorateurs ne manquaient pas de se présenter. Décidément, je ne voulais pas vivre tout à fait comme une recluse. Je recevais dans ma loge, après mes représentations, des Français, des étrangers de haute distinction. Pourquoi ne pas, de temps en temps, les recevoir chez moi?

On m'annonça un jour le secrétaire du prince de Wurtemberg (historique). Je reçus ce monsieur, qui m'apporta, de la part du prince, une bague magnifique en diamants, qu'il me pria d'accepter, en témoignage du plaisir qu'il avait éprouvé à la représentation des *Horaces*. C'était un simple hommage qu'il espérait que j'accepterais; et, en outre, une énorme bourse en velours rouge brodée en or, de ces bourses de la forme de celles où l'on fait les quêtes. Cette bourse, d'une dimension colossale, était remplie de louis.

— Monsieur, dites au prince que j'accepte avec plaisir et orgueil la bague qu'il daigne m'offrir. Quant à la bourse, je la refuse. Il peut faire un meilleur usage de cet argent; il soulagera beaucoup d'infortunes. Mais les artistes français n'ont pas l'habitude de recevoir des offrandes d'argent.

Ce monsieur fut très confus.

— Mademoiselle, le prince vous fera ses excuses, si vous voulez bien le recevoir. Il ne voulait point vous blesser en vous offrant cette bourse, et il vous aurait priée — je n'en fais aucun doute — de distribuer vous-même cet argent.

— Remerciez le prince, monsieur, et veuillez lui dire que je fais mes petites aumônes, très modestes, avec ma petite bourse. Oui, M. le prince peut venir et j'aurai grand plaisir à le recevoir et le remercier. (Ceci m'est arrivé.)

Le prince vint le lendemain, et, jugez de ma surprise : c'était le soi-disant secrétaire!

— Eh! mon Dieu! prince, pourquoi ce déguisement, je vous prie?

— Pardon, mademoiselle, mais je n'osais pas.

— Ah! oui, à cause de cette belle bourse. Vous
ne me connaissez pas, prince, mais l'or est un mauvais passe-partout pour arriver à moi. Je n'aime pas
l'argent.

Le prince était grand, très mince, fort timide, ce
qui lui donnait l'air assez gauche. C'était le père, je
crois *(vous pouvez le savoir, Valmore)*, de l'impératrice de Russie, femme de Paul Iᵉʳ.

Ce cher prince venait me voir dans ma loge, où il
trouvait belle et bonne compagnie. Ces réunions
étaient ravissantes. Après la représentation de la
tragédie, Talma, auquel on rendait les mêmes visites,
descendait toujours dans ma loge, accompagné de
son cortège d'artistes et de grands seigneurs. Il est
arrivé souvent que Mongila, le premier garçon du
théâtre, vint nous avertir que le spectacle était fini.
Pas possible !

En voyant le Premier Consul, il me dit :

— Eh bien, Georgina, vous avez reçu le prince de
Wurtemberg?

— Oui, et je vais vous conter ce qui m'est arrivé.

— En huit jours, il peut arriver beaucoup de
choses.

— Vous devenez trop rare, écoutez donc! Je
m'ennuie. J'ai reçu le prince et j'en recevrai bien
d'autres. D'ailleurs, vous savez, toutes les visites
que nous recevons dans nos loges, nous pouvons
bien les recevoir aux grandes lumières.

— Vous avez, chère Georgina, des dispositions
aux grandeurs.

— Vous m'en avez donné le goût; on se forme à une
si belle école. Mais vous savez bien que, tant que
j'aurai le bonheur de vous inspirer un peu d'intérêt,

je ne ferai rien qui puisse refroidir votre bienveillance.

— Mais après?

— Je ne sais pas ce qui peut arriver.

— Vous êtes une sotte.

— Voici donc ce que je voulais vous dire : voici la bague d'abord.

Je lui racontai l'histoire de la bourse.

— Fi! dit le Consul. C'est de mauvais goût! Vous avez reçu cette bague un peu légèrement. Je vous engage pour vous à ne plus recevoir de présents en hommage soi-disant de votre talent; cela n'est pas convenable.

— Pourtant, il y avait des artistes qui ont reçu des présents, à l'étranger : cela se voit tous les jours. Ce n'est pas leur faute, si les Français ne témoignent leur admiration que par de belles phrases : c'est meilleur marché.

— Georgina, vous ne me plaisez pas, ce soir. Je n'aime pas ce langage. Je crois que je ferai bien de vous marier.

(Je ne me rappelle pas si je vous ai parlé de cette proposition qui m'a été faite; je la répète peut-être encore. Qu'importe!)

— Me marier! moi! Et à qui donc? mon Dieu!

— Soyez tranquille, je vous donnerai à un général. Vous quitterez le théâtre, bien entendu, et vous vivrez honorablement.

— Cette proposition, que vous me faites, est sérieuse?

— Très sérieuse.

Je fus blessée jusqu'au fond du cœur. Ah! Constant, vous avez eu la bêtise de me dire la vérité.

Allons, une grande dame a passé par là. Ma résolution fut bien vite arrêtée.

— Je vous demande mille fois pardon de vous désobéir, mais je ne veux pas me marier, je ne puis plus me marier. Quand vous avez eu le caprice de m'appeler près de vous...

— Le caprice? dit-il.

— Eh! mon Dieu! oui, le caprice!... j'étais artiste, je resterai artiste. Moi, prendre un mari de convention? Ah! s'il s'en trouve un assez complaisant pour jouer ce rôle, convenez qu'on ne peut aimer ni estimer un pareil homme!

— Tu as raison, Georgina; tu es une brave fille.

Je parlai ainsi à l'empereur sans gêne, sans fausseté, vingt fois. Voulant lui tenir un langage du monde que l'on apprend comme un rôle, l'empereur m'arrêtait en riant, en me disant :

— Laisse tes sottes phrases, parle-moi comme tu le sens; ne fais pas d'esprit avec moi. Dis-moi tout ce qui te vient naturellement.

Il ne se fâchait jamais de mes boutades, de mes bêtises, si vous voulez. C'est, je crois, ce qui a fait que, malgré des absences, je l'ai toujours et jusqu'au dernier moment trouvé bon et excellent pour moi! Aussi, c'est un culte, une adoration que rien n'a pu changer, et je m'en fais gloire! Tous ces souvenirs m'ont consolée de bien des déceptions et de bien des misères, de bien des abandons! Pauvre empereur! Combien il a dû souffrir, cet illustre martyr! On n'a pas le droit de se plaindre!

(Chère amie, placez-moi ces lignes sur mon empereur ; j'y tiens.)

L'empereur ne fut pas huit jours sans me revoir.

Je le retrouvai gai et bon toujours. Il m'arriva une singulière aventure que je vais vous raconter.

On m'annonce le capitaine Hill, Anglais, Américain?

— Que ce monsieur vous dise ce qu'il veut, Clémentine. Vous savez que je ne reçois plus les personnes qui ne me sont point présentées et que je ne connais point. Eh bien, allez donc! Que veut-il?

— Il dit qu'il ne peut dire qu'à vous seule ce dont il est chargé.

— Eh bien, qu'il m'écrive!

— Ce monsieur prétend qu'il ne peut pas écrire cela; il ne peut parler ni écrire.

— Eh bien, dites-lui qu'il aille se promener et que je ne veux pas le recevoir, et ne revenez pas : cela me fatigue.

Malgré mon ordre, Clémentine, qui ne se laissait pas intimider, rentre.

— Ah çà! encore, insolente! Laissez-moi!

— Mais, mademoiselle, ce monsieur est très amusant, et votre curiosité sera assez piquée quand vous saurez. Ce qu'il a à vous dire est un secret qu'il ne peut confier qu'à vous seule.

— Un secret! Ceci est singulier! Eh bien, demain, à deux heures, je le recevrai. Qu'est-ce que c'est que cet homme? Il vient demander un secours? C'est un pauvre honteux?

— Oh! que non! C'est un très bel homme, très bien mis, très élégant.

— Eh bien, c'est peut-être un voleur. Il me fait peur, le bel homme! Clémentine, vous resterez là dans le boudoir, et le valet de chambre restera en sentinelle à la porte de ma chambre. C'est vous qui serez cause de quelque malheur peut-être, sotte que vous êtes. Venir exciter ma curiosité! Il n'est pas encore reçu, votre bel homme!

A deux heures, le lendemain, on m'annonce le capitaine Hill.

— Allons! le sort en est jeté! Qu'il entre, et restez là.

C'était effectivement un homme très bien, d'excellentes manières.

— Que me voulez-vous, monsieur?

— Madame, je suis chargé d'une mission assez délicate et qui m'embarrasse étrangement. Madame, pardonnez-moi d'abord la proposition que je vais vous faire. J'ai à vous parler sérieusement, mais mes paroles ne peuvent être entendues qu'en plein air.

— Comment! monsieur, en plein air! Effectivement, cette proposition singulière ne peut être acceptée et je ne l'accepte pas. Excusez-moi, monsieur, si je vous quitte, mais je ne puis vous entendre plus longtemps.

— Mais, madame, soyez sans méfiance, je vous prie.

— Ah çà! monsieur, vous voulez donc m'enlever?

— Mais, madame, point le moins du monde. Faites-vous suivre par votre voiture, par vos gens, au bois de Boulogne. Veuillez accepter une place dans ma voiture et, une fois en plein air, vous saurez tout et vous apprendrez le but de ma mission, qui peut-être ne sera pas sans intérêt pour vous.

— Tout ceci est peut-être vrai, mais je refuse.

J'avais une peur affreuse.

— Réfléchissez, madame; ce que j'ai à vous offrir

ne se présente pas deux fois dans la vie. Réfléchissez et peut-être serez-vous plus confiante.

J'avais la tête à l'envers.

— Eh bien, Clémentine, qu'en dites-vous? N'est-ce pas effrayant?

— Ma foi, non, mademoiselle! Cet homme est bien. Quel mal voulez-vous qu'il vous fasse? A votre place, moi, j'irais.

— Eh bien, allez-y. Vous y gagnerez quelque chose sans doute; pour moi, je n'irai pas. Quel est cet homme?

Et les suppositions marchaient. Mon imagination courait de même. Il revint le lendemain... Je refusai... Le surlendemain... Il me fatigue, cet homme! Je veux savoir ce qu'il est.

— Qu'il vienne demain à deux heures! J'irai.

Le lendemain, me voilà en voiture à côté de ce personnage mystérieux, beau, jeune, en vérité, qui aurait mieux fait de parler pour lui. Je suis bien inconséquente de m'exposer ainsi. Je regardais à la portière à chaque instant pour m'assurer que j'étais suivie par ma voiture et mes domestiques.

Arrivés au bois de Boulogne :

— Enfin, monsieur, nous voici en plein air, j'espère. Expliquez-vous vite, car, je vous l'avoue, j'ai hâte de vous quitter.

Il me fit donc dans cette entrevue des demi-confidences : que j'avais inspiré une passion violente à un très haut et puissant seigneur anglais, qu'il avait fait faire mon portrait (quelque croûte sans doute!) qu'il était amoureux fou et qu'il voulait à tout prix me faire quitter la France.

Je me mis à rire.

— Ne riez, madame! C'est tout à fait sérieux. (Si je le veux bien, sans doute!)

Il me donna des détails sur la maison que j'occuperais, sur l'existence brillante que je mènerais, mais détails toujours mystérieux.

— Oui, monsieur, tout cela est vraiment magnifique. Mais de qui me parlez-vous enfin? En supposant que, pour la première fois de ma vie, les richesses me tentent au point de tout quitter et de m'exiler dans un pays que je n'aime point et que je n'aimerai jamais, au moins je veux savoir le nom de ce brillant et fastueux amant. Vous avouerez, mon cher monsieur, que tout cela ressemble trop à un conte des *Mille et une nuits;* qu'il est bizarre que vous, jeune et beau cavalier, vous vous chargiez d'une pareille ambassade. C'est à n'y rien comprendre.

Il ne voulut pas m'en dire plus.

— Alors, lui dis-je, bonjour, monsieur! Je remonte dans ma voiture.

Ce que je fis en riant de tout mon cœur de cette comique aventure. C'est un original, il a voulu s'amuser. Voilà tout! Je n'y pensais plus et n'en parlais même plus.

Mais cet homme était toujours devant moi, planté aux promenades, aux théâtres.

— Ah! mon cher monsieur, votre persévérance à me suivre commence étrangement à me fatiguer. Je suis bien tentée de dire au Consul votre inconcevable obstination. Mais à quoi bon? C'est un original, laissons-le de côté.

Il ne se tint pas pour battu; il revint, puis encore. Je ne voulus plus le recevoir. Il m'attendit au bas de l'escalier, et, au moment de monter en voiture, il me suppliait de l'entendre un instant. Il fallut être polie. Je ne pouvais pas mortifier cet homme devant mon domestique.

— Madame, en grâce, accordez-moi une seconde entrevue au Bois?

— Ah! mon cher monsieur, pour cette fois, allez vous promener tout seul. Cette plaisanterie se prolonge trop, elle me fatigue au dernier point. Veuillez donc ne pas insister. Vous me fâcheriez. Enfin, écrivez cela à qui vous envoie et donnez-moi la paix! Mille compliments et surtout au revoir.

— Vous m'ordonnez de me retirer, madame. J'obéis; mais, avant de vous quitter, je ne dois pas vous laisser ignorer qu'ayant reçu l'autorisation de tout vous dire, je devais espérer que vous m'accorderiez une seconde entrevue!

— Ah! vous avez reçu l'autorisation de me faire connaître votre mystérieuse mission?

L'affreuse curiosité était là qui me poussait. Puis, ceci partait d'un pays qui m'inspirait peu de confiance. Je me décidai de suite : je n'avais plus aucune crainte pour moi, je voulais tout savoir.

— Allons, monsieur, venez, mais à l'instant. Votre voiture est là, j'y monte, et que la mienne me suive.

Cet homme ne me disait pas un mot tant que nous étions dans Paris ; mais, au milieu des arbres, il prenait la parole. Il commence par jeter des parures en diamants, mais de magnifiques diamants, savez-vous : collier, bracelets, boucles d'oreilles, tout cela tenu par de petites chaînes de Venise. Les boucles d'oreilles surtout étaient royales : de grosses

pierres suspendues à de gros boutons. C'était éblouis-
sant.

— Ah! monsieur, tout cela est très beau! Après?

— Madame, tout ceci est à vous. On vous prie de
les accepter. Voici, en outre, le portrait du prince.

— Ce monsieur est très bien. Les diamants qui
entourent son portrait ne sont pas moins beaux.
C'est superbe! Mais je n'ai pas l'honneur de connaître ce visage-là. Son nom, je vous prie?

— Madame, c'est le prince de Galles.

— Ah! monsieur, c'est le prince de Galles! C'est
très bien! Reprenez tous ces objets. Je vous quitte,
monsieur, et je vous salue.

Je remonte dans ma voiture.

— Mais vous refusez donc, madame?

— Je refuse, monsieur, avec joie.

Je devais voir le Consul le soir même, et je me
hâtai de lui tout raconter.

— J'étais effrayée, je vous jure, du nom du personnage! Je vous dis tout cela et ne m'accusez pas
de pure curiosité. Non, je voyais des choses plus
graves.

— Chère Georgina, on voulait peut-être faire
revivre une seconde Judith.

— Vous ne serez jamais un Holopherne.

— Rassure-toi, va, je savais tout. Tu ne le reverras plus.

Effectivement, je n'entendis plus parler de lui.

*(Chère bonne, toute cette aventure est vraie, très
piquante et toute vraie. Toute l'histoire du capitaine
Hill est vraie.)*

Je ne rencontrai plus cet homme. Ma vie théâtrale me soutenait contre les ennuis. Je jouais sou-

vent. Je vais savoir de Verteuil les ouvrages tragiques nouveaux de cette époque.

(Vous devez vous en souvenir, vous, cher Valmore.)

Tous ces ouvrages avaient peu de succès. Il y en eut un en 1806, je crois, qui fit courir tout Paris : *les Templiers*, de Raynouard. Je n'oublierai pas cette première représentation, qui fut bien funeste à mon cœur.

Ne pouvant se procurer de loge, ni pour or, ni pour argent, je fis placer ma bonne petite mère dans les coulisses. Elle se trouva mal ; on s'empressa autour d'elle et on lui vola son cachemire ! Ceci était peu de chose, hélas ! mais, à dater de ce jour, ma mère fut constamment malade. Pauvre mère, elle était frappée à mort.

Nos rôles, à Lafont et à moi, étaient de vrais compères ; celui de Lafont surtout. Le mien était semé de quelques beaux vers, qui produisaient un immense effet. Talma, dans Marigny, était admirable et touchant au possible. Saint-Prix, dans le grand maître, était beau. Le brillant Dalmas faisait trépigner dans son récit du connétable, récit très beau, si vous vous le rappelez, mon cher Valmore. Chaque représentation remplissait la salle jusqu'aux combles ; succès productif et long ! Notre salle était si mal construite que je crois qu'on ne pouvait guère atteindre que le chiffre de quatre mille francs.

Mon rôle devait exciter peu d'envie, et pourtant cette pauvre Duchesnois était furieuse.

— On vous a donné le rôle pour votre physique.

— Vous croyez, ma chère ? Vous vous faites tort. Je trouve le vôtre très original.

Je viens d'écrire à Fonta, de la Comédie-Française, pour lui demander le nombre des ouvrages tragiques qui se sont joués depuis mon début jusqu'au jour de mon départ pour la Russie, et depuis mon retour en 1813, jusqu'au jour où un arrèté de M. de Duras m'a renvoyée. Je pense que tout cela est fort utile.

J'avais été plus de quinze jour sans revoir le Consul. Je ne lui fis rien dire. J'attendais, et cette fois sans impatience et presque résolue à refuser ma visite, si l'on venait me la demander; ce qui ne tarda pas à arriver.

Constant vint me prier, de la part du Consul, de venir le soir aux Tuileries.

— Impossible, mon cher! Depuis quinze jours, je me suis bien portée; aujourd'hui, je suis indisposée et pour rien au monde je ne voudrais sortir.

Constant insista.

— Le Consul se fâchera.

— J'en suis désolée, mais je ne veux pas sortir.

Étais-je donc une esclave? Non, en vérité; j'avais aussi mes caprices.

Le lendemain, j'étais aux Français, dans ma petite loge d'avant-scène, donnant sur le théâtre, juste en face de celle du Consul, qui, ce jour-là, était aux Français. On y jouait les Femmes savantes et je ne sais plus quelle petite pièce. Je ne regardai pas une fois cette loge, je m'en serais bien gardée. J'étais trop blessée pour cela. On frappa à ma loge; je vis le beau et bon Murat.

— Qui me procure l'honneur de votre visite?

— Rien, ma chère Georgina; le plaisir de causer un instant avec vous, voilà tout. Vous êtes bien dans cette petite loge; elle est charmante; on est tout à fait chez soi. Puis, juste en face du Consul.

— J'ai toujours eu cette loge; je n'aime pas à me montrer. Ici, à peine si je suis aperçue, et je vois tout le monde; puis, on peut causer à son aise.

— Jetez donc les yeux sur la loge du Consul; il vous regarde beaucoup, tout en ayant l'air d'écouter *les Femmes savantes*.

— Ah! mais j'en suis très flattée, je vous assure; mais, dans le fait, cela m'est assez indifférent.

— Il y a donc de la brouille?

— Ah! vous vous moquez! On n'a pas le droit de se brouiller avec le Consul, mais on a celui de rester chez soi; c'est ce que fais.

— Allons, mauvaise tête, vous avez refusé hier, n'est-ce pas? Vous consentirez demain.

— Pas plus qu'hier! Tenez, soyez bon, ne me parlez plus de cela. Voyez comme je suis rouge. Eh bien, c'est que je suis en colère. Il fait ici une chaleur! J'étouffe.

— Voulez-vous, ma chère Georgina, venir faire une petite promenade?

— Ah! très volontiers! Je serai charmée de sortir.

— Donnez-moi une place dans votre voiture, Georgina. Où se tient-elle?

— Là, dans la rue Montpensier.

— J'y vais.

Nous voilà installés. Il était excellent, le prince Murat, et certes il ne faisait pas l'aimable.

— Allons au bois de Boulogne.

— Allons.

J'étais enchantée d'avoir quitté ma loge avant le départ du Consul. Petit amour-propre satisfait, et cœur blessé. Ah! les pauvres femmes!

— Voyons, général, que me voulez-vous? Vous voyez bien que c'est fini. Le Consul est resté quinze jours sans me voir.

— Eh bien, qu'est-ce que cela prouve? Vous croyez donc, ma chère, que c'est un homme comme un autre, folle que vous êtes?

— Vous dites folle? dites donc sotte! Vous dites que ce n'est pas un homme comme les autres? Vous avez raison, c'est un beau grand homme au-dessus de tout. Mais, pour les femmes, c'est un homme comme les autres.

— Vous vous valez toutes. Malgré toute votre charmante colère, il faut ne pas être entêtée; il faut y aller demain : il le désire. Je vous le dis pour vous. Vous ferez mal de tenir rigueur; soyez heureuse qu'il désire vous voir. Ah! ma chère, d'autres femmes le conduiraient avec plus d'habileté. Si vous écoutez votre tête, elle vous fera faire bien des folies, et plus tard vous vous en repentirez

— Vous me parlez comme un sage. C'est beau! Vous m'édifiez vraiment et vous me faite rire, vous, le beau et brillant Murat! Merci, mille fois, de vos sévères conseils! Je tâcherai d'en profiter, si je puis. Mais alors je deviendrai fausse. Est-ce cela? Ai-je bien compris? Je ferai ce que vous me conseillez. Je reverrai le Consul, mais avec un masque. Si je ne me déguise pas, je suis tout fait disgraciée.

— Soit! mettez le masque, mais qu'il soit d'une couleur bien tendre.

— Changeante, voulez-vous dire? Tenez, général, vous êtes tous des monstres.

Le lendemain, je fus aux Tuileries, mais sans joie. Je ne sais pas pourquoi, mais il me semblait qu'un malheur m'attendait. Le Consul fut le même, toujours bon, toujours aimant ; moi, je faisais une contenance qui n'était que de la manière : je ne souriais pas, j'étais froide et sérieuse. Le Consul se mit à rire.

— Ah! voilà que vous vous faites un visage. Quittez-le vite, il vous va fort mal ; ne me gâtez pas Georgina. Cette bouderie est sans charme. Revenez vite à votre nature. Soyez comme vous étiez hier dans votre loge : une enfant gâtée et mal élevée, qui ne veut pas qu'on la contrarie.

— Et vous, monsieur, ne soyez pas si longtemps éloigné de moi, ce qui me déplaît et m'ennuie horriblement.

— On ne fait pas tout ce que l'on veut, ma chère Georgina ; mais, quoiqu'il arrive, soyez assurée que j'aurai toujours un tendre attachement pour vous et que je ne vous perdrai pas de vue.

— Mais c'est fort triste ce que vous me dites là ; je ne vous verrai donc plus?

— Si, ma chère, toujours ; je vous le promets. Soyez sans crainte. En voilà assez, ; plus de question aujourd'hui. Soyez bonne et naturelle et comptez sur moi.

(Tout ceci, mes amis, se passait comme je l'écris, peu de temps avant son couronnement Je ne suis pas en train; tout mon pauvre esprit est à la torture pour de l'argent. Vous comprenez.)

Je rentrai triste chez moi ; malgré toutes les tendresses du Consul, je sentais qu'il allait se passer quelque chose de triste pour moi. C'est alors que je répétais: « Je partirai. »

Je revis le Consul peu de jours après ; en entrant,

il me prit les mains avec une bonté inouïe, me fit
asseoir.

— Ma chère Georgina, il faut que je te dise une
chose qui va t'affliger ; mais, pendant quelque temps,
je cesserai de te voir. Eh bien, tu ne dis rien?

— Non, je m'y attendais. J'aurais été insensée de
croire que moi, qui ne suis rien au monde, j'aurais
pu occuper une place, je ne dis pas dans votre cœur,
mais dans votre pensée. J'ai été une simple distraction, voilà tout!

— Tu es une enfant et tu es charmante en me
disant cela; tu me prouves ton attachement, et je
t'aime de m'aimer: on nous aime si peu, nous! Mais
je te reverrai, je te le promets.

— Merci de vos bienveillantes paroles, mais je ne
profiterai pas de vos bontés; je partirai.

— Je ne crois pas cela. Tu ne feras pas cette faute:
tu perdrais ton avenir.

— Mon avenir, je n'en ai plus. D'ailleurs, peu
m'importe! je partirai.

Le Consul fut plus excellent qu'il ne l'avait jamais
été; je fus profondément touchée de tout ce qu'il
daigna me faire entendre de paroles douces et con-
solantes. Il était si bon. Il me retint fort tard.

— Allons, ma bonne Georgina, au revoir.

— Ah! non pas au revoir, adieu!

Tout disparut devant moi! Il me semblait que
tout était mort, que rien ne s'animerait plus. Ah!
c'est quand on se sépare que l'on sent tout le
bonheur que l'on perd. J'étais une autre femme
bien affaissée par la douleur.

— Eh bien, Clémentine, vous ne serez plus de nuit
à m'attendre. Il paraît que je ne verrai plus le Consul.

— Est-il possible?

— C'est possible, pour quelque temps, m'a-t-il dit.

— Il faut le croire, mademoiselle. Un homme comme lui ne se gêne pas, et, si c'était rompu tout à fait, il vous l'aurait dit.

Nous passons le reste de la nuit à faire mille conjectures. Il était presque six heures quand je revins des Tuileries.

A dix heures, je fis chercher mon Talma, et il arriva, tout essoufflé.

— Eh! bon Dieu! qu'est-il arrivé, ma chère amie, pour me faire chercher si matin?

— Il arrive que je ne verrai plus le Consul.

— Comment donc cela? Ce n'est pas possible!

— Oh! d'abord tout est possible, bon ami. Quand on s'est jetée dans une position trop élevée, l'avenir n'existe pas. Pourtant, le Consul a été d'une tendresse et d'une bonté angéliques. Il m'a dit : « Ma chère Georgina, pendant quelque temps je ne vous verrai plus, il va se passer un grand événement qui prendra tous mes instants. Mais je vous reverrai, je vous le promets. » *(Ce sont ses propres paroles, chère madame Valmore.)*

— Eh bien, ma chère, il faut le croire. Mais le grand événement! Voilà, j'y suis? Tu ne sais donc pas? On parle du couronnement du Consul qui sera proclamé empereur; on dit même que le pape viendra le sacrer à Notre-Dame. Ce sont les bruits qui courent; mais il n'y a rien d'officiel là-dessus.

— Eh bien! cher ami, quand cela serait, ce n'est pas parce que je verrais le Consul que le pape ne viendrait pas et que je ferais manquer le couronnement.

— Non, mais il a besoin lui-même de faire cesser les bavardages.

— Dites, mon cher, que sa fantaisie est passée; ou bien veut-il faire ses dévotions avec humilité et ne pas en être distrait par la sensation? A la bonne heure! Voyez : ce qui arrive devait arriver, je vous l'ai dit cent fois. Je n'ai pas à me plaindre. Je suis la seule fautive! A la grâce de Dieu! Je souffre, c'est bien fait! Oui, cher ami, je souffre! Mon cœur n'est pas un capital placé à gros intérêts. Je l'ai donné loyalement, sans calcul. Je n'ai pas songé un instant à la fortune, il le sait bien, lui; je n'ai jamais rien désiré. J'étais heureuse du bonheur de le voir. Croyez bien, cher ami, que je dois souffrir beaucoup.

— Tu te montes la tête; tu vas, tu vas, et tu n'as pas le sens commun. Pouvais-tu t'imaginer qu'un homme comme lui se transformerait en amoureux des *Fables* de Florian? Quand on a le bonheur de fixer les regards d'un homme aussi immense, il faut, ma chère, se faire grande et laisser de côté toutes ces idées d'amourettes enfantines.

— Vous avez raison. Je ne dirai plus rien, et je ne me plaindrai pas d'un mal qui doit céder devant les grandeurs. Je redeviendrai Georgina comme devant et reprendrai ma gaieté et ma chère indifférence. Déjeunons, Talma. Puis, si vous voulez être bien gentil, nous irons nous promener à la campagne.

— Mais il fait un froid de loup, ma chère!

— Bah! le froid fait du bien, il calme; la glace est bonne quand on a la fièvre. Puis vous irez prévenir chez vous que vous dînerez avec moi. D'abord, je ne vous laisse pas aller; je veux passer toute la journée avec vous. Nous irons ce soir entendre notre naïf Brunet; vous savez, grand tragique, comme il vous fait rire, rire à faire événement.

— Mais tu disposes de moi : j'avais affaire, j'avais des visites à rendre.

— Bah! vous ferez tout cela demain. Demain, j'aurai pris mon parti et vous rendrai votre liberté. C'est dit?

— Allons, fais de moi ce que tu voudras, folle; je suis ton esclave jusqu'à ce soir.

Le bruit du couronnement s'accréditait de jour en jour et devint enfin officiel. Un mois après, il eut lieu. (Décembre, la date, le jour, l'année.)

J'étais d'une tristesse accablante. Pourquoi? Je devais être joyeuse de voir le grand Napoléon élevé au rang qui lui appartenait et qu'il avait conquis. Mais l'égoïsme est toujours là. Il me semblait qu'une fois sur le trône, jamais l'empereur ne reverrait la pauvre Georgina. Je ne désirais pas voir cette cérémonie. J'avais des places pour Notre-Dame; rien ne m'aurait décidée à y aller. D'ailleurs, je n'ai jamais eu la moindre curiosité pour les fêtes publiques. Mais ma famille voulait voir. Je fis louer des croisées dans une maison qui faisait face au Pont-Neuf; pour trois cents francs, nous en fûmes quittes. Mais il fallait aller à pied. J'eus bien de la peine à m'y décider; de la rue Saint-Honoré, la course était bonne, et au mois de décembre! Nous fîmes nos toilettes à la lumière, et, quand nous partîmes, à peine s'il faisait jour. Les rues étaient encombrées, sablées; on ne pouvait marcher qu'au pas, tant il y avait de monde. Au bout de deux heures, nous étions en possession de nos *chères fenêtres*. Mon valet de chambre avait été à l'avance commander un bon feu et le déjeuner. Nous étions à l'abri du froid et de la faim. L'argent est bon quelquefois. Nous avions quatre fenêtres, deux sur la place et deux sur le quai. Le salon était bien : très bonnes bergères, très bons fauteuils, c'est-à-dire bons, très durs ; les meubles de cette époque étaient atroces. Au moindre mouvement, on se jetait aux fenêtres.

— Viens, ma sœur, viens voir le cortège.

— C'est bien ! J'aurai le temps. Vous ouvrez les fenêtres à chaque instant. Je suis gelée ; laissez-moi au feu. Il faudra peut-être jouer demain ; je n'ai pas envie de m'enrhumer !

Puis j'étais d'un ennui assommant !

— Je dors ! Vous m'éveillerez quand vous verrez les chevaux.

— Ah ! ah ! le cortège.

Cette fois, c'était bien lui.

(Si Valmore voulait se charger de faire la description de ce magnifique cortège, ce serait fait de main de maître ; et, moi, je n'y entends rien du tout, et cette description est bien essentielle : elle fera diversion aux petits détails insignifiants.)

Les voitures à glaces, toute la famille, les sœurs de l'empereur, cette belle et suave Hortense. *(Je ne me rappelle pas si elle y était, Valmore, mais elle devait y être.)* La voiture du pape Pie VII, le porte-croix monté sur sa mule et que les mauvais petits gamins tourmentaient ; les pièces de monnaie que l'on jetait dans la foule. *(A toi, Valmore, tous ces détails.)*

Enfin, la voiture de l'empereur, chargée d'or; tous les pages, sur les marchepieds, derrière, partout, étaient admirables à voir. Nous étions au premier étage, et rien ne nous échappait; nos regards plongeaient dans les voitures. L'empereur, calme, souriant; mais l'impératrice Joséphine était merveilleuse, toujours un goût parfait dans sa toilette; mais elle toujours noble, toujours le regard bienveillant, qui vous attirait vers elle. Elle était sous ces habits la plus simple et la plus ravissante. Le diadème était porté sans qu'il pût lui paraître lourd. Elle saluait son peuple avec tant de bonté et d'encouragement que toutes les sympathies lui appartenaient. Elle était imposante pourtant, mais son sourire vous attirait à elle, et l'on serait arrivé sous son regard, sans crainte, persuadé qu'elle ne vous repousserait pas. Ah! c'est qu'elle était bien bonne, cette adorable femme! Les grandeurs ne l'avaient pas changée : c'était une femme d'esprit et de cœur. Quel malheur pour la France, pour l'empereur, que ce divorce!

Le brillant cortège fini, je rentrai chez moi, le cœur triste, en me disant : « Allons, tout est fini! » Je n'entendis point parler de l'empereur et ne cherchai pas à le voir. J'avais l'habitude de lui écrire un petit billet, quand je ne le voyais pas; mais je trouvai que je devais me tenir à l'écart, ce que je fis. Les fêtes, les illuminations et les feux d'artifice ne manquèrent pas. Je n'avais certes pas envie de courir pour voir le spectacle. Mars vint avec Armand, Thénard, Bourgoin, et me forcèrent à venir avec eux aux Tuileries. J'aurais eu mauvaise grâce à ne pas leur céder; puis, ma sœur brûlait d'envie de courir, et, comme la fille de Mars était la petite amie de ma sœur, il fallut bien se résigner. Nous voilà aux Tuileries. Au milieu d'une foule compacte qui s'étouffait, l'empereur, l'impératrice et toute la cour étaient sur le balcon, venant saluer cette foule remplie d'enthousiasme. Il y eut un moment vraiment dangereux. Les femmes criant : « J'étouffe! » mes deux pauvres petites criant plus fort que tout le monde.

— Ah! ma fille! criait Mars tout épouvantée.

— Ah! ma sœur! Sauvez ma sœur, Armand.

Et nous voilà hissant nos deux enfants sur les épaules de ce pauvre Armand.

— Mes amis, sortons d'ici, s'il est possible, ou nous serons foulés sous les pieds.

Nous vîmes alors Lafont, Talma et Fleury qui vinrent à nous; heureusement, mon Dieu! Ils nous firent un passage et, grâce à eux, nous gagnâmes la rue.

— Voilà une jolie soirée! Nous sommes presque déshabillées et toutes déchirées. Mon cachemire est joli, en vérité! Il ne tient plus. Je le garderai en souvenir de la distraction que nous nous sommes donnée.

Bourgoin était furieuse.

— Tenez, ma fille, mon beau voile d'Angleterre a le même sort que votre cachemire.

— Que le bon Dieu te bénisse, Armand! Tu en es la cause. Pourquoi es-tu venu me chercher?

Nous finîmes par rire tous de ce désordre de toilette. Cette bonne Thénard nous dit :

— La soirée ne peut finir ainsi. Venez tous à la maison : nous danserons, nous souperons; puis, mes enfants, chacun chez soi.

— Soit, dit Fleury; allons danser.

J'étais plus rieuse et plus en train qu'eux tous : c'était la peine. Nous dansâmes comme des perdus, nous valsâmes. J'avais pris Lafont.

— Ah! ma chère, ne va pas si vite. Eh! mon Dieu! la tête me tourne! Arrête donc!

— Eh bien, ami, tournons plus vite.

— Je te dis, ma bonne, que je n'en puis plus; je vais me laisser tomber.

Effectivement, il se fit tomber exprès.

— A présent, ma bonne, tu me laisseras en repos.

On se moquait de lui, on le mit en pénitence.

— Très bien! mes amis. Allez, je me trouve à merveille dans ce petit coin où vous me placez. Seulement, donnez-moi de quoi me rafraîchir.

— Thénard, un grand verre d'eau. Lafont a soif.

— Ne vous dérangez pas, mes amis; je vais me servir moi-même. Je sais où est la fontaine.

Il passa dans la salle à manger, et là il se servit lui-même de très bon vin.

— Ah! voyez-vous, le Gascon, comme il se joue de vous! Vite, à table! Il ferait tout disparaître pour se venger.

(Tous ces détails sont très enfantins; mais, comme ils sont vrais, vous en ferez ce que vous voudrez.)

Nous nous retirâmes à six heures du matin. Bourgoin dormait dans tous les coins.

— Ah! ma fille, je n'en puis plus; je n'aurai jamais le courage de rentrer chez moi.

— Je vous reconduirai, soyez tranquille.

— Et moi, George, dit Mars, il faut me reconduire aussi.

— Et nous de même.

— Mais où voulez-vous que je vous mette tous? C'est impossible!

— Nous monterons sur le siège, derrière, avec le domestique.

— Et cette chère Mezerai, je la garde ici. On lui fera un lit sur le canapé.

— Venez donc et arrangez-vous comme vous pourrez.

Mars, Bourgoin et moi dans la voiture, les deux enfants avec nous, et sauve qui peut! Armand sur le siège, Talma aussi; Fleury et Lafont derrière.

— Bourgoin, ma fille, chasse Talma rue de Seine. C'est une jolie promenade qu'on nous fait faire; les pauvres chevaux en ont leur charge.

Armand, Mars, rue de Richelieu; le beau Lafont, rue de Villedo; Fleury, rue Traversière.

— Bonjour, mes chers camarades. Nous serons tous bien frais aujourd'hui. Mais nous nous serons bien amusés et bien fatigués. Courage à vous autres de la Comédie; je ne désespère pas que le public de ce soir vous siffle. Vous dormirez debout.

(Votre esprit si gai et si enfant trouvera quelques drôleries dans cet affreux et bête récit! Que voulez-vous, chère bonne? C'était bête comme je vous le raconte et deviendra spirituel et amusant sous votre plume.)

Dix jours après le couronnement, l'empereur fit demander *Cinna*. Son apparition avec l'impératrice fit éclater un enthousiasme que rien ne peut décrire. Toutes les dames debout, agitant leurs mouchoirs; les cris de : « Vive l'empereur! Vive l'impératrice! » étaient à vous fendre le crâne. C'était juste et beau, hommage d'enthousiasme bien mérité. Chose étrange

MADEMOISELLE GEORGE
DANS LE ROLE D'ÉMILIE DE « CINNA »
D'APRÈS LE TABLEAU DE LAGRENÉE
(Foyer des artistes de la Comédie-Française.)

je restai froide et insensible comme une statue de marbre; il s'élevait une barrière infranchissable à mes yeux entre un empereur et moi. Le passé si charmant devait s'effacer de ma mémoire. Le pouvait-il de mon cœur? Il fallait l'essayer; le combat était bien douloureux. Soyons artiste simplement, oublions.

J'entrai en scène avec la volonté de n'être qu'Émilie, et rien de plus. Je ne tournai pas une seule fois mes yeux du côté de cette loge qui naguère me causait tant de joie. Je jouai de mon mieux, encouragée par Talma qui me répétait sans cesse :

— Ne te laisse pas aller, au moins. Vois cette salle comble et composée de toutes les illustrations. Ma chère amie, songe à ton avenir; ne laisse pas prise à la critique. Par orgueil même, à cause de la présence de l'empereur, tu dois te surpasser.

Cher ami, c'était bien vrai, ce qu'il me disait; aussi, mon imagination un peu vive se monta, et véritablement j'oubliai tout et tâchai de me mettre à la hauteur de mon personnage. Mon Talma était heureux de mon succès. Dans mes scènes avec lui, il me disait tout bas :

— C'est cela! Tu vas bien, continue; parle, ne force pas ta voix.

Pourtant, il y avait de quoi me troubler; l'empereur m'applaudissait beaucoup et la bonne et bienveillante Joséphine approuvait par des signes de sa gracieuse tête les applaudissements que l'on me donnait. Au Ve acte, au fameux vers :

Si j'ai séduit Cinna, j'en séduirai bien d'autres.

je dis ce vers tout bas; je sentais combien l'appli-

cation serait inconvenante. Le public le sentit aussi,
ce fin et délicat public parisien. Il se fit un grand
silence; je respirai librement et relevai la tête.
L'empereur et l'impératrice nous firent complimenter. Ce soir, par exemple, nos loges étaient
remplies de tous les ambassadeurs, de quelques
ministres : c'était l'usage. Ces messieurs aimaient à
se trouver au milieu des artistes et sans incognito,
aux grandes lumières, traversant fièrement les cor-
ridors qui conduisaient à nos loges. Ils aimaient à
assister à ce petit désordre tout naturel après les
représentations; nous voir en peignoirs, dépouillées
de nos dorures; la femme de chambre qui leur
disait :

— Pardon, messieurs, laissez-moi arriver jusqu'à
madame. Il faut que je la décoiffe.

— Vous permettez, messieurs, qu'elle me délivre
de ces ornements qui me fatiguent la tête?

— Comment donc! Nous ne voulons pas vous
gêner.

Et ce Talleyrand, exprès, au coin de la cheminée :

— Vous ne la gênez pas. Elle est femme et coquette, notre belle Georgina; elle veut se faire voir
dans toute sa simplicité. Voyez comme ce peignoir
de mousseline doublé de rose lui va bien et laisse
voir ses bras. Convenez, messieurs, que ce costume
vaut bien celui d'Émilie.

— Monseigneur, je vous prie de vous taire.
Vous êtes sardonique toujours dans vos compliments moqueurs. Ah! que vous êtes méchant! Vous
verrez que je ne vous laisserai plus entrer dans ma
loge.

— Vous en seriez bien fâchée. Mes compliments

ne vous blessent pas tant que vous voulez le dire. N'est-ce pas, Talma, que j'ai raison et qu'elle est coquette?

Ce cercle élégant, ces grands seigneurs, les poètes, les peintres, qui tenaient dignement leur place et auxquels on rendait les hommages, flattaient la vanité, quelque envie qu'on eût de n'en être pas atteint. Ce sont des jouissances qui allègent bien des ennuis.

Au milieu de tout cela, je n'entendais pas parler de l'empereur, depuis le sacre. Je faisais mille projets, je commençais un peu moins à m'isoler, je recevais plus de monde; je cherchais non les plaisirs, mais la distraction, du bruit qui m'empêchât de penser. C'était tout ce que je pouvais souhaiter.

Enfin, après plus de cinq semaines, Constant arriva :

— Quel hasard vous mène ici après une si longue absence? Que voulez-vous?

— L'empereur vous prie de venir ce soir.

— Ah! il se souvient de moi? Dites à l'empereur que je me rendrai à ses ordres. Quelle heure?

— Huit heures.

— Je serai prête.

Ah! cette fois, j'étais impatiente, je ne tenais pas en place. J'ai mon pauvre cœur froissé, mon Dieu!

J'avais fait une toilette éblouissante. L'empereur me reçut avec la même bonté.

— Que vous êtes belle, Georgina! Quelle parure!

— Peut-on être trop bien, sire, quand on a l'honneur d'être admise près de Votre Majesté?

— Ah! ma chère, quelle tenue et quel langage bien maniérés! Allons, Georgina, les manières guindées vous vont mal. Soyez ce que vous étiez, une excellente personne franche et simple.

— Sire, en cinq semaines, on change; vous m'avez donné le temps de réfléchir et de me déshabituer! Non, je ne suis plus la même, je le sens. Je serai toujours honorée quand Votre Majesté daignera me recevoir, voilà tout. Je suis découragée, il faut que je change d'air.

Que vous dirai-je? Il fut très indulgent, il fut parfait, se donnant la peine de me désabuser sur mes craintes. Je recevais ses bonnes paroles, mais je n'y croyais pas. Je rentrai avec des pensées très mauvaises, presque paralysée. Dois-je croire? Dois-je douter? Oui, je l'ai retrouvé comme par le passé, mais je ne sais pourquoi l'empereur a chassé mon Premier Consul; tout est plus grand, plus imposant : le bonheur ne doit plus être là. Cherchons-le ailleurs, si le bonheur existe. Je voyais plus rarement l'empereur. On commençait à parler bien bas d'une belle personne (mariée pourtant!) attachée à l'impératrice; on disait plus bas encore que l'empereur lui rendait des soins. Chère Joséphine, il valait encore mieux la simple actrice; elle restait éloignée, elle ne blessait pas. *(Vous verrez, bonne, si vous voulez mettre cela : c'était Mme Duchâtel.)*

Ne me trouvant bien nulle part; je voulus quitter mon appartement de la rue Saint-Honoré. Je l'avais pris en dégoût.

(Bonne chère amie, j'ai si peu la tête à ce que je fais, que je ne sais plus si je vous ai raconté la petite anecdote de Demidoff; j'étais encore rue Saint-Honoré.)

Demidoff avait la prétention, à cause de son immense fortune, de se faire appeler comte (il ne l'était point). Il avait des mines de fer en Sibérie. Du reste, c'était un homme charmant et spirituel. Il venait donc, lui aussi, nous visiter dans nos loges; on avait de la considération pour lui, pour ses mines. Il m'envoya par son secrétaire un mauvais petit diadème, avec de méchants petits brillants par-ci par-là.

— M. le comte vous prie, mademoiselle, d'accepter ce petit souvenir, comme hommage à l'artiste.

Il n'y avait rien à dire.

— Remerciez le comte, monsieur, en lui disant que, comme artiste, je suis flattée et reconnaissante de cette marque de son suffrage.

— Il vous demande, mademoiselle, la permission de vous présenter son respect.

Je reçois le comte dans ma loge. Pourquoi refuserais-je de le recevoir chez moi?

— Il peut venir, monsieur.

Il ne se fit pas attendre, le riche avare. Il vint le lendemain.

— Je suis très sensible à votre aimable souvenir, monsieur le comte.

— Je l'offre à l'artiste, et bien plus encore à la femme.

— Ah! monsieur le comte, vous gâtez votre présent. Comme artiste, je le recevrais; comme femme, permettez-moi de le refuser.

Je lui remis son petit écrin. Il fut assez décontenancé.

— Mais, enfin, je ne puis donc espérer un peu de retour aux sentiments que vous m'inspirez?

— Vous vous y prenez singulièrement. Vous faites

donc toujours le commerce, monsieur le comte?
C'est peu politique! Non, monsieur le comte, je n'ai
pas le moindre désir de répondre à vos nobles sentiments. Emportez votre cadeau. Voyez, examinez; il
n'y manque rien que le bon goût.

Il disparut avec sa boîte. Quelques jours après, le
tout petit et modeste diadième ornait le front de ma
jolie camarade B...

*(Voilà, chère; il n'y a que vous qui puissiez tirer
parti de ces riens.)*

Je déménageais donc pour prendre un très bel
appartement, rue Louis-le-Grand, au premier. C'est
de là que je partis pour la Russie. Je ne puis, toutes
les fois que je passe dans cette rue, m'empêcher de
lever la tête sur le grand balcon. Je vois encore les
trois persiennes que je fis poser au salon. Que de
souvenirs, que de regrets de n'avoir pas compris
la vie telle qu'elle est, positive et argenteuse! Les
idées d'alors n'étaient pas toutes à l'argent, on ne se
torturait pas l'esprit par les spéculations. Ne regret-
tons pas d'avoir passé la vie plus douce, de n'avoir
éprouvé que l'ambition d'une artiste et des sentiments de femme qui, s'ils ne vous enrichissent pas,
ne vous avilissent pas et vous rendent heureuse. Ces
souvenirs vous conservent les émotions toujours
jeunes, ce qui vaut mieux que l'or.

Je voyais souvent le prince de Metternich, ambassadeur d'Autriche près de la cour de France. Ce
fameux diplomate était fort gai, très sans façon,
très simple, très spirituel et moqueur; il aimait à
rire, le grand diplomate.

— J'ai une loge pour le Palais-Royal. Soyez
bonne; venez-y; nous rirons.

— Je ne ris pas tant que cela à toutes ces niaiseries. J'aime la naïveté de Brunet, de temps en
temps; mais vous, vous y passeriez toutes vos soirées. Décidément, vous adorez les queues-rouges.
Quand vous venez à nos tragédies, qui doivent vous
ennuyer à périr, convenez que c'est bien plutôt pour
causer dans nos loges. Homme sérieux, j'ai de vous
une singulière opinion. Cher prince, je pense que,
tôt ou tard, vous nous ferez grand mal.

— Chère belle, ah! vous faites de la politique et
vous voulez lire dans l'avenir. Qui peut savoir ce qui
nous est réservé? Pour le moment, je suis dans les
meilleures dispositions; si elles changent, vous le
saurez, grande diplomate; ce ne sera pas ma faute,
mais celle des événements.

— Oui, vous serez entraîné tout entier aux intérêts de votre pays, sans oublier les vôtres. Cher
prince, vous connaissez trop les caprices du sort
pour vous sacrifier entièrement, n'est-ce pas?

— Tenez, parlons de Brunet; c'est plus gai.

Ce cher Metternich parlait ainsi, et à Dresde
l'empereur a eu le tort de ne pas l'acheter : il nous
a fait tout le mal que j'avais prédit.

*(Dites là-dessus tout ce que vous voudrez, chère
bonne.)*

Il venait m'offrir de faire des promenades avec
lui.

— Je suis sensible à votre attention, mais vous
me faites monter dans un cabriolet détestable, que
vous conduisez vous-même, ce qui me cause des
frayeurs atroces. Ces promenades-là sont très en-
nuyeuses et je n'en veux plus. Je préfère causer,
c'est plus amusant. Quand vous tenez les guides de

votre mauvais cheval, on ne dit pas un mot. C'est trop allemand. Je m'amuse bien plus au Raincy, chez Ouvrard ; voilà de jolies parties. Nous allons là avec Talma, Fleury, Armand. C'est un séjour magnifique.

— Ah ! vous voyez le grand financier?

— Financier, comme vous voudrez, mais qui reçoit son monde en grand seigneur. Dernièrement, nous y avons passé trois jours, Mlles Devienne et Mars, et nos trois compagnons Talma, Fleury et Armand. Le temps passa vite. Ah ! par exemple, le paysage très joli, de ces charmantes voitures découvertes, mais traînées par deux pauvres chevaux qui ressemblent aux chevaux de M. Demasine. Il est étrange, cet homme! Ce sont des contrastes inouis. Ce château magnifique que Junot a habité longtemps, où tout le luxe est déployé. Il y là une salle de bains délicieuse : c'est un immense bassin, tout en marbre, où l'eau tombe de partout, comme les bains des Pyrénées ; on peut s'y baigner en compagnie de vingt ou trente personnes. Les ornements qui sont charmants, des peintures délicieuses, ottomanes, tapis, rien y manque. C'est un Lucullus que ce charmant et distingué financier. Dans cette superbe propriété, il y a çà et là des habitations ravissantes. Nous logeons, nous, à la Chaumière, au dehors; mais le dedans d'une élégance et d'un confortable parfait; puis, à côté de cela, deux chevaux étiques; voilà !

— Vous allez souvent à cette belle campagne?

— Le plus souvent possible.

Puis ce M. Ouvrard est un homme charmant; les manières les plus distinguées, fin, parlant peu, il s'était fait lui-même, cet homme intelligent. Son origine était peu relevée ; on dit qu'il était fils d'un épicier. Il ne le criait pas trop. Je lui disais : « Allez, cher monsieur Ouvrard, vous faites grandement les choses, mais vous êtes un homme sans cœur, depuis que vous avez quitté votre tablier bleu ; vous portiez alors votre cœur, mais derrière le dos, et vous ne l'avez jamais remis à la bonne place... » Il riait de bonne foi et ne se blessait point de cette plaisanterie. Mais, cher prince, la vérité, c'est qu'il n'avait point de cœur, mais beaucoup d'orgueil. Pour lui, il était très simple, mais rempli d'élégance, très recherché et très coquet, sans en avoir l'air. Toujours chaussé à merveille, il avait raison : son pied était très petit. Toujours en culottes courtes, des bas de soie, habit boutonné, gilet et cravate blanche ; du linge d'une finesse ! Très joli homme ; les yeux petits, par exemple, mais une très jolie bouche, des dents superbes et un sourire charmant. Oh ! il a fait de grandes passions et il en fera encore. Cette belle Mme Tallien a été très longtemps enchaînée ; elle a eu de lui une progéniture immense, et il la trompait, cette belle personne. Ce cher Ouvrard est un Lovelace. Il voltigeait beaucoup, il pouvait être constant, mais fidèle, jamais !

(Je vous donne tous ces détails. Ouvrard est un homme qui a marqué beaucoup ; on peut donc en parler.)

— Mais, ma chère mademoiselle George, il me semble, à la manière dont vous en parlez, que vous êtes dans la route des trompées ?

— Non, je vous l'assure ; pas pour le moment du moins. D'ailleurs, parlez-en à Mars ; elle vous tiendra le même langage : elle vous dira qu'il est très séduisant et qu'il faut se tenir sur ses gardes. A Paris, il avait un hôtel rue du Mont-Blanc. Alors il nous contait qu'il avait une salle à manger où la table, par un ressort, montait toute servie et disparaissait pour remonter ensuite chargée du nouveau service, afin d'éviter les domestiques. Vous voyez comme il comprend la vie. Nous n'avons pas vu cette demeure féerique, il l'avait vendue, mais nous 'allions dîner chez lui dans son hôtel, boulevard de la Madeleine, hôtel immense dont il n'habitait que l'entresol; le comte de Rémusat avait tout le reste de l'hôtel, le jardin.

L'entresol d'Ouvrard était à peine meublé; sa femme, que l'on ne voyait jamais, habitait un autre corps de logis. Quelle singulière existence ! On était là, comme au Raincy, servi d'une manière financière. Ses enfants venaient, après le dîner, jouer avec ma sœur et la fille de Mlle Mars. Il avait son frère, aimable et bon garçon. Notre ami Florence venait avec nous et ranimait un peu ces dîners, quelquefois assez monotones. Il nous parlait beaucoup de la belle martyre Marie-Antoinette. Il nous citait mille faits de sa bonté, entre autres : un matin — heure à laquelle la reine se faisait coiffer et permettait à Florence, régisseur de la Comédie-Française, de venir prendre ses ordres — on vint dire à la reine que toute une famille en pleurs venait se jeter à ses pieds pour demander la grâce d'un père et d'un mari. La reine se leva aussitôt, et tout en déshabillé du matin, à moitié coiffée, elle fut au-devant de cette famille éplorée et, sans perdre un instant, chez le roi avec toute cette famille, se

fait ouvrir, entre, et, jetant cette famille aux pieds
du roi, elle s'y jette elle-même pour demander
grâce. Elle l'obtint et revint les yeux encore mouillés
de larmes et heureuse *comme une reine*... Noble
femme si calomniée, noble cœur de mère, si broyé,
et femme si courageuse dans ce qu'il y a de plus
sacré, dans son cœur de mère. On dit que dans sa
prison, dans cette infâme captivité si longue, elle
faisait toujours une réussite pour savoir si on aurait
l'atrocité de l'exécuter. Toujours cette hideuse réussite disait oui; on devient superstitieux dans le
malheur. Que de souffrances cette adorable femme
a éprouvées!

Nous fûmes très émus de ce récit. C'était bien
beau et bien sublime de voir cette grande reine
venir dans un pareil désordre de toilette. Quel aban
don de soi-même pour faire une belle action!

— Florence, assez sur ce sujet; nous ne voulons
plus pleurer. Qu'avez-vous donc fait pour le succès
de *Misanthrope?* Vous avez par ce succès gagné vos
éperons d'homme habile. Voyons, racontez cela.

— Eh bien, la première représentation avait produit de l'effet sans contredit, mais on doutait des
recettes. Il faudrait inventer quelque chose. La
deuxième représentation a été assez pâle et nous
comptions sur des recettes immenses. A la troisième. Florence avait donné des loges à des dames
d'une demi-vertu, celles qui, quoique jolies, manquaient de parures; il leur fit des envois de robes,
de chapeaux et de bouquets énormes sous la condition de fondre en larmes, et à quelques-unes l'ordre
de se trouver mal. Ce qui fut dit fut fait. On fut
obligé d'interrompre plusieurs fois la pièce; on

transportait ces malheureuses au foyer, on faisait appeler des médecins, etc. Le manège dura trois ou quatre représentations et le succès fut énorme. Succès qui a un peu coûté à la société, mais dont le résultat fut fabuleux.

— Florence, vous êtes un grand homme. A la santé de Florence !

— Et Lekain, notre admirable Lekain, Florence?

— Ah! oui, admirable! Pas comme Talma!

— Allons donc, mon cher ami! A côté de Talma, votre Lekain eût été rococo, une ganache!

Alors Florence enlevait sa perruque, la foulait aux pieds, et se posait devant nous tous pour imiter Lekain, qui effectivement était un grand artiste. Il parait que, dans tout ce qui était amour, il se montrait sublime; personne ne parlait comme lui à une femme : Tancrède, Orosmane, Vendôme de *Duguesclin* (est-ce Vendôme, Valmore? je ne me le rappelle pas!), il était merveilleux. Il était laid, mais la passion l'embellissait tellement que toutes les femmes en étaient folles. Fleury était très partisan de Lekain.

— Fort bien, messieurs; il était amoureux, il versait de belles larmes dans Orosmane; fort bien, mais l'amour, c'est commun. C'est comme nous, c'est vulgaire; mais la fatalité posée sur le front de Talma, mais ces remords, mais cette mélancolie profonde, mais le délire qui nous fait trembler tous! Toutes ces émotions palpitantes, croyez-vous qu'elles ne soient pas plus grandes que vos fades amourettes? Qui est-ce qui n'est pas amoureux? La couronne de lauriers à Talma, la couronne de myrte et de roses à Lekain.

Après les fureurs de Florence, vraie parodie des fureurs d'Oreste, on riait, et, moi, j'emmenais mon Florence dans ma voiture pour le tourmenter encore. Je l'aimais, ce Florence. Il avait de l'esprit, et avait tant vu qu'il avait toujours quelque chose à vous raconter sur ses amours avec la fameuse Sophie Arnould; anecdotes qu'on écoute en riant et que l'on se garde bien de raconter, mon pauvre Florence. Je fais ce que je peux pour me distraire; eh bien, je m'ennuie horriblement; même le théâtre n'a plus pour moi le même attrait. Au résumé, c'est une vie monotone. Nous jouons toujours la même chose; point d'ouvrages nouveaux, excepté *les Templiers*, qui font beaucoup d'argent, mais qui m'amusent fort peu. Cette *Reine* est un fort mauvais rôle qui ne m'a pas donné la moindre émotion. Que faisons-nous?

— Tenez, mon vieux Florence, je brûle du désir de quitter Paris; j'y étouffe.

— Quitter le Théâtre-Français? Y pensez-vous? Vous seriez perdue et votre pension et votre gloire. On ne l'acquiert qu'au Théâtre-Français. Allons, cette pensée est de la démence. Vous quitteriez tout et bien autre chose que le Théâtre-Français.

— C'est pour cela justement que je veux partir et que je partirai.

— Comment! est-ce que vous n'êtes plus heureuse ailleurs?

— Ne me questionnez pas! Je suis fatiguée du vide que j'éprouve, voilà tout.

— Belle comme vous êtes, entourée par tout ce qu'il y a de distingué dans Paris, toutes les distractions vous sont offertes.

— Mon cher Florence, il y a certaine et haute

affection qu'on ne peut remplacer. Mettre à la place
peut-être; mais ce ne serait point de mon goût et
me paraîtrait indigne. L'air étranger, l'éloignement,
voilà ce qu'il me faut et ce que je veux. D'ailleurs,
nous n'en sommes pas là; parlons d'autre chose.
J'ai dîné chez Mlle Contat, il y a deux jours, avec
Mme Gay. C'est une aimable et spirituelle femme;
mais, bon Dieu! qu'elle doit être fatiguée! Elle
parle bien, mais elle parle sans discontinuer.
Mlle Contat est très aimable chez elle; malgré tout,
il y a toujours de cette charmante impertinence,
dont elle s'est fait une agréable habitude. M. de
Parny est un gentilhomme, qui s'est placé, par attachement sans doute, dans une singulière position.
On le prendrait volontiers, malgré ses excellentes
manières aristocratique, plutôt pour l'intendant de
la maison que pour le futur époux de cette grande
artiste. Moi, fort ignorante de cette vie intime, j'étais
mal à l'aise, quand Mlle Contat lui disait : « Sonnez,
je vous prie, mon cher, pour que l'on serve le café, »
et mille autres petits détails insignifiants pour les
autres, sans doute habitués à la maison, mais fort
étrangers pour moi. Mlle Contat a beaucoup d'esprit,
mais avouez, Florence, que c'est manquer de tact.
On ne peut pas avoir tout. Mais quel vilain pavillon
elle habite là! Une vilaine salle à manger, pas de
salon, une chambre à coucher où elle reçoit. C'est
affreux! Pourquoi loge-t-elle là, Florence?

Ce pavillon touche à l'Odéon. C'est triste à mourir,
mais elle a ce pavillon du gouvernement. Il y a
plusieurs artistes qui sont logés pour rien, et toute
grande dame qu'est Mlle Contat, elle a accepté ce
pavillon.

— Mlle Contat n'est pas riche; elle a pourtant voiture, mon cher?

— Oui; c'est pour ne pas la quitter qu'elle se loge pour rien.

— Elle n'est pas riche. Talma non plus. Mars n'a rien. Vous voyez, votre Paris, pour les artistes, c'est la misère. Vite! de l'air! Dites donc, Florence, j'ai ramené dans ma voiture M. de Maupoux, fils de Mlle Contat. C'est un bon jeune homme, et bien attaché à Mars; il devrait l'épouser.

— Mais son nom, ma chère?

— Son nom! allez vous promener. Son nom, dites-vous? Celui de Mars le vaut. Encore de ces pré-jugés qui tuent. Voyez en Angleterre, ce sont de grands seigneurs aussi, ils épousent des actrices, et les acteurs comme Garrick sont enterrés dans le caveau des rois. Talma, on ne voudra peut-être pas t'enterrer, toi, l'honneur et la gloire de notre théâtre! Ah! atroces préjugés qui flétrissent ce qu'il y a de beau et de grand. Tenez, Florence, voulez-vous venir en Angleterre? Je vous emmène.

(Ma bonne amie, ne rayez pas ce qui touche à ces préjugés; il faut un peu nous relever, nous autres artistes. Vous sentirez cela mieux que personne et Val-more aussi.)

— Ah! c'est vous, Talma; vous me voyez rouge contre mon ordinaire! Je parlais des préjugés qui n'atteignent que nous. On veut nous flétrir et pour-tant, valons-nous moins que les autres? Sommes-nous de mauvais parents? Non, certes, il est rare de trouver parmi notre secte de mauvais cœurs! Ce qui nous blesse, nous autres femmes, bien plus encore que vous autres, c'est d'entendre dire :

« Ah! bien, c'est une comédienne dont M. le comte un tel est amoureux; cela ne durera pas! » Vraiment, Talma, cette opinon a dû empêcher bien des pauvres créatures d'entrer dans la bonne voie. A quoi bon, puisque l'on ne leur en sait pas gré? Et les danseuses, c'est bien autre chose! On dit : les *dames* du Théâtre-Français et les *demoiselles* de l'Opéra. Nous devons être flattées de cette distinction. Étiez-vous à l'enterrement de Charmeroy, cette charmante danseuse, dit-on? — car, moi, je ne la connaissais pas ; je n'avais pas encore débuté, je ne suis pas bien ferrée sur cette époque, je peux me tromper, — morte de la poitrine? On n'a pas voulu la recevoir à l'église des Filles-Saint-Thomas (où est maintenant la Bourse). Vestris, qui était son camarade et son ami particulier, était dans une telle rage que, lui, commença par tout renverser, et il fut suivi de la foule immense qui accompagnait les restes mortels de cette pauvre femme. On prenait son cercueil, on le replaçait. N'est-ce pas un spectacle honteux? Refuser les prières à n'importe qui, n'est-ce pas offenser l'Être suprême? L'Angleterre est donc mieux pour nous, Talma. Partons pour l'Angleterre. Si vous mourez, on vous placera peut-être à côté de Garrick. C'est égal, mon ami, vous êtes bien certain d'une chose qui ne peut vous manquer; c'est que vous n'aurez pas de successeur et que, si l'on dit : « Le roi est mort! Vive le roi! » on ne pourra pas dire : « Talma est mort! Vive Talma! » Talma est mort. La tragédie est morte. C'est glorieux, cela, Talma!

— Tu as la tête montée, Georgina. Te voilà dans une exaltation!

— Cela ne vous fait donc rien, à vous? Tenez, vous n'êtes terrible qu'au théâtre; vous n'avez pas le moindre caractère.

— Mais, ma bobonne — c'est le nom que vous donnait Talma — que veux-tu que je fasse à cela? Ah! mon Dieu! rien!

— Ah! Florence, est-ce que Lekain était calme comme Talma? Il leur faut donc la rampe pour être hommes?

— Non, ma chère, mais ils usent leurs nerfs par les émotions tragiques et aiment le repos domestique.

— Alors, vous n'êtes que des bourgeois déguisés!

— Bobonne, tu es de mauvaise humeur.

— Non, je suis triste et mécontente de tout. Je ne tiens pas sur mon fauteuil. Vous savez, Talma, j'ai besoin de chevaux de poste.

— Florence, vous l'entendez. Elle fera un coup de sa tête, une folie; elle n'a pas la moindre raison! Au moins, ne viens pas me mettre dans la confidence: je te dénoncerais! Tu n'as pas le sens commun!

— C'est possible! Moi, je n'ai pas besoin de la rampe pour avoir de la force et de la volonté.

— Dis donc de l'amour-propre, enfant. Tu es blessée là au cœur, et tu penses à une vengeance de femme. Tu es trop jeune pour savoir que l'on ne peut se venger dans ta position! Pleure, rage, casse tes porcelaines chinoises si tu veux; nous, nous le voulons bien; nous t'aimons comme cela. Mais ailleurs la barrière est posée.

— C'est vrai, mais c'est atroce! Après tout, cher ami, je n'ai pas à me venger. De quoi? de mes

entrevues un peu plus rares? Eh! mon Dieu! je
devais m'y attendre; mais le cœur est-il prévoyant,
surtout à mon âge? Hélas! on croit que tout est
durable; on est bien niais, d'accord. Mais on est
heureux quelques instants du moins; les premières
amours décident de toute notre existence. Si vos
jeunes impressions éprouvent des déceptions, toute
votre vie n'est plus que méfiance du bonheur. Frappée, on a bien du froid au cœur. On le mérite.
Pourquoi est-on assez folle pour aimer ce qu'on ne
devrait qu'admirer?

— Ah! Georgina, que tu nous ennuies!

— Je crois bien! Je m'ennuie moi-même. J'ai
l'air d'avoir la prétention de philosopher. Ah! que
je suis bête, mes chers amis! Je me donne toutes les
peines du monde pour être ridicule et faire de l'esprit
que je n'ai pas. Laissons aller le temps et parlons
cabotinage; c'est plus gai. Cela me va. Florence,
vous savez que Mlle Contat préfère Caumont à
Grandmesnil dans les financiers.

— Pourquoi cela?

— Caumont a plus de rondeur, plus de franchise;
puis Grandmesnil a un organe glapissant qui attaque
les nerfs de Contat.

— Pourtant, il est bien parfait dans *l'Avare, les
Femmes savantes,* etc.

— Oui, mais elle le trouve trop savant et il ana-
lyse trop. Il veut en savoir plus que l'ignorant
Molière, dit-elle, c'est énervant! Beaucoup d'esprit,
beaucoup trop. Ce bon Caumont me va mieux.

DEUXIÈME PARTIE

FEUILLES DÉTACHÉES

***

A Monsieur et Madame Desbordes-Valmore.

Bons et chers amis, voici un amas de billets que je confie à votre amitié et plus encore à votre indulgence.

Je compte sur l'amicale patience de Valmore pour déchiffrer toutes ces niaiseries, que le cœur et l'esprit de Mme D... Valmore peut rendre spirituelles. Hélas! c'est mon espérance, et l'espérance donne la vie.

Le journal que vous trouverez et le détail de ma naissance est assez joli.

Vous me trouverez bien hardie de vous envoyer toutes ces balivernes maintenant.

Je n'ai ni style, ni orthographe (ce que c'est que l'éducation!).

Je vous aime tous les trois et vous embrasse.

Le 11 avril.

Madame Dugazon me prit tellement en affection qu'elle voulait à toute fin m'emmener avec elle;

mais mon père ne voulut pas, bien entendu, se séparer de son idole. Molé vint après elle : même proposition, même refus. Monvel me fit jouer *le Muet*, de l'abbé de l'Épée. Il fit tout pour me faire quitter Amiens. C'était une monomanie d'emmener cette pauvre Mimi. On ne peut fuir sa destinée; il a fallu y céder. Toutes ces tentatives me touchaient peu, tout cela ne m'allait pas. Je voulais jouer les grands rôles d'opéra. Je ne sortais pas de là. Mon ambition allait très haut. Je voulais une belle robe pailletée, comme j'en voyais aux premières chanteuses. Je voulais les grands rôles, parce que j'aimais les coups de théâtre. Ah! que j'aurais voulu jouer Laure dans *Barbe-Bleue* pour avoir le bonheur d'être traînée par les cheveux en désordre! Quand ma petite mère me voyait, elle me disait :

— Eh! mon Dieu, d'où viens-tu, faite ainsi?

—- Je viens de jouer *Barbe-Bleue*.

J'adorais *Paul et Virginie* parce que là j'avais des scènes dramatiques. On me jetait à gauche, à droite, puis enfin la foudre (composée de deux ou trois pétards) venait abîmer la petite barque dans laquelle j'étais en chemise et tout échevelée, et Paul me rapportait mourante et toute mouillée. La vie m'était rendue. Je me jetais dans les bras de ma mère, sans oublier mon sauveur. La toile tombait au milieu du ravissement général.

Voici une petite anecdote peu intéressante. Vous trouverez peut-être à la placer.

Nous devions jouer à Saint-Cloud *Andromaque*.

— Comment partez-vous, Talma? Venez-vous avec moi? Je vous emmène.

- Ma chère amie, ta voiture est trop petite pour

emmener notre monde. Viens donc dans la mienne?

— Dans votre vilain berlingot, avec vos deux vieux chevaux blancs, vos pères nobles, comme vous les appelez? Joli équipage pour jouer un prince et une princesse.

— Mes chevaux sont très bons; nous irons vite, sois tranquille.

— Va donc pour les pères nobles! Mais n'allez pas flâner, Talma. Je veux dîner à Saint-Cloud, et, si vous n'êtes pas à ma porte avant deux heures, vous ne me trouverez plus.

Il fut exact, mon cher Talma. Nous allons dîner chez Legriel, puis nous préparer pour la représentation. Il faisait une chaleur accablante. Nous étions prêts avant huit heures et l'on ne commença qu'à neuf heures.

Pendant le premier acte, je voyais des chauves souris qui voltigeaient dans les coulisses.

— Bourgoin, avez-vous vu les vilaines bêtes sur la scène?

— Non.

— Ah! Dieu merci! J'en ai une frayeur mortelle, et je me sauverais malgré mon respect pour nos augustes spectateurs.

Me voilà donc en scène, toujours un peu préoccupée de l'apparition de ces demoiselles. Dans ma scène avec Oreste, une énorme bête me passa sous le nez. Adieu, Hermione! Adieu, respect! Je pousse un cri et me sauve. Le Consul riait et toute la salle. Talma me ramène.

— Voyons, tu es folle.

— Je ne suis pas folle, j'ai peur.

Je prends pourtant mon courage à deux mains, je

salue le Consul et sa gracieuse femme, leur faisant
voir combien je m'excusais. Je joue, ou plutôt je ne
joue pas, tant mes yeux étaient attachés sur le point
où cette bête s'était montrée. Mais elle change sa
direction et va juste tourmenter notre belle Joséphine qui s'était amusée de ma peur. Elle renvoyait
cette bête avec son éventail. Toutes les dames
d'honneur en faisaient autant. Mais plus de tragédie possible. Le Consul fit suspendre pendant
quelques minutes. Les laquais se mirent à la pour-
suite de cette horrible bête, qui finit par disparaître. Le calme rentra avec sa sortie et nous fîmes
tous nos efforts pour faire oublier cette mésaventure, causée par moi d'abord. Nous eûmes un grand
succès et M. de Rémusat vint nous complimenter
de la part du Consul et de Joséphine.

SUR LE GOUT DE L'EMPEREUR
POUR LA TRAGÉDIE

Le bulletin dont on demandait à grands cris la
lecture, au milieu de n'importe quelle scène. Le
commissaire de police arrivait sur le théâtre, son
écharpe en ceinture, en portant deux bougies; on
lisait au milieu d'une émotion, d'un élan patrio-
tique et d'un enthousiasme que l'on ne peut croire
quand on n'en a pas été témoin. Et quand l'empereur,
après une de ses grandes victoires, venait assister à
une représentation de Corneille, enfants, jeunes
gens, vieillards, des tonnerres d'applaudissements!
Et lui, toujours si simple, saluant avec le sourire si
charmant, se posait dans son fauteuil, écoutant

avec une attention si réfléchie le chef-d'œuvre qu'il avait demandé. *Cinna* était son ouvrage favori.

MON DÉPART POUR SAINT-PÉTERSBOURG

Pourquoi vais-je partir? Pourquoi ai-je quitté Paris, le Théâtre-Français? Le sais-je, grand Dieu! Non, je ne sais pas. Ce départ, ce caprice est venu par la rencontre du comte Tolstoï, ambassadeur de Russie. Depuis quelque temps, je ne voyais pas l'empereur, — par ma faute, sans doute! Ah! oui! bien certainement, par ma faute. J'étais ennuyée, j'avais des dettes, je ne voulais rien demander, je me donnais toutes les raisons; mais, la plus vraie, c'est que je voulais de l'air, de l'air étranger. Ah! qu'une jeune artiste est folle! Être désintéressée, quelle stupidité! On ne change pas sa nature : telle était la mienne. L'argent! à quoi bon? J'aimais bien mieux un succès. Bêtise! Enfin, l'ambassadeur, qui venait souvent me rendre visite, me parlait beaucoup de la Russie, de l'empereur Alexandre. Un de ses aides de camp, le comte Beckendorff, m'engagea de son côté à partir. Je disais oui, le lendemain non. Ce fut à un bal masqué que l'affaire fut conclue. Le comte Tolstoï ne me quitta que quand je lui donnai ma parole de signer le lendemain. Cette même nuit, je rencontrai le jeune Tchernicheff. On venait de me mettre au courant de ses petites intrigues. Je m'amusai donc à l'intriguer quelques instants. A cette époque, il était assez naïf. Il me dit : « Ne me parle pas. J'ai au bras une femme qui m'adore et qui est très jalouse.

— Ah! bon Dieu! jalouse déjà, et tu es ici depuis

deux jours! Je ne te croirai que si tu me dis le nom
de cette femme; Italienne, sans doute?

— Non, pas Italienne : c'est Mlle George.

Un éclat de rire déconcerta mon présomptueux
Russe. Je ne me doutais guère, à cette époque, que
cet ingénu ferait tant de mal à la France en sous-
trayant les plans de la campagne. Infamie!

Je signai le lendemain. J'avais une amie qui me
vendit un passeport cent louis. Une amie ne pouvait pas faire moins. Je préparai tout dans le plus
grand secret, Florence et mon pauvre et cher Talma
étaient seuls dans la confidence. J'avais le cœur bien
gros; je laissais mon père que j'adorais, ma jeune
sœur, frère, et maman malade. La jeunesse est
vraiment égoïste, Je laissais tout ce que j'aimais, et
pourquoi? Ma mère malade, que je ne devais plus
revoir; si j'avais pu le penser, je serais restée, sans
hésiter : on ne veut jamais croire à la séparation
éternelle. Puis on ne me disait pas le danger de ma
mère. Moi, je pensais les faire venir tous près de moi.
Le premier chagrin m'attendait : Ma mère morte à
quarante-trois ans! A cette nouvelle, toute ma jeunesse a disparu! J'ai éprouvé plus que du chagrin;
j'ai eu des remords.

J'anticipe, je me laisse aller sans ordre. C'est ma
vie, c'est mon caractère, c'est ma nature.

Tout était prêt, j'allais partir; j'emmenais avec
moi qui j'aimais. Je venais de créer Mandane dans
Artaxerxès, du bon Delrieu. Je jouai trois fois et
partis le 7 mai 1808. J'embrassai ma mère sans lui
dire adieu, et à midi j'étais en fiacre pour rejoindre
au premier relai la calèche qui m'attendait. Je ne
me reposai pas une minute jusqu'à Strasbourg, espé-

rant arriver assez à temps pour passer le Rhin.
Malheureusement, il était trop tard. Force à nous de
coucher à Strasbourg. J'étais dans toutes les transes
à l'ouverture des portes, que nous attendions avec
impatience. Nous traversâmes le pont... nous étions
sur la terre étrangère. Un peu plus tard, j'étais
ramenée à Paris. Le télégraphe avait joué !

Arrivée à Vienne, je fus de suite appelée chez la
princesse Bagration, femme jeune, jolie, spirituelle,
et remplie de cette grâce charmante qui vous met
tout de suite à l'aise. Je trouvai là toute la haute
aristocratie de Vienne : le prince de Ligne, la distinction et les grands airs de sa haute naissance,
mais sans orgueil ; Cobentzel ; il est assez connu.

J'étais avec la princesse quand j'entendis une
voix de femme qui criait : « Où est-elle ? Je veux la
voir. »

— Ah ! bon Dieu ! dis-je à la princesse, qui est-ce
donc ?

Je croyais toujours qu'on allait me retourner à
Paris. Je me cachai derrière un écran ; elle se mit
à rire.

— Soyez tranquille, ma chère, c'est Mme de
Staël.

Elle était fort enthousiaste, Mme de Staël, fort
bruyante. Je passai donc près d'elle et fus accablée
de compliments que je ne répéterai certainement
pas, mais très flatteurs, dits par une femme si séduisante et si spirituelle. On se trouvait plus que flattée
des éloges qu'elle vous jetait avec exagération sans
doute, mais enfin vous les receviez et au fond vous
en étiez aise.

Je restai à Vienne huit jours, au milieu de ce grand monde, ce grand laisser aller qui donne tant de charme aux véritables bonnes manières, quand enfin l'ambassadeur de France me fit dire qu'il était temps de me remettre en route !

VIENNE

Promenade. — Prater magnifique. — Description à faire de la ville : petites rues étroites, maisons élevées. — Saint Joseph. Stadt superbe. — Entrée par les Gasses. — Belles maisons, rues étroites. — Ville noire. — Faire quelques recherches là-dessus.

Les véritables grands seigneurs ont un type, qu'il est impossible d'imiter. Il y a chez eux un ton si parfait, si laisser aller, de la grâce sans manière; on ne s'y trompe pas. Voyez entrer dans un salon des hommes, des femmes. A la manière dont ils entrent, dont ils vous abordent, vous êtes fixé : là, la vraie noblesse; là, les parvenus. Et pourtant la même mise, la même recherche. Eh bien, non : tout cela est placé, et porté d'une façon qui indique l'habitude du luxe. (Vous auriez à dire des choses charmantes.)

Je quittai Vienne avec regret; la princesse Bagration était si séduisante, sa conversation si spirituelle! Je craignais de ne plus rencontrer une telle personne. Je partis cette fois avec un domestique allemand qui parlait français. Dieu! avant d'arriver à Vienne, que de scènes amusantes et impatientantes. Ne sachant pas l'allemand, ne pouvoir vivre que par signes; obligée, quand vous vouliez un œuf, d'imiter la poule! du lait, imiter la vache; faire les

gestes de la femme qui bat le beurre. De la viande?
Mon oncle se chargeait d'imiter le bœuf, le mouton.
Je riais à en être malade! Et, pour payer, nous leur
tendions la main remplie de ducats; ils y puisaient
tant qu'ils voulaient! Et ils voulaient beaucoup!
Voyager en poste est une dérision. J'avais beau
dire au postillon : « Cours vite, je suis pressée. » Je
leur faisais signe que j'avais faim, ou que j'étais indisposée. Rien! le petit trot, ni plus, ni moins. Ah!
les entêtés, je les aurais battus. Des auberges à cette
époque détestables. Mon pauvre Paris, combien je
le regrettais, et combien je maudissais l'ambassadeur! Et pourtant nous voyagions dans un pays
magnifique. (A parler de l'Allemagne, quelques
jolies descriptions sur ce beau pays.)

Nous arrivâmes en Pologne, à Vilna. On sut mon
arrivée; le goüverneur me rendit visite et me pria
à dîner pour le lendemain. Il y eut soirée, une réunion nombreuse, des femmes ravissantes : les Polo-
naises sont si gracieuses! Je voulus bien dire quelques
vers. La politesse me fit un grand succès. On voulut
me remercier de ma complaisance et voilà tout; on
m'entoura de mille soins, d'empressement; on me
fit des éloges inouïs. Je pris tout cela comme je le
devais. Toute fatiguée, j'avais accepté cette invitation et l'on me remerciait. Malgré l'enthousiasme
poli, j'étais fort heureuse de rentrer à mon hôtel, d'y
prendre quelques heures de repos et de me remettre
en route. J'avais hâte d'arriver à Saint-Pétersbourg.
(Parlez là de Vilna.)

SAINT-PÉTERSBOURG

Soirée chez la grande-duchesse Catherine, sœur de l'empereur Alexandre et mariée au duc d'Oldenbourg.

Fête chez le comte Strogonoff, vieillard charmant, adorant les artistes, et manifestant son enthousiasme par des éclats de rire. Amélie, sœur de l'impératrice, assistant à cette fête et me couronnant elle-même. Le lendemain, reçu du comte Strogonoff un fil de perles fines attachées pour la couronne offerte à Melpomène-George.

Le prince de Wurtemberg, frère de l'impératrice mère, se présentant comme son valet de chambre, et me priant d'accepter une bague en diamants magnifique et une bourse comme les bourses de quête en velours rouge et or, remplie de louis.

PARTIE DE SAINT-PÉTERSBOURG
28 JANVIER 1813. — FINLANDE. — VIBORG.

Après tous ces désastres, pour rien au monde je ne serais restée loin de mon cher pays. Malgré les offres les plus brillantes, rien ne put me retenir. Je perdais ma pension ; pour moi, cette considération était trop peu de chose pour me retenir un jour de plus. J'ai eu tort ! J'avais tant souffert pendant le temps de guerre ! Je dois le dire pourtant : au milieu de ce désastre qui devait réjouir les Russes, on me traitait avec une indulgence vraiment inouïe. Les

Français étaient obligés d'illuminer, quand l'armée russe remportait des victoires de climat. Moi, qui demeurais sur la promenade la plus fréquentée, je fermais tout pour rendre mes croisées aussi noires et aussi tristes que mon pauvre cœur. On en fit le rapport à l'empereur qui eut la générosité, loin de m'en faire un crime, de répondre : « C'est d'une bonne française. Laissez-la faire. Je ne lui ferai pas visiter la Sibérie pour cela ! » Nous partîmes donc, je dis nous. Je voulais passer par la Suède, m'arrêter à Stockholm. Je fus suivie par une partie de la troupe : Duparcy, Varenne, Vedel, Mainvieille, sa femme, etc. Quel voyage ! Deux maigres pauvres bêtes qui ont toutes les peines à vous traîner. Vous passez deux ou trois heures dans cette confortable position. Pour vous remettre, vous arrivez : rien à boire ni à manger. Là, il faut reprendre un petit traîneau à roues seulement, devant marcher sur terre. Je pars, toujours avec ma sœur et un petit postillon de huit à dix ans. Nous partons avant tout le monde, comme toujours. Nous étions intrépides. Mais, à quelques portées de fusil, au milieu de rochers de granit, ce qui est vraiment admirable, des rochers de chaque côté, rochers immenses, d'une hauteur énorme *(A toi, cher Valmore, la description.)* nous voyons déboucher quelques jolis loups manifestant l'aimable intention de venir nous saluer. Ah ! cette fois, la frayeur nous gagne. Nous disons au postillon : « Retourne. » Bah ! il va toujours son chemin. Ma sœur s'attache à la ceinture de cette petite brute entêtée ; elle saute en bas, se bat avec le petit bonhomme...

Voyager, quand la glace existait encore, dans de

petits traîneaux très bas où l'on avait peine à tenir
deux. Quelquefois nous faisions deux lieues sur les
glaçons. Nous apercevions l'eau qui courait dessous
les glaçons, tant ils étaient minces. Moi, j'étais toujours avec ma sœur. Nous bravions les dangers (et
ils étaient grands, je vous prie de le croire, chers
ecteurs) par des éclats de rire qui indignaient notre
suite. Nous partions du fou rire en nous regardant.
Nous étions si drôlement costumés, de grosses bottes
de laine, des bonnets de vison, des robes ouatées de
telle manière que nous avions l'air d'être ficelées
comme de gros saucissons de Bayonne et, pour notre
commodité, nous ne nous séparions jamais d'un
énorme sac dans lequel j'avais fourré toutes mes
pierreries et mon argent. J'avais attaché cet énorme
sac au bras de ma sœur. Elle ne pouvait jamais s'en
séparer, et, comme elle était et est beaucoup plus
petite que moi, elle était vraiment grotesque. En
la regardant, j'avais des rires à mourir, et elle,
furieuse, voulait jeter son sac sur la route si je con-
tinuais! Ah! le bon temps de joie, de jeunesse, de
sans soucis! Que vous êtes regrettable et que vous
passez vite! Et dire que c'est fini et que cela ne peut
pas revenir.

Tout cela est mal fait, mal arrangé. Car, en fin de
compte, nous ne vivons pas dix ans de cette belle
existence qu'on appelle jeunesse. C'est trop triste!
Et que de femmes seront de mon avis! Si elles ne le
disent pas, c'est qu'elles ne sont pas franches.
Quelle est la femme, même la plus sage, qui ne
regrette pas les hommages qu'on lui rendait, même
sans espoir? Passons.

A chaque relais, changement d'équipage. Vous

arrivez là; il pleut : vite et vite, on vous amène un équipage, une atroce charrette; on met là-dessus deux où trois matelas. Vous vous étendez à la belle étoile, qu'il pleuve, qu'il vente, qu'il neige, n'importe. Ma sœur tombe sur la route, dans la boue, avec son gros sac, ses grosses bottes, et moi ne pouvant lui donner de secours, tant ma gaieté l'emportait sur le danger. Heureusement, notre caravane arrivait au grand galop, munie de fusils, pour faire face aux dangers des loups.

ROCHER DE CHINCKEBER

Trois maisons. On nous met dans une grande pièce carrée, méli-mélo... Ah! quelle horreur! jamais je ne resterai là. Dans cette affreuse chambre, je découvre un cabinet : j'obtiens en payant beaucoup d'argent, passeport indispensable, de me placer dans le cabinet avec mon père et ma sœur. On me fait mon lit sur une grande planche et me voilà installée avec tous mes petits ustensiles de toilette qui ne me quittaient jamais. Je fis emploi de tous mes parfums, je vous assure. Mon père couchait par terre. Nous avions découvert une petite cabane où l'on nous faisait nos repas. Nous avions pris quelques provisions en Finlande. Deux jours après, une dame qui occupait dans cette pièce un cabinet à peu près semblable au mien, mais beaucoup plus confortable, éclairé par une fenêtre, une belle chaise en paille et un *lit*, partait pour Saint-Pétersbourg. L'argent m'ouvre la porte de ce palais enchanté et nous voilà enfin installés.

Nos camarades couchaient tous par terre. Dans

cette affreuse chambre, parmi nous, il y avait une femme très cocasse, petite, plus jeune que son mari. Duparcy, qui était toujours comique avec son sang-froid, s'amusait de tout cela. Cette petite Mme Bonacine était très avare et très défiante. Duparcy lui faisait croire que nous n'étions pas en sûreté; aussi passait-elle toutes les nuits à compter son argent, ce qui divertissait tout le monde. Duparcy lui disait : « Ma chère Bonacine, avez-vous votre compte? Voyez, calculez bien : je me méfie tant de ces demi-sauvages ! »

Je me couchais fort tard, selon mon habitude. J'avais des cartes et faisais force réussites. Le temps ne nous permettait pas de traverser le golfe. Demain ! toujours attendre. Les vivres diminuaient. J'avais grande envie de me remettre en route, de passer par la Laponie, de voir Tornéa. La capitale était chose curieuse. J'étais tout à fait décidée, quand je vis entrer le comte de Lowers qui venait de passer le golfe pour se rendre à Pétersbourg. Il vint me consoler d'abord en me donnant, en nous apportant des vivres : la disette était grande. Duparcy, qui faisait très bien la cuisine, eut l'affreuse pensée d'accommoder un chien en gibelotte. On trouva le mets excellent, mais nous n'en prîmes pas notre part. Je serais plutôt restée sur le rocher. On m'aurait enterrée comme on aurait pu, pas aussi poétiquement que Chateaubriand, au milieu de l'Océan, mais dans un modeste coin; un peu de terre et une croix en bois. Notre excellent comte de Lowers, qui se trouvait mon directeur, vint donc m'apporter l'espérance que le lendemain, sans doute, nous pourrions partir.

Le lendemain, pourtant, le temps ne nous parut pas assez favorable. Quelques-uns voulurent tenter de passer. Vedel, par exemple, Charlès, Mlle X... Ils s'embarquèrent et nous étions fort inquiets, quand, à la nuit tombante, nous vîmes revenir nos malheureux compagnons, abîmés de fatigue, de frayeur. Charlès pour se donner du courage, et pour en donner aux autres, disait-il, avait un peu usé d'eau-de-vie. Il était tombé à l'eau entre deux glaçons, d'où on avait eu toutes les peines du monde à le tirer. Au milieu de cette terreur, de ce danger qu'ils venaient de courir, nous ne pûmes nous empêcher de rire aux éclats en les voyant affublés d'une manière grotesque. Charlès surtout, apporté par deux mariniers, mouillé, trempé, enflé, avait l'air d'être empaillé. En fin de compte, c'était pourtant assez triste, et je commençais à me tourmenter. Au point du jour, nous nous levions pour regarder si le temps nous permettrait enfin de quitter cet horrible séjour. Ce jour tant désiré arriva. Dès le point du jour, on vint nous prévenir que les barques étaient prêtes. On me choisit la plus belle et la plus grande, par courtoisie. En entrant dans cette demeure si périlleuse, mon père nous embrassa toutes deux. « Maintenant, mes enfants, Dieu nous garde ! »

C'était vraiment beau à voir. Au milieu d'un danger éminent, nous étions si contents d'avoir quitté notre rocher que nous chantions tous à de très fréquents intervalles. On était obligé d'employer des crochets pour repousser les glaçons qui encombraient le passage, puis encore, puis toujours. Les hommes, qui nous conduisaient, faisaient triste

figure, je vous prie de le croire. La pluie qui tombait sur nous, car nous étions à découvert, ajoutait
au malaise général. Enfin, nous touchons la terre!
Et tous, nous nous mîmes à remercier Dieu! Nous
connaissions le danger que nous venions de courir
en regardant en arrière! Comment! nous venions de
passer là, ce golfe couvert de glaçons! Nous avions
pu franchir cet espace, passer au travers, et nous
n'avions pas été brisés! Ah! merci, mon Dieu!
grâces vous soient rendues!

Bah! vingt minutes après, nous n'y pensions plus.
Nous traversâmes une jolie petite ville. Une auberge
bien propre, des petits lits blancs en bazin qui nous
ravissaient. Vite à la toilette dans ces charmantes
chambres. Puis, après, soupons!

(Il faut chercher le nom de cette première ville.)

Maintenant où se loger? François court, nous
fait attendre, dans notre équipage, à chaque porte
où l'on présume que l'on pourra trouver gîte. J'étais
honteuse, je l'avoue. Nous arrêtons devant une
maison où logeait Mme de Staël qui, de sa fenêtre,
voyant toutes ces charrettes, a la politesse de me
reconnaître. (Me reconnaître! avec ce costume!)
Elle fait vite descendre M. de Rocca, qui me
supplie de monter. Je m'y décide, et Mme de
Staël, tout aimable, me fit attendre et courir toute
sa maison pour me trouver un gîte. Les autres
attendaient dans la rue et excitaient la curiosité
de tous les passants. On trouve enfin. Mon père et
ma sœur me font dire que c'est assez bien. Assez!
Tous ces appartements sont affreux. Mme de Staël
me fit conduire dans sa voiture, accompagnée de
M. de Rocca et de sa charmante fille Albertine.

A Chiwekle, sur le joli rocher, deux voyageurs allemands attendaient comme nous et firent le passage en notre compagnie, dans cette première petite ville de Suède qui me parut un Paris *(et dont il faut chercher le nom)*.

Ils nous furent très utiles pour nous faire donner ce dont nous avions besoin. Nous les invitâmes à souper. Un de ces braves Allemands se mit à chanter à pleine gorge :

> Qu'on est heureux de trouver en voyage,
> Un bon souper et surtout un bon lit!

L'à-propos était vrai et bienvenu. Mais il chanta d'une manière si comique que nous ne pûmes contenir notre hilarité. C'était peu poli, j'en conviens! Ce pauvre chanteur fut un peu déconcerté! Ce qui ne l'empêcha pas, pendant les deux jours de repos que nous prîmes dans cette ville, de nous aider à nous mettre en route!

Nous voilà en Suède! Plus impossible de se faire comprendre... Les vivres, où en trouver? Nous avions notre domestique allemand que j'avais emmené.

François, notre domestique, parlait un peu le suédois. Il allait à la recherche, découvrait de temps en temps des châteaux. Les seigneurs s'empressèrent de venir me rendre visite, mais pas un mot de français!

Quand François n'était pas là, nous ne pouvions plus rien. Ces seigneurs nous apportaient des œufs, des coqs de bruyère, du vin, du pain. Ah! du pain, c'était un régal dans ce pays.

Ils ont du pain fait avec la sciure de bois. Les pains, faits en couronne, sont ordinairement passés

dans des espèces de perches qui sont pendues au
plafond ! (Comme ça doit être tendre !) Et, pour
lumière, de la résine au bout d'une torche qu'ils
accrochent au mur. Quelle gaieté ! Tout cela, à cette
époque, était bien misérable, et triste et bien aride.

*(Il faut chercher les noms des villes que nous allons
traverser avant d'arriver à Stockholm.)*

A mesure que nous approchions, les ressources
arrivaient. On trouvait au moins le nécessaire, nous
voyagions toutes les nuits à la belle étoile, tant nous
avions hâte de nous délivrer de cette torture inces-
sante. Nous descendîmes dans la dernière ville qui
précédait Stockholm. Nous cherchâmes à nous faire
moins laides ; il ne faut pas le dissimuler, nous étions
affreuses avec nos bonnets garnis de cygne, et qui
étaient remplis de boue. Ah ! nous faisions de jolies
Parisiennes. De cette ville à Stockholm nous rencon-
trions enfin du monde : des paysans allant, venant,
leurs charrettes remplies de provisions qu'ils por-
taient au marché. C'était la vie qui recommençait.
Nous voilà dans la capitale ! Quelle tenue, mon Dieu !
Sur nos charrettes découvertes, nous avions bien l'air
d'une compagnie de veaux venant de Pontoise ! Tout
le monde nous regardait : « Eh ! comment ! voilà
cette demoiselle George et sa troupe si attendues ! »
On ne songeait pas à dételer nos maigres bêtes. Dans
ce temps, on ne songeait pas au dételage triompha-
teur, ou, pour mieux dire, nous ne nous arrangions
pas pour cela. Les ovations coûtent trop cher !

Un appartement au premier dans une rue choisie.
Les maisons sont presque toutes noires : on emploie
le granit. Une chambre à coucher, une espèce de
salon-chambre pour ma sœur et une pour Mlle Ur-

sule (?) qui avait fait le voyage avec la famille
Varennes et qui s'était attachée à nous et nous ser-
vait par amitié. Femme d'esprit et d'un caractère
charmant. Pauvre femme !

François, mon valet de chambre, qui faisait très
bien la cuisine, nous sert de cuisinier, de valet de
chambre. On nous fournit ce qu'il faut pour le service de la table, on nous procure un domestique, et
nous voici installés. Le soir même, le prince Bernadotte m'envoie son premier aide de camp, M. Camps,
qui vient de la part du prince mettre une voiture à
mes ordres, me disant : « Ne vous gênez pas. Tout
est loué pour les huit représentations qui sont
annoncées, même le parterre. On n'ouvrira pas les
bureaux. »

Je fis venir les artistes qui m'avaient accompagnée. Je leur donnai la moitié des recettes et l'autre
moitié pour moi, me réservant une représentation
entière à mon bénéfice. Tout fut conclu à la satis-
faction de tous ; on distribua les rôles, etc.

C'était un événement, pour les habitants (charmants et très hospitaliers), que des représentations
françaises. Avec la tragédie, on commençait par une
comédie, ce qui faisait un spectacle complet. Je fus
recherchée, comme artiste, par toutes les premières
familles. Je n'en tirai aucune vanité : la curiosité
existait ; voilà tout. Je refusai beaucoup de ces invitations. Je n'ai jamais eu en goût toutes ces réunions
brillantes, où vous avez l'air de venir en exhibition.

Sans doute, il est flatteur d'être admise dans la
haute société, quand elle a le bon goût de vous
recevoir pour vous-même, sans vous solliciter de
payer votre bienvenue par la récitation d'une scène,

et puis deux, et puis trois. Merci! alors, j'ai bien payé votre aimable accueil.

Les ministres vinrent me rendre visite. Je remis toutes leurs invitations après mes premières représentations. Je gagnais du temps; c'est ce que je voulais. Je rendis immédiatement toutes mes visites. Je rencontrais des familles charmantes. Partout des accueils remplis de grâce; mais avec quel bonheur je rentrais au milieu des miens! Plus de gêne, plus de toilette, que j'ai toujours détestée. La gaieté se rétablissait. Des visiteurs, les trois quarts du temps, assistaient à mon dîner : le comte Ostoya, le comte de Spar, M. Camps.

Quant à Mme de Staël, elle ne me quittait point; elle m'aimait trop.

Le surlendemain de mon arrivée, je fus rendre ma visite au prince Bernadotte et lui témoigner ma respectueuse reconnaissance pour la protection dont il voulait bien m'honorer; puis il était Français. Aussi notre entrevue fut longue. Que de souvenirs français! Que de questions ne me fit-il pas! Il était vraiment heureux de se rappeler la patrie. Il me dit que la reine voulait me voir et que je devais venir le lendemain, à midi : « J'obéirai, prince. » — Camps, Français aussi, m'attendait pour me reconduire; puis Fliger, Français aussi et colonel.

— On a beau avoir un grand rang à l'étranger, mon cher monsieur Camps, ce n'est pas la France, avouez-le. Avec le prince, de quoi avons-nous parlé? De la France. Avec vous, de quoi parlons-nous? De la France. Vous voyez bien que, sous votre uniforme suédois, votre cœur est français! Vous devez être mal à l'aise!

Le précepteur du prince Oscar, M. Le Moine, est Français aussi. Nous formions tous les soirs cette réunion; car je ne pouvais me soustraire aux invitations. Ces messieurs m'attendaient pour prendre le thé et restaient là à bavarder jusqu'à deux heures du matin.

Je fus engagée par la reine à venir souvent chez elle, tant elle désirait que je dise des vers, pour lesquels elle me donnerait la réplique. C'était beaucoup d'honneur, sans doute; mais j'étais loin de sentir ce qu'il y avait de flatteur dans ce désir royal, qui devenait, à bien prendre, un ordre. Mais que faire? obéir. J'avais un caractère très indépendant, et, me forcer à faire quelque chose, c'était me donner la fantaisie de m'y soustraire. J'ai eu ce tort trop souvent, et ce travers de mon caractère m'a fait faire bien des sottises. A quoi bon revenir sur ce passé ? C'était fait : j'avais été une enfant trop gâtée. Bah! j'ai eu aussi des moments de bonheur, qui n'auraient pas existé, si j'avais pensé à l'argent. Je rentrais, comme il arrivait toujours après ces visites cérémonieuses, avec une joie bien vive, au milieu de ma société intime.

Je débutai, huit jours après mon arrivée, par *Mérope*. La salle comble, le roi et la reine, le prince Bernadotte, le prince Oscar, les plus belles toilettes, la salle belle, les loges découvertes, ce qui faisait un effet merveilleux pour les parures. La toile levée, on relève le lustre, ce qui donne un aspect assez triste, mais le théâtre énormément éclairé. A chaque acte, on baisse le rideau et le lustre. Je ne parlerai pas du succès; il était égal à l'empressement du public. Je fus très heureuse et très fière. On ne rappelle pas à chaque acte, ni après une scène, mais bien après la tragédie, ce qui est plus rationnel. Ce sont les Italiens qui ont amené ces ovations bien ridicules et qui sont souvent bien injurieuses pour les artistes qui sont en scène, et qui, sans respect pour leur présence, entendent les gens du lustre rappeler avant la fin d'un acte. Ils coupent l'action ; peu importe, ils ont fait leur devoir. Petites vanités humaines! Ceci ne vous rendra pas plus grands, mais vous rentrez en comptant combien de fois vous avez été rappelé, et vous vous faites illusion, au point de vouloir oublier comment toutes ces ovations se sont faites! Votre bourse le sait!

(Chère Marceline, vous ferez de cela, comme de toute autre chose, ce que vous voudrez.)

Je ne sortais pas des invitations. Je dinais trop en ville. J'en étais si fatiguée qu'un jour, chez le premier ministre, où était le jeune prince Oscar et où il y avait au moins quarante personnes, je me dis : « Ah! je vais, après le repas, être assommée de sollicitations, pour me faire ma digestion, en disant une demi-douzaine de scènes tragiques. » Point. Je me sens très indisposée. Je suis obligée de me retirer Des offres de fleurs d'oranger, de tilleul. Ah! bien oui! D'abord, je mourais de faim. On fut contraint de faire atteler, et de me reconduire. Ouf! me voici quitte de cette affreuse corvée. J'arrive chez moi où l'on était à table. Mon père me fit mille remontrances.

— Quoi! tu veux donc que tous les soirs de repos que je me donne, j'aille encore subir pour délas-

sement d'aller me tuer de fatigue et d'ennui? Non
pas, vraiment. Vite, remettez sur la table tout ce
que vous avez laissé et rions de bon cœur. Cher
père, laisse-moi ma joie; elle passera assez tôt.
Voici une bonne soirée de libre que je me suis faite.
Je vais me débarrasser de cet attelage de toilette,
et attendre nos bonnes visites sans façon, sans gêne,
quel bonheur!

Mme de Staël, de son côté, me fatiguait. Deux fois
déjà, chez elle, dîner, soirée. A la troisième, je me
promis bien d'être malade. Je lui écrivis pour la
prévenir de ne pas compter sur moi. J'étais donc
fort tranquille avec mon monde. Mon valet de
chambre annonce Mme de Staël. — Que le bon
Dieu la bénisse! C'est une passion trop incom-
mode qu'elle a pour moi.

— Faites-la passer dans l'autre pièce.

J'envoyai ma sœur qui me faisait grise mine de
la commission que je lui donnais.

— Qu'est-ce que je vais lui dire, moi, à cette dame?

— Dis-lui que je dors.

— Mais vous riez tous.

— Dis-lui que j'ai la fièvre et que je rêve. Elle en
croira ce qu'elle voudra.

C'est une inquisition que son enthousiasme. J'en
étais fâchée pour le prince Oscar, qui était vraiment
d'une bonté charmante et qui manquait rarement
les soirées de Mme de Staël. C'est qu'Albertine était
charmante aussi. Mme de Staël, spirituelle, adroite,
voyait dans ces visites du prince un but auquel
elle aurait voulu atteindre, dit-on; je dis : « dit-
on, » *mais on la fit partir.*

Je fus à midi précis rendue chez la reine qui me

reçut de suite avec une bonté extrême. Elle était en déshabillé du matin, grand peignoir de mousseline blanche à la Croissy, garni de dentelles, la tête nue et coiffée tout à fait négligée. Je n'avais pas encore joué. Elle me parla de tous mes rôles. Elle aimait beaucoup la tragédie. Elle me fit mille questions sur Paris, sur l'empereur, sur la cour, sur mon séjour à Saint-Pétersbourg. Elle parla énormément et avec beaucoup de curiosité. Je répondis très brièvement, avec discrétion; car, pour une reine, elle me faisait des questions assez indiscrètes. Je m'en tirai de mon mieux. Elle devait se dire : « Dieu! qu'elle est bête! » j'aimais mieux cela ; ou bien: « Elle est bien timide! » Elle me dit :

— Ma chère, le roi veut vous voir, mais il veut vous recevoir en grande toilette! Attendez un peu.

— Madame, je suis trop honorée d'attendre près de Votre Majesté.

Et pourtant il y avait plus d'une grande heure que j'étais auprès d'elle. On annonça le roi : il était en grand uniforme, en vérité, l'épée au côté. C'était un homme de moyenne taille, maigre, souffrant, marchant à peine. Il était soutenu par deux officiers, ce qui ne l'empêchait pas de s'appuyer sur sa canne. Il vint à moi, me dit les choses les plus gracieuses du monde. Il était moins grand parleur que la reine; la langue française lui était moins familière. Je restai à peu près vingt minutes. Je pris congé de ces nobles personnages.

J'allais assez souvent le matin chez la reine, et elle me donnait effectivement des répliques. Elle affectionnait *Mérope*. Elle ne disait vraiment point mal. Avant mon départ, je lui fis ma visite d'adieu.

Elle prit à son col une toute petite montre émaillée, très laide, en me priant de la porter comme un souvenir. « C'est bien modeste, me dit-elle, mais que peut-on vous offrir, à vous, ma chère, qui avez de si belles pierreries ? » Ce fut une gasconnade royale, à laquelle je souris très gracieusement, en me promettant bien de garder soigneusement le souvenir, mais en ne portant jamais cette affreuse petite montre.

La veille de mon départ, je soupai chez M. Camps, avec le prince Bernadotte, qui m'attacha au bras deux beaux bracelets en perles fines, et deux très beaux solitaires en diamants qui formaient le fermoir. Je trouvai en rentrant M. Le Moine qui m'apportait de la part du prince une bague en diamants et une épingle *idem* pour ma sœur. Le prince m'envoya une belle et bonne voiture de voyage, de quatre places. J'emmenais avec moi une bonne qui s'était attachée à moi et un nommé Jules qui était de la troupe. Je l'emmenais avec un fils qu'il avait, enfant de huit à dix ans. Pour revenir en France, le voyage était coûteux, et ce pauvre garçon n'était pas riche. Après huit représentations, je voulais partir. Attendre encore était impossible ; la guerre m'effrayait.

Je me séparai des autres artistes, dont quelques-uns restèrent à Stockholm, et d'autres partirent après nous, retournant dans leur chère patrie.

Je partis donc dans cette excellente voiture et deux chariots : un pour mes bagages ; un pour Jules, son fils et mon valet de chambre.

(Cher Valmore, quelques recherches sur Stockholm. Savoir, s'il se peut, ce qu'on doit visiter. Il y a la statue de Gustave Wasa sur une place, mais je ne sais pas si c'est sur la place du Palais. Je crois que oui!)

VILLES TRAVERSÉES VENANT
DE SAINT-PÉTERSBOURG

Viborg.
Friederickshan.
Helsingfors.
Abo, alors capitale de la Finlande.
Embarquement de l'île d'Aland.
Rocher où je me trouvais.
Débarquement en Suède, à Grisfelhamm.
Ministre des affaires étrangères.
Le comte d'Engelstrom.
Quittant la Suède. Villes :
Nykôping.
Norrköping.
Leukoping.
Ionkoping.
Ystad : embarquement.
Débarquement en Poméranie.
1813. — Hambourg. Le général Davout, prince d'Eckmühl. (George écrit : d'Equemule.)

RETOUR A PARIS (1815)

En passant par la place Vendôme, je vis une foule immense. Que vis-je, mon Dieu ! Une corde au col de l'empereur et ces misérables tirant cette corde pour faire tomber ce grand homme. Mais leurs forces réunies ne purent l'abattre ; il resta sur sa colonne, les regardant en souriant de pitié. Il devait dire ce qu'il a dit depuis : « Ah! ce sont là les hommes! »

Mais, moi, quand je vis cet affreux spectacle, je devins pâle et froide. J'allais me jeter hors de ma voiture, folle que j'étais; m'opposer, moi, faible femme, à cet acte de férocité, quand une amie qui était avec moi me prit et me coucha dans le fond de la voiture, en me reconduisant chez moi, rue de Rivoli. Il était temps : je me sentais mourir!

*
* *

Lucien, la reine Hortense, le prince Eugène, Mme Bacciochi, la mère de l'empereur, le drapeau blanc que je vis hisser sans savoir ce que je voyais!

*
* *

Ma visite chez le duc de Vicence, Caulaincourt, la nuit où l'empereur perdit l'empire. Ce fut M. de Talleyrand le plus entouré. Le duc de Vicence me reconduisant chez moi à pied, passant sur la place du Carrousel, jonchée de Cosaques, d'Autrichiens, de Prussiens. — Caulaincourt me disant : « Hein! ma chère Georgina, quelle jolie promenade pour des Français! »

*
* *

Monsieur Lemercier, je vous vois encore un jour d'une représentation de *Pinto,* à la Porte-Saint-Martin, montant chez moi, tout haletant de ce que vous veniez d'entendre. Bocage répétait Pinto, créé d'une manière si remarquable par Talma, par le grand artiste.

M. Lemercier fit une observation à M. Bocage dans je ne sais quelle scène, en lui disant :

— Tenez, Talma faisait ainsi, et il obtenait un grand succès par ce moyen.

— Mon cher, *papa Talma* faisait comme il l'entendait.

Sur *papa Talma*, Lemercier se mit dans une indignation bien naturelle. Il aurait dû lever les épaules et rire au nez de M. Bocage.

Oui, Talma faisait comme il l'entendait, et il entendait tout avec génie; *Nicomède*, par exemple, que M. Bocage a joué comme Bocage l'entendait; il doit s'en souvenir.

Bocage prétendait qu'il fallait être bête pour jouer la tragédie. Quelque temps après ce joli mot, M. Bocage jouait *Nicomède* à l'Odéon. Une personne, qui assistait à cette fameuse représentation et qui connaissait le mot de M. Bocage, s'écria, après la tragédie :

— Je ne savais pas tant d'esprit à Bocage. C'est l'homme le plus spirituel de notre siècle !

*
* *

(Chère Caroline, ne sachant pas où j'en suis dans tout le griffonnage que vous avez, je passe outre, et je vais commencer le romantisme.)

Après une tournée en province, tournée d'un an avec une troupe à moi, où l'on jouait tragédies et comédies, je revins à Paris en 1829. M. Harel obtint le privilège de l'Odéon. Les antécédents de ce cher

Harel ne sonnaient pas bien aux oreilles du gouvernement de Charles X. Harel, ancien préfet, destitué naturellement pour ses opinions bien connues, Harel, exilé cinq ans avec Boulay de la Meurthe, le général Exelmans ; Harel ayant fondé le journal *le Nain jaune, le Miroir!*

Tout cela était dangereux et rien ne devait faire présumer qu'il obtiendrait la direction d'un théâtre royal. M. de la Bouillerie, qui l'aimait et le connaissait particulièrement, en parla à Charles X, qui ne fit qu'une seule question :

— Est-il honnête homme ?

— Oui, sire. La preuve : cinq ans d'exil pour être resté attaché à l'empereur. Et, en lui accordant ce privilège, il se conduira avec loyauté.

— Je n'en veux pas davantage. Je le lui accorde et trouve très bien et le loue de sa fidélité et de son dévouement. Je voudrais avoir autour de ma personne beaucoup de sujets comme lui. Ils sont rares, mon cher monsieur de la Bouillerie, n'est-ce pas ?

Mlle Contat, cette grande dame de la cour, cette magnifique insolence, ces grandes manières, ce ton leste, cette prétention sans façons, ce laisser-aller sans minauderies, cette comédie si spirituelle, ce sourire enchanteur, cette gaieté franche du grand monde de Louis XV. Mlle Contat !

*
* *

A Mme Valmore.

Me voilà à toutes mes impressions. Laissez-moi vous les dire et ne m'accusez pas. Il n'y a point de particularité; mes impressions, mes sensations, voilà tout.

A cette époque, par exemple, nos confidents étaient détestables; ils écoutaient fort mal tous les secrets de leurs princes et princesses. Ah! les malheureux, qu'ils faisaient souffrir leur roi et son peuple!

*
* *

J'ai entendu raconter par Mme de Staël : « Je me trouvais placée à table à côté d'un beau parleur qui, entre Mme Récamier et moi, se croyait obligé de faire de l'esprit, et après mûre réflexion, accoucha de la plus lourde inpertinence que j'aie entendue : « Je suis sûr de me trouver placé « entre la beauté et le génie. — Oui, lui dis-je, sans avoir ni « l'un ni l'autre. »

*
* *

Joséphine aimait beaucoup les fleurs. Mlle Raucourt en était très amateur. Elles faisaient des échanges. Vous devez vous rappeler, cher Valmore, que Mlle Raucourt avait fait faire à La Chapelle une serre, qui renfermait les plantes les plus rares. A un voyage que fit Joséphine, elle s'arrêta à La Chapelle; elle vint visiter la serre et emporta des plantes. Ce petit détail est pour bien établir l'intimité de Joséphine avec Mlle Raucourt, et la familiarité qui faisait qu'elle l'appelait Fanny.

Voici le livre dont je vous ai parlé, mon cher Valmore, et qui parle de l'amour de Joséphine pour les fleurs et pour le jasmin surtout, qui lui rappelait son beau pays.

*
* *

En parlant de La Fontaine, quelqu'un dit : « Il a le génie de la simplicité. »
Non : La Fontaine avait la simplicité du génie.
De l'écriture de Mlle George : « mettre ce mot sur le compte de M. Taylérant (*Talleyrand)*.

Jules Janin.

La spirituelle indifférence de Janin. Son enthousiasme factice. Il aimait à détruire ce qu'il avait fait. La contradiction de lui-même l'amusait.

Sur l'art du comédien.

Des leçons de déclamation! Ceci m'a toujours paru dérisoire!
Comment un maître peut-il penser changer la nature d'un élève? On peut guider, mais donnera-t-on de l'âme à qui n'en a pas, et du cœur? Non! Donnera-t-on de la noblesse? Non. Vous donnerez

de la raideur, vous apprendrez à marcher peut-être?
Mais donnera-t-on la démarche du désordre? Non!
De la passion? Apprendre à faire des gestes, par
exemple, quelle dérision! De la physionomie? Mais
les gestes, les physionomies, tout cela dérive de
ce que vous éprouvez, des sentiments qui se
passent en vous. Comment apprendre cela? Est-ce
que, dans le monde, on apprend les gestes? Vous
commencez une conversation, le sujet vous intéresse, vous vous animez à mesure, vous gesti-
culez juste, votre physionomie reflète ce que vous
éprouvez. A côté, vous avez une personne qui ne
s'impressionne de rien, qui écoute froidement. Dites-
lui donc d'avoir de la physionomie : elle sera grotesque, voilà tout. Non, la leçon est ridicule! Des
conseils, des exemples à l'appui de ce que vous indi-
quez et pour développer une nature. On peut
apprendre à *dire*, mais à jouer, *non!* Donnez une
leçon de théâtre, alors. Et voulez-vous en donner de sérieuses? Il faut vous y consacrer; y donner tous vos soins, toute votre patience; ne pas
donner des répliques d'un vers, d'une phrase : dites
des scènes entières. Vous jugerez l'intelligence de
l'élève, vous verrez comment il écoute, vous jugerez l'impression de sa physionomie, comment il en-
trera dans l'action de son personnage; mais si l'action est guidée par l'intérêt, si vous comptez les
minutes de votre pendule, vous faites un métier.
Quant à l'art, il n'existe pas. — On devrait vraiment accorder un prix à celui qui présenterait un
élève artiste. On me dira que mon idée est bouffonne. Je ne le pense point. On récompense le
talent partout, dans tous les arts; pourquoi donc

l'art dramatique n'occuperait-il pas sa place? En le perfectionnant, pourquoi ne recevrait-il pas un prix, comme le parfumeur qui aura perfectionné un savon? C'est que le théâtre n'est plus un art sérieux; c'est que l'on admet très facilement des femmes qui ne veulent qu'un piédestal. C'est que l'on permet à des directeurs, même subventionnés, de recevoir souvent, sans appointements ou avec des appointements si faibles, de jolies femmes qui sont bien forcées de s'occuper d'autre chose! Adieu donc tout avenir artistique, adieu l'art. Le plaisir, les parures avant tout. Pauvres artistes! Pauvre théâtre! A quoi bon étudier, au fait, pour que l'on dise que vous avez du talent? Bah! vous savez bien que l'on vous en trouvera quand même. La critique existe-t-elle pour vous, mesdemoiselles? Vous avez toutes beaucoup de talent. Jamais on n'a vu tant de grâces, tant de distinction. Vous lisez votre feuilleton; vous êtes convaincues, excepté celui qui l'á écrit, homme d'esprit et de goût qui sait bien, lui, qu'il vous trompe, mais qui ne tient pas à vous affliger; et puis, ceci a si peu d'importance!

La critique pour le véritable talent, à la bonne heure! mais, pour ces petites drôlesses, des éloges sans restrictions. Cela n'ira pas plus loin que cela ne doit aller. On me lira. Aujourd'hui, les jolies femmes... Lundi, les artistes.

Oh! la spéculation, tu franchiras donc toutes les classes de la société!

Argent, toujours... L'argent tuera tout.

LONDRES

Deuxième voyage avec la troupe de Londres. Directeur, Pelissier.

Obtenu du duc de Devonshire la permission de deux représentations tragiques sur le grand théâtre de l'Opéra. Chose qu'on n'avait jamais obtenue. *Sémiramis*, *Mérope*. Le duc si charmant pour les artistes.

Me recevant à sa campagne que je voulais visiter, lui absent. Tous les gens sur pied pour nous recevoir. Déjeuner splendide. Me donnant les clefs de ses loges pour tous les spectacles.

Invitée à une soirée charmante chez lui, où je récitai des vers devant les plus grands personnages du royaume. Le duc vint lui-même m'attacher au bras un bracelet, qui n'avait de valeur que par la manière dont il était offert. Dans ce temps, le Pactole ne coulait pas si grandement pour les artistes, ou nous mentions moins.

PLAN DES MÉMOIRES

Mon enfance. Beaucoup de détails qui sont écrits. Mon père, directeur du théâtre. Acteurs de Paris en représentation, tels que Molé, Monvel. Mlle Raucourt chargée de faire une élève tragique, priant mon père de me laisser venir à Paris pour les études tragiques pour le Théâtre-Français ; le gouvernement faisait 1,200 francs de pension.

Mes visites avant mes débuts sous l'égide de Mlle Raucourt, visites chez les ministres, la famille de Napoléon, etc.

Mes débuts. La Comédie-Française. Visites chez la Dumesnil, Clairon.

Mes impressions sur Talma, Monvel; Mmes Contat, Mars, Devienne, les dernières soirées de Larive.

Le Consulat. Talleyrand. Lucien. La mère du Premier Consul. Sa sœur Bacciochi. Joséphine. La reine Hortense. Le prince Eugène.

Mes relations avec le Premier Consul. L'empire. Beaucoup de détails très délicats sur cette liaison.

Mon départ pour la Russie : le séjour à Vienne. Société : princesse Bagration, Mme de Staël, le prince de Ligne, Cobentzel. Passage par Wilna.

Mon arrivée à Saint-Pétersbourg. Mon début. La reine mère, l'empereur Alexandre, son frère Constantin, le vieux comte Strogonoff, la jeune impératrice, et tant d'autres personnages.

Cinq ans de séjour et mon départ après la triste guerre.

Mon voyage à Stockholm, la reine, le vieux roi, prince Bernadotte. Mes représentations. Encore Mme de Staël.

Départ pour la France. Traverser les armées pour arriver à Hambourg. Le général Vandamme.

Le télégraphe annonçant mon arrivée à Dresde.

Vingt-quatre heures à Brunswick. Le roi de Westphalie. Lui remettant des notes de la part de Bernadotte.

Mon arrivée à Dresde. Le soir même, vu l'empereur qui avait fait venir la Comédie-Française, et qui donna l'ordre d'appeler Talma, Saint-Prix pour la tragédie.

Ma rentrée au Théâtre-Français. Réintégrée dans tous mes droits.

Le général Lauriston.
Départ de l'empereur pour l'île d'Elbe.

Le retour des Bourbons. Le duc de Berry me faisant venir aux Tuileries pour une dénonciation. Le duc est spirituel, m'appelant : belle bonapartiste!

— Oui, prince, c'est mon drapeau. Il le sera toujours!

Entrevue avec Louis XVIII, à cause du Théâtre-Français.

Deux voyages à Londres. Un, seule; l'autre, avec Talma. Soirée chez l'ambassadeur de France : *Osmond*. Le roi George présent.

Pour un congé dépassé d'un mois, le duc de Duras

en profite pour m'exclure du Théâtre-Français. J'en suis ravie; mes sentiments de bonapartiste me valurent ce bienfait.

Je fus voyager en province. A mon retour, le comité du Théâtre-Français vint me demander de rentrer. J'en avais peu le désir. Me retrouver au milieu des tracasseries, Duchesnois menaçant de quitter, tout cela me décida à demander une audience à Louis XVIII pour obtenir ma liberté et passer à l'Odéon. Le ministre de la maison du roi, le général Lauriston, me fit obtenir une représentation à l'Opéra. Talma, Lafont ne pouvant y paraître, l'on donne l'ordre. Je jouai *Britannicus.*

Le deuxième acte du *Mariage de Figaro* joué par Firmin, Gonthier, Jemmy, Vertpré, Bourgoin et moi. Nous sommes très mauvaises.

Bénéfice de trente-deux mille francs.

Je recommençai mes voyages en province avec une petite troupe.

A l'Odéon, une cabale; je suis restée.

Il y a à parler de l'Odéon. Direction de M. Harel. Sous Charles X. Là, une troupe composée de Lockroy, Ligier, Bernard, Duparcy, Vizentini.

Mmes Moreau, Noblet, Delatre.

Le romantisme. Première *Christine*, de Frédéric Soulié; *la Maréchale d'Ancre*, de Vigny; *Christine*, de Dumas.

Tragédie : *Norma, Fête de Néron.* Révolution 1830.

Porte-Saint-Martin.

Victor Hugo.

Alexandre Dumas.

Bien des choses à dire. En voilà assez pour savoir
si cela convient, oui ou non !

*Combien il est regrettable que ce beau programme
n'ait pas été exécuté jusqu'au bout ! Comme ces notes
de George sur les débuts du romantisme eussent été
intéressantes ! Qu'il eût été curieux d'avoir ses souvenirs et ses appréciations sur Victor Hugo, Alfred de
Vigny, Alexandre Dumas ; sur Marie Dorval et Frédérick Lemaître ! Mais là s'arrête malheureusement ce
qu'elle nous a laissé !*

(Note de l'éditeur.)

TROISIÈME PARTIE

CORRESPONDANCE DE Mᴸᴸᴱ GEORGE
AUTOGRAPHES DIVERS

Lettre de Mlle Raucourt au sujet des débuts
de Mlle George.

La Chapelle Saint-Mesmin, ce 4...

(Le coin de la lettre est déchiré.)

Je suis très reconnaissante, mon jeune ami, de la
lettre aimable que vous m'écrivez et des détails
qu'elle contient. Bien certainement, une des premières choses que je ferai, en arrivant à Paris, sera
de profiter de l'accès que vous m'avez ménagé auprès
de vos honorables protecteurs. Incapable de rechercher la faveur pour moi, je la solliciterai avec chaleur pour celle dont je veux fixer le sort. Elle est
dans ce moment un peu indisposée, ce qui me contrarie fort, parce que cela retarde son travail. Je
n'ai reçu que par vous des nouvelles de Paris; mais
je compte toujours y être dans huit ou dix jours au
plus tard. Mme George et sa fille partiront avant
moi. Il y a quelque marauderie sous jeu pour

Mlle Duchesnois. Il n'est pas naturel qu'elle ait cessé ses débuts pour ne pas les reprendre. La perfide Florance, qui a fait si ingénieusement tomber Mlle George ici, travaille sourdement à la faire tomber réellement à Paris; j'ai lieu de le croire, du moins, d'après ce que vous me mandez.

Allons, courage. Des dispositions, des moyens physiques, des amis puissants, et nous l'emporterons. Je dis nous, car vous m'avez montré un si véritable intérêt que je me plais à croire que nous ferons cause commune.

Tout le monde de la petite chapelle est fort sensible à votre souvenir, et vous dit mille choses aimables. Mes amis de Paris partent aujourd'hui. Nous avons souvent parlé de vous et de la joyeuse soirée.

Cette pauvre Mme Suzy est dangereusement malade.

Adieu, mon jeune ami. Je vous embrasse de tout mon cœur.

RAUCOURT.

A monsieur Lafond, artiste du Théâtre Français de la République, rue Villedo, à Paris.

A monsieur Lemercier de l'Académie Française.

B... que j'ai vu, mon cher monsieur Lemercier, et qui doit vous avoir rendu compte et de nos intentions et de sa dernière visite à Picard, vous doit avoir mis au fait de tout ce qui s'est passé.

Je suis convaincue que votre opinion sera la mienne, et que vous ne verrez pas de bonne foi chez votre collègue, à la conduite duquel je ne comprends pas grand'chose.

Pourquoi vouloir m'engager pour trois ans? Pourquoi ne vouloir pas m'attacher à l'Odéon comme sociétaire? Pourquoi ne pas recevoir ma sœur? Enfin pourquoi ne pas se hâter d'en finir afin de rompre la glace avec le premier théâtre, à l'égard duquel je suis en pourparler.

J'apprends avec bien de le peine que Victor ne fait plus partie du deuxième théâtre. On se prive d'un jeune homme qu'on ne remplacera plus, et qui promettait pour l'avenir.

Cela me rend craintive, et me fait redouter une dissolution prochaine.

Je n'en suis pas moins sensible, mon cher monsieur Lemercier, à l'intérêt dont vous m'avez donné des preuves en cette circonstance.

Je sais que des officieux sans titres, sans mission, sans aucune approbation de ma part, se sont follement interposés entre Picard et moi. J'ai laissé sans réponse les lettres qui me furent écrites; je n'ai répondu qu'à *vous seul*, parce que j'ai dû distinguer en vous l'homme estimable et l'ami essentiel. Cependant, les journaux ont parlé, et ce ne peut être que M. Picard qui a dicté, et qui aura sans doute pensé que je brûlais de me fixer sous sa puissance, en quoi il a eu le plus grand tort, car, sans vous, j'aurais attendu les démarches.

Voilà donc, mon cher monsieur Lemercier, les choses dans le même état qu'auparavant; et je présume qu'elles y resteront longtemps, si M. Picard attend de nouvelles démarches de ma part.

Heureusement, je n'ai besoin ni de l'un ni de l'autre théâtre; si l'un ou l'autre ont besoin de moi (ce que je ne prétends pas), je désire ne pas être dans la situation de ne pouvoir accepter. Mais vous comprenez bien que je dois poursuivre les projets, que je vous ai confiés.

Recevez, cher monsieur Lemercier, avec l'expression de ma reconnaissance, les vœux que je forme pour tout ce qui pourra vous être agréable, et croyez au prix que j'attache à une amitié, que je m'efforcerai de mériter dans toutes les occasions de ma vie.

George WEYMER.

Caen, le 6 janvier 1820.

MINISTÈRE
de la
MAISON DU ROI.   Paris, le 14 septembre 1821.

Je m'empresse de vous prévenir, monsieur, que le roi, par ordonnance de ce jour, a bien voulu autoriser la demoiselle George Weymer à jouer sur le second Théâtre-Français. Vous voudrez donc, en conséquence, lui donner connaissance de cette décision, ainsi qu'aux comédiens sociétaires de ce théâtre, pour que les conditions de l'engagement contracté entre eux et la demoiselle George puissent être mises à exécution.

J'ai l'honneur d'être très parfaitement, monsieur, votre très humble et très obéissant serviteur.

Le ministre secrétaire d'État
du département de la maison du roi,
Signé : Mis DE LAURISTON.

Monsieur Gentil, directeur du second théâtre.

———————

Mon cher ami, je suis désolée de ne vous avoir pas vu ce matin. Ce que vous êtes venu me proposer peut se faire, mais le chiffre est un peu trop *économique.* Si vous pouvez venir demain matin, je vous attendrai. Il n'y a pas de temps à perdre, si l'on veut jouer dimanche. Si vous étiez libre ce soir, je ne sortirai pas. Voyez ce qui vous convient le mieux de ce soir ou demain matin.

GEORGE.

Mes amitiés à madame, je vous prie.

Monsieur Porcher, 10, rue de Lancry.

———————

Ma chère mademoiselle Tilly, je devais venir moi-même vous remercier de toutes vos gracieuses bontés. Mais, depuis trois jours, j'ai été un peu indisposée. Lundi, je me propose de vous voir. S'il n'était pas indiscret de vous demander une petite loge pour moi le soir, vous m'obligeriez. Pourtant, je ne voudrais pas gêner vos dispositions, je sais ce que coûte une première représentation.

A vous de tout cœur.

George W.

Mes remerciements et mes amitiés à M. Tilly.

———————

Ma chère mademoiselle Tilly,

Vous devez, vous et M. Tilly, penser que je suis peu polie, n'ayant pas encore été vous remercier tous deux de votre extrême obligeance; mais quand vous saurez que depuis vendredi je suis malade, vous ne m'accuserez plus. Maintenant je viens vous prier de ne prendre aucun engagement pour *la Tour de Nesle*, si l'on venait réclamer votre complaisance. J'aurai à causer avec vous à ce sujet. S'il vous est possible, ne donnez pas votre parole avant que je n'aie le plaisir de vous voir, ce qui sera sous peu de jours.

Agréez, vous et M. Tilly, l'assurance de mes sentiments les plus dévoués.

George.

Le 30 avril 1906, M. Noël Charavay a vendu une lettre autographe de George à Harel (le Havre, 20 septembre 1839, une page et demie in-4°).

Dans cette curieuse lettre, elle lui rend compte des résultats de sa tournée. Elle termine ainsi :

« Adieu, ami de ma vie. Je t'aime bien de tout

mon cœur, de toute mon âme. A toi jusqu'à mon dernier soupir!

A Théophile Gautier.

Dimanche (avril 1845).

Monsieur,

Vous m'avez toujours montré un intérêt que je n'avais jamais osé solliciter. Permettez-moi de vous dire que cela m'a donné un peu d'orgueil, puis de la confiance, et je vous en témoigne aujourd'hui en vous demandant tout votre appui pour *les Pharaons* et pour *Nephtys* (1).

Le succès commence à être grand; vous le rendrez immense en le publiant et en le protégeant. Quant à moi, je serai bien heureuse et bien reconnaissante de la bienveillance avec laquelle vous accueillerez mes efforts.

Agréez, monsieur, l'expression de tous mes sentiments distingués.

GEORGE.

(Collection de M. le vicomte de Spoelberch de Lovenjoul.)

Mon cher ami.

Mlle Mélingue joue aujourd'hui *Mérope*. Voulez-vous, si vous rendez compte de cette représentation,

(1) Voir le feuilleton de Th. Gautier dans *la Presse* du 14 avril 1845.

rappeler dans deux mots le succès qu'a obtenu tant de fois Mlle George dans ce rôle? Rien n'empêchera que la justice rendue à Mlle Mélingue ne se concilie avec le souvenir utile que vous voudrez bien donner à Mlle George. Elle voyage en ce moment, et peut-être pour longtemps. Un bravo de reconnaissance à l'occasion de la représentation de *Mérope* n'aura rien que de très naturel et sera très favorable au but *industriel* des pérégrinations de Mlle George.

Deux mots seulement, je vous répète. *Multa paucis.*
Vous savez toute ma vieille amitié.

HAREL.

26 juillet 1845.

Monsieur Janin, 20, rue de Vaugirard.

A Théophile Gautier.

28 août.

Monsieur,

Vous êtes toujours rempli pour moi d'une bonté bien aimable et bien utile.

Votre feuilleton de lundi dernier, qu'on m'a fait lire hier, est une nouvelle et très obligeante preuve de l'intérêt que vous me témoignez depuis long-temps, et auquel je suis bien sensible.

Agréez, monsieur, je vous prie, l'expression de la vive reconnaissance et des sentiments dévoués de votre très humble servante.

GEORGE.

(Collection de M. le vicomte de Spoelberch de Lovenjoul.)

A Théophile Gautier, rue Navarin, nᵒ 2.

23.

Monsieur,

Je serais bien charmée que vous veuilliez donner quelques heures de votre temps à la représentation de ce soir.

Permettez-moi de compter sur votre présence, et agréez, je vous prie, l'assurance de mes sentiments distingués.

George W.

(Collection de feu le vicomte de Spoelberch de Lovenjoul.)

Lettre d'un amateur à Jules Janin
sur les représentations de Mlle George en province.

Monsieur,

Celle qui fut autrefois l'une des gloires de la scène française, la plus belle et l'une des plus brillantes femmes de ce siècle, Mlle George enfin, en est venue au point, après une carrière si longue, si bien remplie, et déjà beaucoup trop prolongée, de traîner sa pénible existence jusque dans les plus tristes bourgades, et de monter sur des tréteaux, où les plus obscurs acteurs de Paris rougiraient de paraître.

Nous étions à Saumur il y a quelque temps. Elle était aussi dans cette ville en représentations, escortée de pauvres diables qu'elle avait réunis au-

tour d'elle. On donnait *Mérope* et l'affiche annonçait que, *s'il n'y avait pas plus de monde que la dernière fois, on rendrait l'argent*. Ceci piqua notre
curiosité, nous allâmes au théâtre ; et nous comp-
tâmes dans la salle une quarantaine de personnes.
On joua. Mlle George trouvait apparemment la
recette suffisante.

Nous fûmes alors témoins du plus lamentable
spectacle qui se soit déroulé devant nous. L'actrice
parut, presque *belle* encore ; mais dans une salle
une fois moins grande que celle du Palais-Royal,
où l'illusion est impossible, les rides, les cheveux
blancs, la taille monstrueuse, le râlement, la démarche vacillante, la voix brisée, les hoquets de la
pauvre artiste frappèrent tellement de stupeur les
spectateurs qu'un sentiment unanime de pitié et de
dégoût s'empara d'eux au point de leur faire fuir
ce qu'ils avaient sous les yeux et que la pièce
s'acheva dans la solitude. — A chacune des représentations données en cette ville, la chose se renou-
velle à peu près.

De cette ville, l'infortunée comédienne s'en alla à
Chinon et à Azay, villes de quatre mille et deux mille
âmes, où elle joua devant des paysans qui gardaient
leur chapeau devant elle !

Nous bornons ici ce tableau.

Ne serait-il pas possible, monsieur, d'arracher de
cette position sans exemple cette nouvelle Hécube
de l'art dramatique, qu'une ruine complète oblige
à cette vie errante, soit en obtenant pour elle des
secours de quelque façon que ce puisse être, soit en
organisant une représentation de retraite dans la
salle de l'Opéra, et dans laquelle tous les artistes

de Paris les plus célèbres se feraient un bonheur de paraître et dont le produit servirait à lui assurer une rente viagère d'au moins 2,000 francs, si la recette était de 20.000 francs, les prix étant doublés?

En soumettant cette proposition à l'un de ses camarades, et il y en a tant qui sont animés du zèle le plus ardent, de l'âme la plus charitable, nul doute que l'on ne vînt promptement à bout de cette combinaison. Mlle George donnerait bien vite son adhésion, et le scandale auquel nous avons assisté, et qui se prolonge et se prolongera encore trop long-temps, ne se renouvellerait plus partout où elle va.

Vous pardonnerez, monsieur, la liberté que nous avons prise en nous adressant à vous pour cet objet; mais nous avons pensé que vous, qui êtes à la tête de la littérature dramatique, il vous serait plus facile qu'à un autre de réaliser ce projet.

Que si Mlle George n'était pas dans la misère et jouait encore la *tragédie pour son plaisir,* il vous resterait encore une tâche à remplir, en lui écrivant dans le but de dessiller ses yeux et de lui faire com-prendre qu'elle se fait le plus grand tort, en immo-lant le nom qu'elle avait rendu si célèbre.

Mais, hélas! cette supposition n'est pas vraisem-blable; et nous croyons que la nécessité seule oblige une femme plus que sexagénaire à monter sur les plus vils tréteaux de la France.

Réalisez notre projet, Monsieur, et vous aurez fait une belle œuvre.

Agréez l'assurance de la considération la plus distinguée de votre très humble serviteur.

Signé : A. MOREAU.

Le 20 mai 1847.

L'Association dramatique, M. Henri, de l'Opéra-Comique, ou toute autre personne qui s'occupe de ces choses pourraient se mettre à la tête de cette combinaison.

———

Monsieur,

M. Harel m'a dit tout l'obligeant empressement que vous avez mis à m'accorder une de vos pièces et plusieurs de vos artistes pour la représentation que je donnerai samedi à l'Odéon.

Je vous prie de recevoir l'expression de ma vive reconnaissance. C'est un service réel que vous me rendez, ce qui a d'autant plus de prix à mes yeux que je n'ai pas d'autre titre que l'amitié, que vous conservez à M. Harel, qui vous a depuis longtemps voué toute la sienne.

Agréez, je vous prie, monsieur, tout mon dévoue-ment :

GEORGE.

27 mai.

———

Lettre de Mlle George à Théophile Gautier au sujet de sa représentation de retraite en 1849.

Mon cher monsieur Théophile,

Vous êtes introuvable ; il faut donc prendre le parti de vous écrire, et vous prier de me rendre l'immense service de me consacrer votre feuilleton de lundi.

Ma représentation de retraite passe dimanche 27 courant. *Iphigénie en Aulide; le Moineau de Lesbie;* Mme Viardot, Levassor dans un vaudeville, danses, etc. Voulez-vous que ma salle soit comble? Vous le pouvez, si vous le voulez bien. Le public ira où vous lui direz d'aller. Dernière représentation de Mlle Rachel avant son congé, qui malheureusement durera trois grands mois. Réunion pour une fois seulement de ces deux phénomènes. Ma *retraite* qui n'est pas sans *agrément*. Mme Viardot! Seulement, dites de moi tout le bien que vous ne pensez pas peut-être. Faites-moi *rougir* par vos éloges! Mais amenez-moi un public énorme. Quant à Rachel, dites tout le bien qu'elle mérite, et que vous en pensez. Donnez rendez-vous à toute l'élite de la société dans cette salle élégante. Si vous trouvez place pour parler de quelques-unes de mes créations, vous me ferez plaisir.

Vous voyez, monsieur, si je compte sur la sympathie que vous m'avez si souvent témoignée pour oser vous ennuyer si longuement de mon long griffonnage.

Permettez-moi d'espérer que lundi votre feuilleton ne me fera pas faute. Vous comprenez de quelle importance est pour moi cette représentation.

Recevez l'assurance de mes sentiments distingués et de ma profonde reconnaissance.

George W.

Vendredi.

Monsieur Théophile Gautier, rue Rougemont. Très pressé.

Lettre de Mlle George à Jules Janin sur sa représentation de retraite en 1849, et sur Mlle Rachel.

Je suis malade aujourd'hui ; demain, je serai chez vous, à vos *pieds*, *sous* vos pieds.

A présent, je vais vous dire combien la grande tragédienne a été atrocement insolente ; elle n'a pas voulu reparaître avec moi ! Elle n'a pas voulu jouer *le Moineau* et pourtant elle avait envoyé chez moi son claqueur auquel nous avons donnée les billets du service, quatre loges et des stalles qu'elle m'a demandées et que je me suis empressée de lui remettre, etc. Et le vieux garçon de salle trouve à redire. Je vais vous en conter. Voilà le moment d'écrire sur le bénéfice ; ce serait assez drôle. Ah ! mademoiselle Rachel, vous avez été bien aimable ! Encore quelques jours et je devenais maigre comme elle ! C'était là sa prétention.

Mes respects à Mme Janin.

G.

----

2 avril 1856.

Mon cher monsieur Théophile,

Comme je ne sais pas présisément l'heure à laquelle je puis vous rencontrer (et je ne suis pas très matinale), je viens vous demander de vouloir bien m'indiquer le plus prochainement possible votre jour et votre heure. C'est un service que j'ai à vous demander, et comme vous vous êtes toujours empressé de m'être utile et bienveillant, je compte cette fois encore sur votre intérêt pour me recevoir ces jours-ci. J'attends, mon cher monsieur Gautier, votre réponse prompte et bonne comme toujours.

Recevez, mon cher monsieur, avec l'assurance de mes sentiments distingués, ceux de ma vive reconnaissance.

George W.

Mes compliments empressés à Madame, je vous prie.

(Collection de M. le vicomte de Spoelberch de Lovenjoul.)

Mademoiselle George, 44, rue Basse-du Rempart.

Évreux, lundi 6.

Cher bon chéri, je te donne de mes nouvelles. Je sais que cela te fait plaisir. Je crois, ami adoré, que nos petites affaires iront bien. Je joue ce soir *Mérope*, demain *Sémiramis*, et sans doute mercredi à Louviers, qui n'est qu'à six lieues d'ici ; jeudi peut-être ici : cela dépendra des recettes. On dit que Bernay, Elbeuf sont meilleurs. Nous suivons bien ton itinéraire. Ton indisposition n'aura pas de suites, ami. A la maison, tu ne dois pas manquer des soins qui te conviennent. Un peu de patience et tout ira bien. Je te quitte, mon homme adoré ; on vient répéter *Sémiramis*. Au revoir bientôt, mon chéri que j'aime de toute la force de mon âme.

A toi toujours, à toi pour ma vie. A demain.

Signé : GEORGE.

Embrasse bien ma sœur pour moi.

(Lettre à Harel.)

Sur une enveloppe de lettre, on lit ces mots écrits par George :

Dernière lettre de mon (mot illisible, peut-être : vieil) aimé.

Un mot, ma chérie : mon cœur bat toujours pour toi.

Nous voilà donc, hélas! séparés pour quelque temps. Ton image sera toujours devant moi.

Bebelle me prodigue ses soins.

Notre cher Tom est près de toi; il te sert au mieux dans ton exploitation. Ta sœur me donnera toujours de tes bonnes nouvelles; toi-même, tu te rappelleras à ma tendresse éternelle : tes lettres me feront beaucoup de bien.

Embrasse bien mon fils pour moi.

A vous, à vous tous, à jamais.

Signé : HAREL.

Paris, 1er juin 1846.

Madame George, 1re actrice tragique des théâtres de Paris, aux Andelys.

(Recommandée.)

La lettre contenait le quatrain suivant :

De mon visage, en ce portrait,
Avec justesse a-t-on saisi l'ensemble?
Moi, je n'en puis juger; mais enfin, s'il te plaît,
Vite, dis-moi qu'il me ressemble.

HAREL.

UNE LETTRE DE M. VICTORIEN SARDOU

Marly-le-Roi, dimanche.

Cher ami,

J'ai vu Mlle George à l'Odéon, en 1842 ou 43, dans *Rodogune* et *Lucrèce Borgia. Rodogune* ne m'a laissé que le souvenir d'une figure vraiment royale. La tragédie m'ennuyait. Mais *Lucrèce Borgia* fut un enchantement pour mon romantisme naissant! Mlle George frisait alors la soixantaine. Elle était obèse jusqu'au ridicule. Après avoir rampé aux pieds de Gennaro, elle ne se relevait qu'avec son aide. Je me rappelle ses mains d'enfant attachées à des bras gros comme des cuisses, et, sur ses épaules massives, le cou et la tête d'une Junon trop mûre, cruellement empâtés par la graisse! Et, néanmoins, elle était si tragique par habitude, la démarche, le geste, le débit un peu emphatique et la belle sonorité de la voix, que cette soirée-là est toujours présente à ma mémoire. Je vois encore Lucrèce masquée, tout en blanc, — ce qui n'était pas pour l'amincir, arpenter la scène avec Monrose fils, qui jouait Gubetta. — Je la vois s'effondrer sous les invectives des amis de Gennaro. Les décors étaient odieux; le premier entre autres : un vieux rideau de fond usé, pelé, raclé, sans trace visible de dessin ni de couleur, et qui représentait le même soir les brouillards de la Tamise dans *l'Anglais ou le fou raison-*

nable, et, dans *Lucrèce*, le grand canal à Venise. Les costumes étaient ridicules, la mise en scène enfantine. Les moines du dernier acte, avec leurs barbes postiches, mal attachées, faisaient la joie du parterre. George triomphait de tout cela, tant elle était pour le public l'incarnation même de l'héroïne de Victor Hugo, absolument fausse d'ailleurs !

Vers 1860, un soir, aux Folies-Dramatiques, j'allais m'installer dans une baignoire, en compagnie de Déjazet, quand, derrière nous, la porte de communication de la scène à la salle s'ouvrit devant une grosse dame qui, d'une voix éraillée, s'écria : « Tiens, *Deujazet !* » (*Sic.*)

C'était Mlle George.

Tandis que les deux grandes actrices échangeaient quelques propos plaisants, je regardais avec stupeur la duchesse de Ferrare. Elle avait tiré de son manchon une tabatière et y puisait à pleines mains d'énormes prises de tabac, dont elle se bourrait le nez avec rage...

Souvenir de Napoléon !

Je ne l'ai vue de près que cette fois-là.

Mille amitiés.

V. SARDOU.

Monsieur Chéramy, 11 bis, rue Arsène-Houssaye, Paris.

APPENDICE

APPENDICE

Le 8 frimaire an XI (29 novembre 1802), George Weymer débute à la Comédie-Française par Clytemnestre d'*Iphigénie en Aulide*; elle joue successivement : le 17 frimaire, Aménaïde *(Tancrède)*; le 25 frimaire, Idamé *(Orphelin de la Chine)*; le 30 frimaire, Émilie *(Cinna)*; le 14 nivôse, *Didon*; les 3, 4, 25 pluviôse *Sémiramis* et *Phèdre*.

Sociétaire à 1/4 de part en mars 1804, dans les jeunes princesses, grandes princesses, reines et mères.

Le 11 mai 1808, on devait donner la 5me représentation de l'*Artaxercès* de Delrieu, dans lequel mademoiselle George jouait le rôle de Mandane. Le matin, à onze heures, le semainier reçut une lettre de mademoiselle George l'informant qu'une affaire de la plus grande importance l'obligeait à quitter Paris pour quelques jours. Le théâtre fit relâche.

Le 13 mai, un arrêté du surintendant des spectacles condamne mademoiselle George à une amende de 3,000 francs, somme à laquelle était estimée la représentation qu'elle avait fait perdre.

Le 30 mai, la portion de part de mademoiselle George est mise provisoirement sous séquestre.

Le 17 juin, en vertu d'un nouvel arrêté, le nom de

mademoiselle George est rayé du tableau des sociétaires du Théâtre-Français.

Mademoiselle George, qui était allée à Saint-Pétersbourg, y resta six années, et reparut à la Comédie-Française le 29 septembre 1813, dans son rôle de début, dans Clytemnestre. Elle rentrait à 5/8 de part et promesse de la part entière qu'elle obtint l'année suivante. Un arrêté du 25 octobre 1813 lui attribua en second l'emploi des premiers rôles, tenu en chef par mademoiselle Duchesnois; elle devait doubler immédiatement mademoiselle Raucourt dans les rôles de reine, qui n'avaient pas été joués par mademoiselle Duchesnois, et jouer les autres alternativement avec mademoiselle Duchesnois.

En 1816, mademoiselle George, qui avait, sous prétexte de maladie, prolongé de cinquante jours un congé de deux mois, se vit refuser le partage pour cette période : froissée, elle donna sa démission qui ne fut pas acceptée. En 1817, elle refuse successivement de jouer les rôles qui lui avaient été donnés dans le *Germanicus* d'A.-V. Arnault, et dans *la Mort d'Abel* de Legouvé.

Considérant que mademoiselle George Weymer a presque entièrement, et sans excuse valable, quitté le théâtre, abandonné son emploi, refusé d'apprendre et de jouer des rôles nouveaux, le duc de Duras arrête, le 6 mai 1817, qu' « à dater du 8 du présent mois, la demoiselle George Weymer cessera de faire partie de la société du Théâtre-Français ».

Le 17 décembre 1853, mademoiselle George reparaît au Théâtre-Français dans une représentation à son bénéfice; elle y joue Cléopâtre, de *Rodogune*.

Journal des Débats

Du 10 frimaire au 11 (1er décembre 1802).

THÉATRE-FRANÇAIS DE LA RÉPUBLIQUE

Article de Geoffroy pour le début
de Mlle George Weimer, élève de Mlle Raucourt

On n'avait pas pris de mesures assez justes pour contenir la foule extraordinaire que devait attirer un début
si fameux : toute la garde était occupée aux bureaux où
les billets se distribuent, tandis que la porte d'entrée,
presque sans défenseurs, soutenait le plus terrible siège ;
là se livraient des assauts dont il ne tiendrait qu'à moi
de faire une description tragique, car j'étais spectateur,
et même acteur très involontaire. Le hasard m'avait jeté
dans la mêlée avant que je pusse prévoir le danger.

Quæque ipse miserrima vidi, et quorum pars magna
fui, les assaillants étaient animés par le désir de voir une
actrice nouvelle, et par l'enthousiasme qu'inspire une
beauté célèbre. C'est dans ces occasions que la curiosité
n'est plus qu'une passion insensée et brutale ; c'est alors
que le goût des spectacles et des arts ressemble à la férocité et à la barbarie. Les femmes étouffées poussaient des
cris perçants, tandis que les hommes, dans un silence
farouche, oubliant la politesse et la galanterie, ne son-
geaient qu'à s'ouvrir un passage aux dépens de tout ce
qui les environnait.

Les conseillers d'État du roi Priam s'écriaient en
voyant passer Hélène : « Une si belle princesse mérite
bien qu'on se batte pour elle ; mais, quelque merveilleuse
que soit la beauté, la paix est encore préférable. » Et
moi, j'ai dit en voyant Mlle George : « Faut-il être surpris qu'on s'étouffe pour une aussi superbe femme ? Mais
fût-elle, s'il est possible, plus belle encore, il eût mieux
valu ne pas s'étouffer, même pour ses propres intérêts,

car les spectateurs sont plus sévères à l'égard d'une débutante, quand sa vue leur coûte si cher. »

Précédée sur la scène d'une réputation extraordinaire
de beauté, Mlle George n'a point paru au dessous de sa
renommée; sa figure réunit aux grâces françaises la régu-
larité et la noblesse des formes grecques; sa taille est
celle de la sœur d'Apollon lorsqu'elle s'avance sur les
bords de l'Eurotas, environnée de ses nymphes, et que
sa tête s'élève au-dessus d'elles. Toute sa personne
est faite pour offrir un modèle au pinceau de Guérin.
Lorsqu'elle a fait entendre les premiers vers de son
rôle, l'oreille ne lui a pas été aussi favorable que les
yeux; le trouble inséparable d'un pareil moment avait
altéré son organe naturellement flexible, étendu et
sonore; il faut attribuer à la même cause quelques
défauts qu'on a pu remarquer dans le jeu et dans la diction, mais qui tous peuvent être aisément corrigés. Une
fille de seize ans, qui paraît pour la première fois devant
une assemblée si nombreuse et si imposante, ne doit pas
avoir le libre usage de ses facultés; il suffit que, dans
cette première apparition, elle ait montré les dispositions
les plus heureuses et le germe d'une grande actrice. Il
faut attendre et ne pas étouffer par une sévérité meur-
trière un beau talent prêt à se développer. Ses défauts
mêmes ont une noble origine; ils tiennent à une impé-
tuosité et à une ardeur qu'elle ne sait pas encore bien
régler et qui précipite son débit et ses mouvements; car,
dans ce beau corps, il y a une âme impatiente de
s'épancher; ce n'est pas une statue de marbre de Paros;
c'est la Galatée de Pygmalion, pleine de chaleur et de vie,
et, en quelque sorte, oppressée par la foule des sentiments nouveaux qui s'élèvent dans son sein.

On a reconnu dans l'élève la manière de l'institutrice.
Cela ne pouvait être autrement; ce sont même presque
toujours les défauts que les disciples imitent, mais, quand
ils ont du talent, ils ont bientôt une manière. Quand
Mlle George ne serait qu'une fidèle copie de Mlle Raucourt, notre théâtre ne serait pas malheureux, et les

spectateurs n'auraient point à se plaindre de revoir Mlle Raucourt à dix-huit ans. La débutante paraît destinée à l'emploi des reines. Son extrême beauté sera peut-être du superflu pour cet emploi, mais sa taille, sa dignité et sa grâce, l'éclat et la fermeté de son organe sont de première nécessité.

Journal des Débats

du 28 janvier 1804 (17 pluviôse an XII).

Feuilleton sur *Phèdre* où les plus vifs éloges sont prodigués au talent de Mlle George.

Journal des Débats

du 28 mai 1804 (8 prairial an XII).

Feuilleton sur la rentrée de Mlle George dans *Didon*.

Journal des Débats

du 7 juin 1804 (18 prairial an XII).

Feuilleton sur une récente reprise de *Sémiramis* de Voltaire. « ... Ouvrage usé et rebattu... tragédie du dimanche, pièce du peuple, poème à fracas et à spectacle, qui est comme le précurseur des mélodrames du boulevard...

« C'est Mlle George que l'on vient voir, c'est la belle reine de Babylone qui attire les curieux; elle a été également intéressante, et dans les moments où il faut étaler la fierté et la majesté de la souveraine d'un vaste empire, et dans les scènes pathétiques où il faut exprimer la douleur et le désespoir d'une mère, qui ne retrouve dans son fils qu'un vengeur et un assassin. »

Journal des Débats

du 16 octobre 1804 (24 vendémiaire an XIII).

Paris, 15 octobre.

Feuilleton sur *Iphigénie*... « Jamais Mlle George n'a aussi bien joué le rôle de Clytemnestre; jamais elle n'a paru plus pathétique, plus vive, plus impétueuse... Mlle Fleury est toujours justement applaudie dans sa première scène du second acte.

Journal de l'Empire. Journal des Débats

du 18 septembre 1805 (1er jour complémentaire de l'an XIII).

Feuilleton sur un incident survenu à la dernière représentation des *Templiers,* où Mlle George fit défaut. Lettre de la tragédienne s'expliquant sur l'impossibilité où elle avait été de jouer, et qu'elle avait signifiée en temps utile.

Mémoires de Mme de Rémusat.

(Calmann-Lévy, éditeur, tome Ier, page 202.)

On sait que M. de Rémusat protégeait Mlle Duschesnois, sans doute en tout bien tout honneur. Mme de Rémusat, dans ses *Mémoires*, est peu bienveillante pour Mlle George. Il est intéressant de lire les lignes qu'elle lui consacre, et une appréciation de son petit-fils, Paul de Rémusat, qui nous donne l'opinion de toute la famille de Rémusat.

« Deux actrices remarquables (Mlles Duchesnois et George) avaient débuté en même temps à peu près dans la tragédie, l'une fort laide, mais distinguée par un talent qui conquit bien des suffrages; l'autre médiocre, mais d'une extrême beauté (1). Le public de

(1) Voici quel souvenir mon père avait gardé de la rivalité et du talent de ces deux actrices célèbres : « La liaison de l'empereur

Paris s'échauffa pour l'une ou l'autre, mais, en général, le succès du talent l'emporta sur celui de la beauté. Bonaparte au contraire, fut séduit par la dernière, et Mme Bonaparte apprit assez vite par le secret espionnage de ses valets que Mlle George avait été, durant quelques soirées, introduite secrètement dans un petit appartement écarté du château. Cette découverte lui inspira une vive inquiétude; elle m'en fit part avec une émotion extrême, et commença à répandre beaucoup de larmes qui me parurent plus abondantes que cette occasion passagère ne le méritait.

. . . .

avec Mlle George fit quelque bruit. La société, j'en ai moi-même souvenir, était très animée sur cette controverse touchant le mérite respectif des deux tragédiennes. On se disputait vivement après chaque représentation de l'une ou de l'autre. Les connaisseurs, et, en général, les salons, étaient pour Mlle Duchesnois. Elle avait cependant assez peu de talent, et jouait sans intelligence. Mais elle avait de la passion, de la sensibilité, une voix touchante qui faisait pleurer. C'est, je crois, pour elle qu'a été inventée cette expression de théâtre : « Avoir des larmes dans la voix. » Ma mère et ma tante (Mme de Nansouty) étaient fort prononcées pour Mlle Duchesnois, au point de rompre des lances contre mon père lui-même qui était obligé administrativement à l'impartialité. Ce sont ces discussions sur l'art dramatique, entretenues par la facilité que les fonctions de mon père nous donnaient de suivre tous les événements du monde théâtral, qui éveillèrent de très bonne heure en moi un certain goût, un certain esprit de littérature et de conversation, qui n'étaient guère de mon âge. On me mena très jeune à la tragédie, et j'ai vu, presque dans leurs débuts, ces deux Melpomènes. On disait que l'une était si bonne qu'elle en était belle, l'autre si belle qu'elle en était bonne. Cette dernière, très jeune alors, se fiait à l'empire de ses charmes, et un organe peu flexible, une certaine lourdeur dans la prononciation ne lui permettaient pas d'arriver facilement aux effets d'une diction savante. Je crois cependant qu'elle avait au fond plus d'esprit que sa rivale, et qu'en prodiguant son talent à des genres dramatiques bien divers, elle l'a tout à la fois compromis et développé, et elle a mérité une partie de la réputation qu'on a essayé de lui faire dans sa vieillesse. »
— (P. R.)

Page 208.

Un soir, Mme Bonaparte, plus pressée que de cou-
tume par sa jalouse inquiétude, m'avait gardée près
d'elle et m'entretenait vivement de ses chagrins. Il était
une heure du matin; nous étions seules dans le salon. Le
plus profond silence régnait aux Tuileries. Tout à coup,
elle se lève : « Je ne peux plus y tenir, me dit-elle;
Mlle George est sûrement là-haut, je veux les surpren-
dre. » Passablement troublée par cette résolution subite,
je fis ce que je pus pour l'en détourner, et je ne pus en
venir à bout. « Suivez-moi, me dit-elle; nous monterons
ensemble. » Alors, je lui représentai qu'un pareil espionnage, étant même sans convenance de sa part, serait intolérable de la mienne, et qu'en cas de la découverte
qu'elle prétendait faire, je serais sûrement de trop à la
scène qui s'ensuivrait. Elle ne voulut entendre à rien, et
me pressa si vivement que, malgré ma répugnance, je
cédai à sa volonté, me disant d'ailleurs intérieurement
que notre course n'aboutirait à rien, et que, sans doute,
leurs précautions étaient prises au premier étage contre
toute surprise.

Nous voilà donc marchant silencieusement l'une et
l'autre : Mme Bonaparte la première, animée à l'excès;
moi derrière, montant lentement un escalier dérobé qui
conduisait chez Bonaparte, et très honteuse du rôle qu'on
me faisait jouer. Au milieu de notre course, un léger
bruit se fit entendre. Mme Bonaparte se retourna :
« C'est peut-être, me dit-elle, Rostan, le mameluck de
Bonaparte, qui garde la porte. Ce malheureux est capable
de nous égorger toutes les deux. » A cette parole, je fus
saisie d'un effroi qui, tout ridicule qu'il était sans doute,
ne me permit pas d'en entendre davantage; et, sans songer
que je laissais Mme Bonaparte dans une cruelle obs-
curité, je descendis avec la bougie que je tenais à la
main, et je revins aussi vite que je pus dans le salon. Elle
me suivit peu de minutes après, étonnée de ma fuite
subite. Quand elle revit mon visage effaré, elle se mit à

rire et moi aussi, et nous renonçâmes à notre entreprise. Je la quittai en lui disant que je croyais que l'étrange peur qu'elle m'avait faite lui avait été utile, et que je me savais bon gré d'y avoir cédé.

STENDHAL *(œuvres posthumes).*

Napoléon. Paris, éditions de la *Revue Blanche*, 1898.

Page 27.

(Napoléon) voulut avoir, et il eut, dit-on, par son valet de chambre Constant, presque toutes les femmes de la cour.

L'une d'elles, nouvellement mariée, le second jour qu'elle parut aux Tuileries, disait à ses voisines :

— Mon Dieu, je ne sais pas ce que l'empereur me veut; j'ai reçu l'invitation de me trouver à huit heures dans les petits appartements!

Le lendemain, les dames lui demandèrent si elle avait vu l'empereur. Elle rougit extrêmement.

L'empereur, assis à une petite table, l'épée au côté, signait les décrets. La dame entrait, il la priait de se mettre au lit, sans se déranger.

Bientôt il la reconduisait lui-même avec un bougeoir, et se remettait à lire ses décrets, à les corriger, à les signer.

L'essentiel de l'entrevue ne durait pas trois minutes. Souvent, son mamelouck se trouvait derrière un paravent.

Il eut seize entrevues de ce genre avec Mlle George, et à l'une d'elles lui donna une poignée de billets de banque. Il s'en trouva quatre-vingt-seize (1).

— Quelquefois même il priait la dame d'ôter sa chemise, et, sans se déranger, la renvoyait.

Il eût été plus aimable que Louis XIV, s'il eût voulu se donner la moindre apparence d'une maîtresse, et lui

(1) Je crois que Stendhal exagère un peu. *(Note de l'éditeur.*

jeter deux préfectures, vingt brevets de capitaine et dix places d'auditeur à distribuer. Qu'est-ce que cela lui faisait? Ne savait-il pas que, sur les présentations de ses ministres, il nommait quelquefois les protégés de leurs maîtresses? Un politique devait-il nommer faiblesse ce qui lui eût donné toutes les femmes?

Il n'y aurait pas eu tant de mouchoirs blancs à l'entrée des Bourbons.

Par cette conduite, l'empereur désespéra les femmes de Paris. Les renvoyer au bout de trois minutes pour signer ses décrets, souvent même ne pas quitter son épée, leur parut atroce... C'était leur faire mâcher le mépris.

Mémoires du général-major russe
baron de Löwenstern

(1776-1858). Paris, Albert Fontemoing, éditeur, 1903.

. . . .

La princesse Gallyzin, née Wsevoloschky, était une des femmes que je voyais le plus souvent. J'allais par habitude plus que par goût la voir tous les matins, et souvent, pour ménager ses chevaux, je la ramenais chez elle. C'était une belle femme, très extravagante; un esprit tourné vers une originalité ridicule. Elle avait entièrement secoué le joug de l'opinion. Huit jours après son mariage, elle s'était séparée de son mari, et on prétend, comme fille. Elle n'a jamais eu d'amants et méprisait trop notre sexe pour tolérer que nous lui fussions de quelque chose. Mais, sans s'en apercevoir, elle avait pris la tournure des hommes, leur costume, sans exclure pour cela le jupon. Elle s'engouait pour les femmes, comme nous le faisons, et elle abusait de leur confiance et de leur abandon avec moins de scrupule que nous n'aurions pu le faire.

Mme Ouvaroff. — Sa première passion a été pour Mme Ouvaroff, jeune et belle femme, mais d'une dépravation rare; ce qui a fini par la mettre dans la tombe, à la fleur de l'âge. La princesse Gallyzin la courtisait avec toutes les attentions dont les hommes sont capables. Elle en était amoureuse, éprise. Les attentions, les sacrifices qu'elle lui porta furent délicats et recherchés. La mort lui enleva cette amie, ou, pour mieux dire cette amante. La princesse fut inconsolable.

Mlle George. — Heureusement, la belle Mlle George, la célèbre actrice française, arriva pour la distraire. Elle en devint éperdument amoureuse, la poursuivit, la présenta, la prôna et la protégea.

Le hasard me fit être témoin d'une scène qui me donna la mesure de la violence de la passion de cette femme.

La princesse Metchersky était la sœur de l'élégant et plus tard célèbre Tchernitcheff, qui me présenta à sa sœur et à l'occasion de la fête de son mari qu'on célébra par un bal et un feu d'artifice, à sa campagne de Kamenoï Ostroff.

Mlle George était invitée. La princesse Gallyzin l'avait introduite. La nuit étant très noire et la société s'étant réunie dans les jardins, le feu d'artifice commença. Les moments de grande clarté produite par les fusées ou d'autres artifices me firent apercevoir deux femmes couchées dans un bosquet qui se firent des caresses si tendres que je fus un moment tenté de croire que c'était un couple amoureux. Ma curiosité une fois piquée, je ne quittai plus des yeux ce bosquet et je profitai des moments où un artifice l'éclaira encore et je vis, enfin je vis Mlle George représenter Iphigénie, et la princesse Achille.

Dès ce moment, le secret de la princesse fut dévoilé pour moi et son aversion pour les hommes ne m'étonna plus. Je fus discret, et voilà ce qui me valut son amitié.

Elle donna des fêtes charmantes. Mlle George, Durand, la comtesse Thésenhausen (depuis Mme Hitroff), le comte Ruschkine jouèrent des comédies françaises et des scènes de Voltaire et de Racine.

Mlle George, sœur cadette de la célèbre actrice, dansa,

et sa danse fut accompagnée par une célèbre harpiste, Mme Dumonteil, et par la voix divine de Mme Mainvielle Fodor. Il est impossible d'imaginer quelque chose de mieux arrangé

(Tome Ier, p. 171 et suiv.)

ALEXANDRE DUMAS

THÉATRE

Christine ou Stockholm. Fontainebleau et Rome. Trilogie dramatique en cinq actes, en vers, représentée à l'Odéon le 30 mars 1830.

(*Post-scriptum* d'Al. Dumas.)

... Mlle George, si belle dans la tragédie antique, n'avait point encore donné de gage au drame moderne; mais elle avait beaucoup joué Corneille, et, si la certitude de la trouver à la fois tragique et naturelle manquait, du moins l'espérance était là. — Et tout ce que l'on espérait a été réalisé. L'auteur n'a donc qu'un regret, plus encore pour elle que pour lui : c'est que le public n'ait pas eu la patience d'écouter l'épilogue, sans lequel la pièce ne lui paraît pas complète et qui renfermait une scène ou Mlle George aurait, il en est sûr, plus que compensé, par l'admirable talent qu'elle y déployait, l'ennui que ce même public semble avoir plutôt craint qu'éprouvé. Aujourd'hui donc, le drame moderne a, dans nos deux premières actrices, George et Mars, deux soutiens qui le feront triompher, et ce qui prouve à la foi leur talent et sa puissance, c'est ce qu'en leur laissant à toutes deux leur type primitif et original, il a rendu Mlle George comédienne, et Mlle Mars tragédienne : chacune d'elles a passé par la route que l'autre avait battue.

Alexandre Dumas, qui avait été l'amant de George, parle souvent d'elle dans ses Mémoires. Elle lui avait narré les événements les plus curieux de sa vie, et, à son tour Dumas les raconte avec cet entrain, cette verve, cette bonne humeur qui n'appartenaient qu'à lui. Nous n'avons pas hésité à faire de larges emprunts aux Mémoires de l'auteur de Monte-Christo. Ces extraits complètent avec esprit les Mémoires de George, et permettent de se faire une idée exacte et complète de sa physionomie.

Il serait à désirer qu'on lût davantage les Mémoires de Dumas, qui s'arrêtent malheureusement trop tôt et qui sont aussi curieux que le plus amusant de ses romans.

(Note de l'éditeur.)

Mes mémoires, Troisième série. 1 vol. in-12. Calmann-Lévy éditeur, 1898-1899.

Un mot sur la façon dont Mlle George était entrée au théâtre, et dont elle s'y est maintenue. Aimée de Bonaparte, et restée en faveur près de Napoléon, Mlle George, *qui demanda la faveur d'accompagner Napoléon à Sainte-Hélène,* est presque un personnage historique.

Vers la fin de 1800 et le commencement de 1801, Mlle Raucourt, qui jouait les premiers rôles de tragédie au Théâtre-Français, Mlle Raucourt donnait des représentations en province. C'était l'époque où le gouvernement, quoiqu'il eût beaucoup à faire, n'avait pas honte de s'occuper d'art, dans ses moments perdus. Mlle Raucourt avait reçu en conséquence, l'ordre du gouvernement, si elle rencontrait dans sa tournée quelque élève qu'elle ne juge point indigne de ses leçons, de la ramener avec elle à Paris. Cette élève serait considérée comme élève du gouvernement, et recevrait douze cents francs de pension.

Mlle Raucourt s'arrêta à Amiens.

Là, elle trouva une belle jeune fille de quinze ans, qui en paraissait dix-huit : on eût dit la Vénus de Milo descendue de sa base.

Mlle Raucourt, presque aussi grecque que la Lesbienne Sapho, aimait fort les statues vivantes. En voyant marcher cette jeune fille, en voyant le pas de la déesse se révéler en elle, comme dit Virgile, l'actrice s'informa et apprit qu'elle s'appelait George Weymer, qu'elle était fille d'un musicien allemand, nommé George Weymer, directeur du théâtre, et de Mlle Verteuil, qui jouait les soubrettes.

La jeune fille était destinée à la tragédie.

Mlle Raucourt la fit jouer, avec elle, Élise dans *Didon* et Aricie dans *Phèdre*. L'épreuve réussit, et, le soir même de la représentation de *Phèdre*, Mlle Raucourt demanda la jeune tragédienne à ses parents.

La perspective d'être élève du gouvernement et surtout élève de Mlle Raucourt, avait, à part quelques petits inconvénients dont, à la rigueur, la jeune fille pouvait se garantir, trop d'attraits aux yeux des parents pour qu'ils refusassent.

La demande fut accordée et Mlle George partit, suivie de sa mère.

Les leçons durèrent dix-huit mois.

Pendant ces dix-huit mois, la jeune élève habita un pauvre hôtel de la rue Croix-des-Petits-Champs que, par antiphrase probablement, on appelait l'hôtel du *Pérou*.

Quant à Mlle Raucourt, elle habitait, au bout de l'allée des Veuves, une magnifique maison qui avait appartenu à Mme Tallien, et qui, sans doute aussi par antiphrase, s'appelait la *Chaumière*.

Nous avons dit « une magnifique maison »; nous aurions dû dire « une petite maison », car c'était une véritable petite maison dans le style Louis XV, que cet hôtel de Mlle Raucourt.

Vers la fin du dix-huitième siècle, siècle étrange où l'on appelait tout haut les choses par leur nom, Sapho-Raucourt jouissait d'une réputation, dont elle ne cherchait pas le moins du monde à atténuer l'originalité.

Le sentiment que Mlle Raucourt portait aux hommes était plus que de l'indifférence, c'était de la haine. Celui qui écrit ces lignes a sous les yeux un manifeste signé de l'illustre artiste, qui est un véritable cri de guerre poussé par Mlle Raucourt contre le sexe masculin, et dans lequel, nouvelle reine des Amazones, elle appelle toutes les belles guerrières enrôlées sous ses ordres à une rupture ouverte avec les hommes.

Rien n'est plus curieux pour la forme, et surtout pour le fond, que ce manifeste (1).

Et cependant, chose singulière, malgré ce dédain pour nous, Mlle Raucourt, dans toutes les circonstances où le costume de son sexe ne lui était pas indispensable, avait adopté celui du nôtre.

Aussi, bien souvent, le matin, Mlle Raucourt donnait ses leçons à sa belle élève en pantalon à pieds, et avec une robe de chambre, comme eût fait M. Molé ou M. Fleury. — ayant près d'elle une jolie femme qui l'appelait « mon ami », et un charmant enfant qui l'appelait « papa ».

Nous n'avons pas connu Mlle Raucourt, morte en 1814, et dont l'enterrement fit un prodigieux scandale; mais nous avons connu la mère, qui est morte en 1832 ou 1833; mais nous connaissons encore *l'enfant*, qui est aujourd'hui un homme de cinquante-cinq ans.

Nous connaissons un autre artiste dont toute la carrière a été entravée par Mlle Raucourt, à propos d'une jalousie qu'il eut le malheur d'inspirer à la terrible Lesbienne. Mlle Raucourt se présenta au comité du Théâtre-Français, exposa ses droits de possession et d'antériorité sur la personne que voulait lui enlever l'impudent comédien, et, l'antériorité et la possession étant reconnues, l'impudent comédien, qui vit encore et qui est un des plus honnêtes cœurs de la terre, fut chassé du théâtre, les sociétaires craignant que, comme Achille, Mlle Raucourt, à cause de cette nouvelle Briséis, ne se retirât sous sa tente.

---

(1) Il s'agit des trois lettres publiées dans le tome X de *l'Espion anglais* de Pidansat de Mairobert. Ces lettres et le manifeste ſaphique, prononcé par la demoiselle Raucourt, présidente de la ſecte anandrine, ont été réédités, sous le titre d'*Anandria ou Confessions de Mlle Sapho*, en 1778-1779 et 1866. *(Note de l'éditeur.)*

Revenons à la jeune fille, que sa mère ne quittait pas d'un seul instant dans les visites qu'elle rendait à son professeur, et qui, trois fois par semaine, faisait, pour prendre ses leçons, cette longue traite de la rue Croix-des-Petits-Champs à l'allée des Veuves.

Les débuts furent fixés à la fin de novembre. Ils devaient avoir lieu dans Clytemnestre, dans Émilie, dans Aménaïde, dans Idamé, dans Didon et dans Sémiramis.

C'était une grande affaire, et pour l'artiste et pour le public, qu'un début au Théâtre-Français, en 1802; c'était une bien grande affaire encore d'être reçu sociétaire, car, si l'on était reçu sociétaire, — homme, on devenait le collègue de Monvel, de Saint-Prix, de Baptiste aîné, de Talma, de Lafont, de Saint-Phal, de Molé, de Fleury, d'Armand, de Michot, de Grandménil, de Dugazon, de Dazincourt, de Baptiste cadet, de La Rochelle; — femme, on devenait la camarade de Mlle Raucourt, de Mlle Contat, de Mlle Devienne, de Mme Talma, de Mlle Fleury, de Mlle Duchesnois, de Mlle Mézeray, de Mlle Mars.

. . . .

Talma était une des familiers de la petite cour bourgeoise du Premier Consul. Il avait parlé de la débutante, Mlle George; il avait dit sa beauté, les espérances qu'elle donnait. Lucien s'en était monté la tête, et, en véritable saint Jean précurseur, il était arrivé à voir par un trou de serrure quelconque, peut-être même par une porte toute grande ouverte, celle qui faisait l'objet des conversations du moment, et il était venu dire à la Malmaison, avec un enthousiasme un peu suspect, que la débutante était, sous le rapport physique du moins, bien au-dessus des éloges qu'on faisait d'elle.

Le grand jour arriva. C'était le lundi 8 frimaire an XI (29 novembre 1802). On avait fait queue au théâtre de la République depuis onze heures du matin.

. . . .

Dumas reproduit alors l'article de Geoffroy sur les débuts de Mlle George.

Il cite le fameux vers :

> Vous savez, et Calchas mille fois vous l'a dit.

Et il continue ainsi :

> Vous savez, et Calchas mille fois vous l'a dit.

Pardon! il faut encore que je m'interrompe, ou plutôt que j'interrompe Geoffroy.

Le lecteur sait que c'était d'habitude à ce vers que l'on attendait les débutantes.

Pourquoi cela? demandera le lecteur.

Ah! c'est vrai, on ne sait ces choses-là que quand on est obligé de les savoir.

Je vais vous le dire.

Parce que ce vers est tout simple et indigne de la tragédie.

Vous ne vous doutiez pas de cela, n'est-ce pas, monsieur, n'est-ce pas, madame, qui me faites l'honneur de causer avec moi? Mais votre serviteur le sait, lui qui est obligé de tout lire, même Geoffroy.

Écoutez bien, car nous ne sommes pas au bout. Ce vers étant, par sa simplicité, indigne de la tragédie, on attendait pour voir comment l'actrice, corrigeant le poète, parviendrait à relever ce vers.

Mlle George ne voulut pas avoir plus de génie que Racine; elle dit simplement, et avec l'intonation la plus naturelle possible, ce vers écrit avec la simplicité de la passion; on murmura. Elle reprit avec le même accent; on murmura encore.

Heureusement Raucourt, malgré une entorse qu'elle s'était donnée, assistait à la représentation; elle s'était fait porter au théâtre, et, d'une des petites loges du manteau d'Arlequin, elle encouragea son élève.

— Ferme, Georgine, s'écria-t-elle, ferme.

Et Georgine, — il vous semble singulier, n'est-ce pas, qu'il y eut un temps où l'on appelait Mlle George *Georgine?* — et Georgine, avec le même accent simple et naturel, répéta le vers pour la troisième fois.

On applaudit.

A partir de ce moment, le succès fut enlevé, comme on dit en termes de théâtre.

Mlle George joua trois fois de suite le rôle de Clytemnestre. C'était un énorme succès.

Puis elle passa au rôle d'Aménaïde, *cette fille atteinte de vapeurs hystériques*, comme disait encore Geoffroy, et le succès alla toujours croissant.

Enfin, du rôle d'Aménaïde elle passa au rôle d'Idamé, de *l'Orphelin de la Chine*.

Si les hommes attendaient les débutantes au rôle de Clytemnestre pour savoir comment elles disaient ce fameux vers, indigne de Racine :

> Vous savez, et Calchas mille fois vous l'a dit.

les femmes attendaient avec non moins d'impatience les débutantes au rôle d'Idamé pour savoir comment elles se coifferaient.

Mlle George se coiffa tout simplement à la chinoise, c'est-à-dire en relevant ses cheveux et en les nouant avec un ruban doré.

Elle était admirable ainsi, à ce que m'a dit, non pas Lucien, mais le roi Jérôme, son frère, grand appréciateur de toute beauté, fût-elle coiffée à la chinoise, et qui, comme Raucourt, a conservé l'habitude d'appeler George *Georgine*.

Mémoires, 4ᵉ série, p. 10 et suivantes.

Les comédiens français apprirent à Pétersbourg l'entrée de l'empereur à Moscou.

Ils ne pouvaient rester dans une capitale ennemie ; ils obtinrent congé et partirent pour Stockholm, où, après un voyage de trois semaines, ils arrivèrent en traîneau.

Là, c'était encore un Français qui régnait ou plutôt qui soutenait la couronne au-dessus de la tête du vieux duc de Sudermanie, lequel faisait son intérim de roi.

Bernadotte reçut les fugitifs comme les eût reçus son compatriote Henri IV.

Une halte dramatique de trois mois eut lieu dans cette Suède, notre ancienne alliée, qui devait, sous un roi français, devenir notre ennemie.

Puis on partit pour Stralsund où l'on demeura quinze jours. La veille du départ, M. de Camps, officier de Bernadotte, vint trouver Mlle George.

Hermione allait être utilisée comme courrier d'ambassade.

M. de Camps apportait une lettre de Bernadotte ; elle était adressée à Jérôme-Napoléon, roi de Westphalie.

Cette lettre était de la plus haute importance ; on ne savait où la cacher.

Les femmes ne sont jamais embarrassées pour cacher une lettre. Hermione cacha la lettre de Bernadotte dans la gaine de son busc.

La gaine de leur busc, c'est le fourreau de sabre des femmes.

M. de Camps se retira médiocrement rassuré : on tirait si facilement le sabre du fourreau à cette époque-là.

L'ambassadrice partit dans une voiture donnée par le prince royal.

Elle portait sur ses genoux une cassette qui renfermait pour trois cent mille francs de diamants.

On ne secoue pas trois couronnes sans qu'il en tombe quelque chose.

Diamants dans la cassette, lettre dans le busc arrivèrent sans accident jusqu'à deux journées de Cassel, capitale du nouveau royaume de Westphalie.

On voyageait nuit et jour.

La lettre était si pressée, les diamants avaient si grand'-peur !

Tout à coup, au milieu de la nuit, on entendit un grand bruit de chevaux, et l'on vit une forêt de lances.

Un gigantesque hourra retentit : on était tombé au milieu d'une nuée de cosaques.

Bien des mains s'étendaient déjà vers la portière, quand un jeune officier russe apparut.

Jamais Hippolyte ne s'était montré plus beau aux yeux de Phèdre.

George se nomma.

Vous vous rappelez l'histoire de l'Arioste, cette gravure qui représente les bandits à genoux.

La génuflexion, cette fois, était bien autrement naturelle devant une jeune comédienne que devant un poète de quarante ans.

La horde ennemie devint une escorte amie, qui n'abandonna la belle voyageuse que pour la céder aux avant-postes français.

Une fois confiés aux avant-postes, George, la lettre et les diamants étaient sauvés.

On arriva à Cassel.

Le roi Jérôme était à Brunswick.

On partit pour Brunswick.

C'était un roi fort galant que le roi Jérôme, fort beau, fort jeune : il avait vingt-huit ans à peine ; il se montra on ne peut plus empressé de recevoir la lettre du prince royal de Suède.

Je ne sais plus bien s'il la reçut ou s'il la prit.

Ce que je sais, c'est que l'ambassadrice resta un jour et une nuit à Brunswick.

Il ne fallait pas moins de vingt-quatre heures, on en conviendra, pour se remettre d'un pareil voyage.

.   .   .   .

.   .   .   .

Tome V, page 306.

Mes répétitions de *Christine* m'avaient ouvert la porte de Mlle George, comme mes répétitions d'*Henri III* m'avaient ouvert la maison de Mlle Mars.

C'était une maison d'une composition bien originale que celle qu'habitait ma bonne et chère George, rue Madame, n° 12, autant qu'il m'en souvient.

D'abord, dans les mansardes, Jules Janin, second locataire.

Au premier et au rez-de-chaussée, George, sa sœur et ses deux neveux.

. . . .

La tante George était alors une admirable créature âgée de quarante et un ans, à peu près. Nous avons déjà donné son portrait, écrit ou plutôt dessiné par la plume savante de Théophile Gautier. Elle avait surtout la main, le bras, les épaules, le cou, les yeux d'une richesse et d'une magnificence inouïes ; mais, comme la belle fée Mélusine, elle sentait, dans sa démarche, une certaine gêne, à laquelle ajoutaient encore — je ne sais pourquoi, car George avait le pied digne de la main (1) — des robes d'une longueur demesurée.

A part les choses de théâtre pour lesquelles elle était toujours prête, George était d'une paresse incroyable. Grande, majestueuse, connaissant sa beauté qui avait eu pour admirateurs deux empereurs et trois ou quatre rois, George aimait à rester couchée sur un grand canapé, l'hiver, dans des robes de velours, dans des vitchouras de fourrures, dans des cachemires de l'Inde, et l'été, dans des peignoirs de batiste ou de mousseline. Ainsi étendue dans une pose toujours nonchalante et gracieuse, George recevait la visite des étrangers, tantôt avec la majesté d'une matrone romaine, tantôt avec le sourire d'une courtisane grecque, tandis que des plis de sa robe, des ouvertures de ses châles, des entre-bâillements de ses peignoirs, sortaient, pareilles à des cous de serpent, les têtes de deux ou trois lévriers de la plus belle race.

George était d'une propreté proverbiale. Elle faisait une première toilette avant d'entrer au bain, afin de ne point salir l'eau dans laquelle elle allait rester une heure. Là, elle recevait ses familiers, rattachant de temps en temps, avec des épingles d'or, ses cheveux qui se dénouaient, et qui lui donnaient, en se dénouant, l'occasion de sortir de l'eau des bras splendides, et le haut,

(1) Dumas est moins sévère que Napoléon. *(Note de l'éditeur.)*

parfois même le bas d'une gorge qu'on eût dite taillée dans le marbre de Paros.

Et, chose étrange! ces mouvements qui, chez une autre femme, eussent été provocants et lascifs, étaient simples et naturels chez George, et pareils à ceux d'une Grecque du temps d'Homère et de Phidias. Belle comme une statue, elle ne semblait pas plus qu'une statue étonnée de sa nudité, et elle eût, j'en suis sûr, été bien surprise qu'un amant jaloux lui eût défendu de se faire voir ainsi dans sa baignoire, soulevant, comme une nymphe de la mer, l'eau avec ses épaules et ses seins blancs.

George avait rendu tout le monde propre autour d'elle, excepté Harel.

. . . .

A cette époque, George avait encore des diamants magnifiques, et, entre autres, deux boutons qui lui avaient été donnés par Napoléon et qui valaient chacun à peu près douze mille francs.

Elle les avait fait monter en boucles d'oreilles, et portait ces boucles d'oreilles-là, de préférence à toutes autres.

Ces boutons étaient si gros que bien souvent George, en rentrant le soir, après avoir joué, les ôtait, se plaignant de ce qu'ils lui allongeaient les oreilles.

Un soir, nous rentrâmes, et nous nous mîmes à souper. Le souper fini, on mangea des amandes. George en mangea beaucoup, et, tout en mangeant, se plaignit de la lourdeur de ces boutons, les tira de ses oreilles et les posa sur la nappe.

Cinq minutes après, le domestique vint avec la brosse, nettoya la table, poussa les boutons dans une corbeille avec les coques des amandes, et, amandes et boutons, jeta le tout par la fenêtre de la rue.

George se coucha sans songer aux boutons et s'endormit tranquillement; ce qu'elle n'eût pas fait, toute philosophe qu'elle était, si elle eût su que son domestique avait jeté par la fenêtre vingt-quatre mille francs de diamants.

Le lendemain, George cadette entra dans la chambre de sa sœur et la réveilla.

— Eh bien, lui dit-elle, tu peux te vanter d'avoir une chance, toi! Regarde ce que je viens de trouver.

— Qu'est-ce cela?

— Un de tes boutons.

— Et où l'as-tu trouvé?

— Dans la rue.

— Dans la rue?

— C'est comme je te le dis, ma chère. Dans la rue, à la porte. Tu l'as perdu en rentrant du théâtre.

— Mais non. Je les avais en soupant.

— Tu en es sûre?

— A telles enseignes que, comme ils me gênaient, je les ai ôtés, et mis près de moi. Qu'en ai-je donc fait après? où les ai-je serrés?

— Ah! mon Dieu! s'écria George cadette, je me rappelle : nous mangions des amandes; le domestique a nettoyé la table avec la brosse...

— Ah! mes pauvres boutons! s'écria George à son tour. Descends vite, Bébelle, descends!

Bébelle était déjà au pied de l'escalier; cinq minutes après, elle rentrait avec le second bouton : elle l'avait retrouvé dans le ruisseau.

— Ma chère amie, dit-elle à sa sœur, nous sommes trop heureuses! Fais dire une messe, ou sans cela il nous arrivera quelque grand malheur.

Lucrèce Borgia (février 1833).

Dans une note à la suite de la pièce, Victor Hugo à écrit :

« ... Quant aux deux grands acteurs, dont la lutte commence aux premières scènes du drame et ne s'achève qu'à la dernière, l'auteur n'a rien à leur dire qui ne leur soit dit chaque soir d'une manière bien autrement éclatante et sonore par les acclamations dont la foule les salue. M. Frédérick a réalisé avec génie le Gennaro que l'auteur avait rêvé. M. Frédérick est élégant et familier, il est plein de grandeur et plein de grâce, il est redoutable et doux; il est enfant et il est homme, il charme et il épouvante; il est modeste, sévère, terrible. Mlle George réunit également au degré le plus rare les qualités diverses et quelquefois même opposées que son rôle exige. Elle prend superbement et en reine toutes les attitudes du personnage qu'elle représente. Mère au premier acte, femme au second, grande comédienne dans cette scène de ménage avec le duc de Ferrare où elle est si bien secondée par M. Lockroy, grande tragédienne pendant l'insulte, grande tragédienne pendant la vengeance, grande tragédienne pendant le châtiment, elle passe comme elle veut, et sans effort, du pathétique tendre au pathétique terrible. Elle fait applaudir, et elle fait pleurer. Elle est sublime comme Hécube, et touchante comme Desdémona. »

Marie Tudor (novembre 1833).

Dans une note à la suite de la pièce, Victor Hugo écrit : « Quant à Mlle George, il n'en faudrait dire qu'un mot : sublime. Le public a retrouvé dans Marie la grande comédienne et la grande tragédienne de Lucrèce. Depuis le sourire charmant par lequel elle ouvre le second acte, jusqu'au cri déchirant par lequel elle clôt la pièce, il n'y a pas une des nuances de son talent qu'elle ne mette admirablement en lumière dans tout le cours de son rôle. Elle crée dans la création même du poète quelque chose qui étonne et qui ravit l'auteur lui-même. Elle caresse, elle effraye, elle attendrit, et c'est un miracle de son talent que la même femme qui vient de vous faire tant frémir vous fasse tant pleurer. »

Le Monde Dramatique Tome IV. Théâtre de la Porte-Saint-Martin : *Jeanne de Naples,* drame en quatre actes, précédé d'un prologue, par M. Paul Foucher (16 juin 1837).

Mlle George a été sublime d'amour, de jalousie et de grandeur. Mélingue, Alexandre, Roger et Surville ont joué avec zèle et talent.

Les Belles Femmes de Paris, par des hommes de lettres
et des hommes du monde. (Paris, 1839.)

Mlle GEORGE

Il y a bien longtemps que Mlle George est belle, et
l'on pourrait dire d'elle ce que le paysan disait d'Aris-
tide : « Je te bannis parce que cela m'ennuie de t'entendre appeler juste. »

Nous ne ferons pas comme ce brave manant grec, quoiqu'il soit évidemment plus difficile d'être toujours beau
que d'être toujours juste. Cependant, Mlle George
semble avoir résolu cet important problème; les années
glissent sur sa face de marbre sans altérer en rien la
pureté de son profil de Melpomène grecque.

Sa conservation est bien autrement miraculeuse que
celle de Mlle Mars, qui n'est du reste aucunement
conservée, et ne peut plus faire illusion dans les rôles
de jeune première qu'à des fournisseurs de la République
et à des généraux de l'Empire.

Malgré le nombre exagéré des lustres qu'elle porte,
Mlle George est réellement belle et très belle.

Elle ressemble à s'y méprendre à une médaille de
Syracuse ou à une Isis des bas-reliefs éginétiques.

L'arc de ses sourcils, tracé avec une pureté et une
finesse incomparables, s'étend sur deux yeux noirs pleins
de flammes et d'éclairs tragiques; le nez mince et droit,
coupé d'une narine oblique et passionnément dilatée,
s'unit avec son front par une ligne d'une simplicité
magnifique; la bouche est puissante, arquée à ses coins,
superbement dédaigneuse, comme celle de la Némésis
vengeresse qui attend l'heure de démuseler son lion aux
ongles d'airain. Cette bouche a pourtant de charmants
sourires, épanouie avec une grâce toute impériale, et l'on
ne dirait pas, quand elle veut exprimer les passions
tendres, qu'elle vient de lancer l'imprécation antique ou
l'anathème moderne.

Le menton, plein de force et de résolution, se relève

fermement, et termine par un contour majestueux ce
profil qui est plutôt d'une déesse que d'une femme.

Comme toutes les belles femmes du cycle païen,
Mlle George a le front plein, large, renflé aux tempes,
mais peu élevé, assez semblable à celui de la Vénus
de Milo, un front volontaire, voluptueux et puissant,
qui convient également à la Clytemnestre et à la Mes-
saline.

Une singularité remarquable du col de Mlle George,
c'est qu'au lieu de s'arrondir intérieurement du côté
de la nuque, il forme un contour renflé et soutenu qui
lie les épaules au fond de la tête sans aucune sinuosité,
diagnostic de tempérament athlétique développé au plus
haut point chez l'Hercule Farnèse.

L'attache des bras a quelque chose de formidable pour
la vigueur des muscles et la violence du contour. Un de
leurs bracelets ferait une ceinture pour une femme de
taille moyenne. Mais ils sont très blancs, très purs, terminés par un poignet d'une délicatesse enfantine et des
mains mignonnes, frappées de fossettes; de vraies mains
royales, faites pour porter le sceptre et pétrir le manche
du poignard d'Eschyle et d'Euripide.

Mlle George semble appartenir à une race prodi-
gieuse et disparue; elle vous étonne autant qu'elle
vous charme. L'on dirait une femme de Titan, une
Cybèle, mère des dieux et des hommes, avec sa couronne
de tours crénelées: sa construction a quelque chose de
cyclopéen et de pélasgique. On sent, en la voyant, qu'elle
reste debout, comme une colonne de granit, pour servir
de témoin à une génération anéantie, et qu'elle est le
dernier représentant du type épique et surhumain.

C'est une admirable statue à poser sur le tombeau de
la tragédie, ensevelie à tout jamais.

Théophile GAUTIER.

Cet article est reproduit dans le volume des *Portraits contemporains*, de Théophile Gautier, un vol. in-12. Charpentier, éditeur,
1874.

THÉOPHILE GAUTIER

L'art dramatique en France depuis vingt-cinq ans.

Leipzig, Édition Hetzel (1858-1859).

PORTE-SAINT-MARTIN — Mlle George dans *Sémiramis.*

27 novembre 1837.

Mlle George faisait seule exception à ce laisser-aller général. Son costume, d'une grande magnificence et d'un beau caractère antique, rehaussait merveilleusement sa prestance royale.

Un diadème sidéral, à pointes aiguës, étincelant de pierreries, d'un style asiatique et babylonien, tenant le milieu entre l'auréole de la déesse et la couronne de la reine, pressait sous un cercle d'or ses cheveux noirs tout étoilés de diamants, comme les cheveux de la Nuit. Un grand manteau impérial, vert prasin et semé de palmes d'or, tombait de ses blanches épaules, en plis abondants et riches, sur des tuniques blanches, brodées et drapées dans le grand goût. Mlle George, ainsi arrangée, remplissait admirablement l'idée que l'on se fait de Sémiramis, la reine colossale d'un monde démesuré; Sémiramis, dont la main puissante soutenait en l'air les jardins suspendus, l'une des sept merveilles de l'univers antique, et qui, du haut de son trône, commandait à un cercle de demi-dieux et à des nations de rois.

PORTE-SAINT-MARTIN. — *Lucrèce Borgia.*

4 décembre.

Mlle George a joué Lucrèce en artiste consommée : elle a dit la scène conjugale du second acte avec toute la finesse d'intention de Mlle Mars. Le charmant sourire, la voix veloutée, argentine, le regard moelleux et provocant, rien n'y manquait; l'on aurait dit que Mlle George n'avait fait autre chose toute sa vie que de jouer Célimène et Sylvia. Mais, à la moindre résistance d'Alphonse d'Este, on entendait rugir des tonnerres étouffés sous les langoureuses roulades, et l'on voyait la blanche main abandonnée frissonner et se crisper comme pour saisir le manche d'un poignard. Il est impossible de mieux rendre cette admirable situation.

Le fameux *hein?* du dernier acte a été poussé avec un râlement guttural tout à fait léonin, à faire trembler les plus intrépides.

1er janvier 1838.

A défaut de pièces nouvelles, la reprise récente de *Lucrèce Borgia* a obtenu un succès qui n'est point encore près de se ralentir. Quelle fermeté de lignes! quel caractère et quel port de style! comme l'action est simple et sinistre à la fois! C'est une œuvre, à notre avis, d'une perfection classique : jamais la prose théâtrale n'a atteint cette vigueur et ce relief. *Marie Tudor*, que l'on vient aussi de reprendre, n'a pas moins réussi. Jamais Mlle George n'a été plus familièrement terrible et plus royalement belle; la grande scène de la fin, d'une anxiété si suffocante, a produit le même effet qu'aux premières représentations.

PORTE-SAINT-MARTIN — *Le Manoir de Montlouvier*, drame de M. Rosier. Mlle George.

18 février 1839.

Voici un franc succès. Avec Mlle George, la fortune de la Porte-Saint-Martin est revenue. Sa rentrée a été triomphale. Nous en sommes charmé : car Mlle George est la dernière tragédienne, la dernière fille de la Melpomène antique qui soit encore debout dans la force et dans la beauté, comme un marbre impérissable sur les ruines de l'art classique. La pièce de M. Rosier, très adroitement arrangée, coupée avec beaucoup d'art, menée vivement, est de beaucoup supérieure à celles que l'on joue habituellement au boulevard.

La donnée de cette pièce est dramatique et a fourni à Mlle George et à Mlle Théodorine de fréquentes occasions de faire voir les belles qualités qu'elles possèdent.

Après la chute du rideau, on a rappelé Mlle George. Elle était fort belle, et fort richement costumée, avec le grand goût et la fourrure royale qui lui sont ordinaires.

14 février 1843.

On a repris à l'Odéon *Lucrèce Borgia*. Ce drame gigantesque, peut-être plus près d'Eschyle que de Shakespeare, a produit son effet accoutumé. Mlle George s'y est montrée sublime comme à son ordinaire.

20 juin 1843.

... Nous avons dit que la *Chambre ardente* (drame de MM. Mélesville et Bayard), oubliée depuis dix ans, ne méritait pas d'être ressuscitée. Nous devons ajouter, pour être juste, que les spectateurs de la Gaîté se sont montrés d'un avis contraire. Ils ont bruyamment applaudi la pièce, et surtout Mlle George, qui, dans le rôle de la Brinvilliers, a déployé toutes les ressources de son admirable talent. Au quatrième acte, son jeu pathétique a électrisé la salle entière, et, au cinquième, il est tombé des loges une telle averse de bouquets que le bûcher de la Brinvilliers n'était plus qu'un monceau de fleurs...

ODÉON. — *Jane Grey*, d'Alexandre Soumet.

9 avril 1844.

Le rôle de Marie Tudor revenait de droit à Mlle George, qui en avait déjà fait une si admirable création dans l'un des plus beaux drames de Victor Hugo. Dire qu'elle s'est souvenue d'elle-même, c'est dire qu'elle a été tour à tour imposante et terrible, passionnée et pathétique, et qu'elle a soulevé par toute la salle des bravos enthousiastes

ITALIENS. — Représentation de retraite
de Mlle George.

21 mai 1849.

Jamais carrière dramatique ne fut mieux remplie que celle de Mlle George : douée d'une beauté qui semble appartenir à une race disparue et avoir transporté la durée du marbre dans une chose ordinairement si fragile et si fugitive, que sa comparaison naturelle est une fleur, Mlle George a rendu des services égaux aux deux écoles; personne n'a mieux joué le drame; les classiques et les romantiques la réclament exclusivement. « Quelle Clytemnestre! s'écrient les uns. — Quelle Lucrèce Borgia! » s'écrient les autres. Racine et Hugo l'avouent pour prêtresse et lui confient leurs plus grands rôles.

Par la pureté sculpturale de ses lignes, par cette majesté naturelle qui l'a sacrée reine de théâtre à l'âge des ingénues, par cet imposant aspect dont la Melpomène de Vellétri donne l'idée, elle était la réalisation la plus complète du rêve de la Muse tragique, comme par sa voix sonore et profonde, son air impérieux, son geste naturel et fier, son regard plein de noires menaces ou de séductions enivrantes, par quelque chose de violent et de hardi, de familièrement hautain et de simplement terrible, elle eût paru à Shakespeare l'héroïne formée exprès pour ses vastes drames.

De longtemps on ne verra une pareille Agrippine, une semblable Clytemnestre; ni Lucrèce Borgia, ni Marie Tudor ne trouveront une interprète de cette force. Le souvenir de Mlle George se mêlera toujours à ces deux formidables rôles, où elle a vraiment collaboré avec le poète, et ceux qui n'auront pas vu les deux pièces jouées par la grande actrice n'en comprendront pas aussi bien l'effet irrésistible, immense.

.   .   .   .

Revenons à cette curieuse et triomphale représentation
où s'est produit un phénomène bien rare : celui d'un
soleil levant et d'un soleil couchant vis-à-vis l'un de
l'autre, c'est-à-dire Mlle Rachel et Mlle George, la fleur
qui grandit, la splendeur qui va s'envelopper d'ombres,
l'espérance et le souvenir, hier et demain, bonjour et
bonsoir. C'était une belle lutte que celle de ces deux
femmes: toutes deux la gloire du théâtre; l'une que nos
pères ont admirée, l'autre qu'admireront nos fils. C'était
un intéressant spectacle que cette bataille tragique à
grands coups d'alexandrins, où personne n'a été vaincu.

Des intermèdes de chant et de danse, un air par
Mme Pauline Viardot-Garcia, ajoutaient encore à l'attrac-
tion puissante de ces deux noms : Rachel et George,
Rachel, qui joue pour la dernière fois avant de partir en
congé; George, qui ne jouera plus.

AUGUSTE VACQUERIE

Profils et Grimaces. — 4ᵉ édition. 1 vol. in-8°. Paris,
Pagnerre, 1864, pages 270 et suivantes.

LES DESSOUS DE LA TRAGÉDIE

Il s'est passé hier un fait singulier. Mlle George et
Mlle Rachel ont été sifflées toutes deux.

C'était la représentation de retraite de Mlle George.
Mardi, on enterrait Mme Dorval; dans la même semaine,
Mlle George se retire : autre mort. La retraite est la première tombe des comédiennes. Lorsqu'elles ne sont plus
là, tous les soirs, sous le regard de la foule qu'elles pas-
sionnent, émues, applaudies, illuminées par la rampe et
par la poésie, mêlant à leur âme accrue le génie et le
peuple, elles ne sont plus qu'une ombre d'elles-mêmes,
elles n'existent plus, elles s'évanouissent. Leur monde
réel, c'est le monde du rêve, c'est l'idéale région où
passent les immortels fantômes des poètes, c'est là qu'elles
respirent à pleins poumons. Le néant commence pour
elles à la réalité, à la rue, au ménage, aux arbres, aux
sources; leur nuit, au soleil. La vie est leur mort.

Mlle Rachel n'était pas venue à l'enterrement de
Mme Dorval. Elle n'avait pas daigné reconduire cette
bohémienne, cette échevelée, cette inspirée, cette insolente. Mais Mlle George, elle, avant de jouer le drame,
a joué la tragédie. Athalie a obtenu la grâce de Marie
Tudor.

Elles allaient donc se trouver en présence pour la première et la dernière fois, les deux seules tragédiennes
qui restent — le couchant et le midi, la tragédie tout

entière, passé et présent ; il y manquait l'avenir, mais la tragédie n'en a pas.

Tout ce qu'elle a, elle le donnait. Mlle George, Mlle Rachel et Racine ! car la fête n'eût pas été complète avec Corneille. La conjonction des deux étoiles tragiques avait lieu dans Iphigénie. On voyait les vieux de l'orchestre du Théâtre-Français s'attendrir dans les rues devant l'affiche, et, s'essuyant une larme avec leur mouchoir, se charbonner les yeux de tabac.

Ce jour prodigieux est arrivé. Le théâtre ne s'est pas abîmé dans un tremblement de terre. Les portes se sont ouvertes. Le rideau s'est levé.

Mlle Rachel, qui jouait Ériphyle, a paru la première, et a été honorablement applaudie à son entrée. Elle a dit avec beaucoup de justesse le récit de la prise de Lesbos, sa haine d'Achille avant de l'avoir vu et la fonte de sa colère au premier regard de ce « héros aimable ». Çà et là, des battements de mains.

Quand Mlle George est entrée, le vacarme a été tout autre. Une triple salve a fait trembler la salle ; puis, pendant toute la scène, les transports ont continué, et tous les vers ont été ponctués de bravos.

Les amis de Mlle Rachel ont été piqués de cette inégalité dans la distribution des applaudissements. Ils se sont dit que Mlle George était en quelque sorte chez elle ; que, la représentation étant à son bénéfice, le public devait être principalement composé de ses amis et qu'un accueil si modéré fait à l'étrangère, en face du triomphe décerné à la maîtresse de la maison, surtout lorsque l'étrangère venait pour lui rendre service, offensait tout ensemble l'hospitalité et la reconnaissance.

L'exaspération les a pris, si bien qu'au troisième acte, quand Mlle George a reparu, un violent coup de sifflet s'est fait entendre.

Tumulte, cris de fureur, tempête d'acclamations, grêles de bouquets. Un ami habile n'aurait pas mieux imaginé pour faire une ovation à Mlle George.

Si ce maladroit sifflet n'avait produit qu'une multiplication de succès pour la regrettable actrice à qui l'on disait adieu, à merveille ; malheureusement, la réplique a été plus loin. Le parti de Mlle George a usé de représailles à la seconde entrée de Mlle Rachel, et Ériphyle a reçu en plein cœur un coup de sifflet non moins aigu que celui de Clytemnestre.

Quelques applaudissements ont protesté, mais la tribu de Mlle Rachel n'était pas en nombre ; de sorte que Mlle Rachel a perdu un peu de contenance, et n'a plus joué la fin du rôle comme le commencement. Tandis que Mlle George, escortée par la sympathie générale, s'épanouissait de plus en plus dans l'ampleur de sa beauté et de son talent, Mlle Rachel, abandonnée, irritée, seule, se rétrécissait et disparaissait. Et ainsi s'est réalisé le mot que disait Mlle Rachel elle-même, lorsque Victor Hugo donna les *Burgraves* au Théâtre-Français, et qu'il fut question un moment d'engager Mlle George pour jouer Guanhumara. Mlle Rachel s'opposa à l'engagement et dit à cette occasion cette parole intelligente : « Le jour où Mlle George sera au Théâtre-Français, je ne serai plus qu'une statuette. »

Les vieux de la tragédie pleuraient sous leurs besicles. Moi, j'étais assez content.

Tout finit, même les tragédies. Le rideau baissé, on a rappelé les deux actrices ; Mlle Rachel a refusé de reparaître.

Puis, Mme Viardot a prêté à des airs espagnols pleins d'originalité sa voix si puissante et si souple ; puis, Mlle Plunkett a écrit du bout de ses pieds un ravissant petit poème ; puis, on a attendu *le Moineau de Lesbie*, qui terminait l'affiche. Mais, au lieu de la maîtresse de Catulle, un monsieur noir s'est présenté, s'est avancé jusqu'à la rampe, et, après les trois saluts d'usage, a annoncé que Mlle Rachel se trouvait trop fatiguée pour jouer.

Mlle Rachel a dû être médiocrement flattée de l'effet produit par ce manque de parole de l'affiche. Personne n'a réclamé. Le monsieur noir ayant ajouté que Mme Viardot s'offrait à chanter encore un air pour remplacer *le Moineau de Lesbie*, les bravos ont éclaté comme si l'on gagnait au change, et quelqu'un même a dit : « On ne nous devait qu'un moineau, et l'on nous donne un rossignol. »

Et voilà comme il faut que la comédie soit toujours quelque part! La tragédie lui dit : « Va-t'en! » mais la comédie ne s'en va pas. Chassée de la scène, elle vient dans la salle, et le parterre complète l'auteur. Il y a la pièce, mais il y a la représentation; il y a l'héroïne, mais il y a l'actrice. O Clytemnestre au profil terrible! O Ériphyle sinistre! O cabotines!

Mai 1849.

ARSÈNE HOUSSAYE

Les Confessions d'un demi-siècle (1830-1899). Tome VI, page 29. — Paris, Dentu, éditeur.

Pendant toute une période, la beauté fut de rigueur au Théâtre-Français. Toutes les comédiennes de talent devaient être belles. C'était mon programme. On se rappelle encore ce décaméron radieux qui succéda à deux beautés incomparables : Mlle Mars et Mlle George. Ces deux grandes comédiennes, dignes de l'histoire, ne sont pas oubliées. On peut dire qu'on revit plus ou moins dans la postérité selon la place conquise dans la mémoire de ses contemporains ; on a beau dire que l'avenir n'accepte pas toujours les enthousiasmes du passé, il en tient toujours compte.

On avait donné à Mlle George une dernière représentation de retraite. Elle voulait remonter sur la scène ; je l'ai suppliée de rester dans la coulisse. Elle m'a dit avec un amer sourire. « Ah ! si j'avais dix ans de moins, vous ne me chanteriez pas cette chanson-là, car je vous donnerais une de ces heures dont un homme se souvient toujours. »

Or, elle avait quatre-vingts ans !

Bien heureuse celle qui meurt sous le ciel du théâtre. Dès que les actrices ne sont plus dans le riant cortège, dès que les amours s'en vont, la fortune rebrousse chemin.

Mlle Guimard, qui avait refusé la main d'un prince dans le beau temps où elle avait dans son hôtel une salle de spectacle et un jardin d'hiver, fut heureuse à la fin d'épouser un professeur de grâces, c'est-à-dire un maître de danse. Sophie Arnould après avoir traversé toutes les splendeurs d'un luxe sans exemple, alla, sans se plaindre, demander un asile et du pain à son perruquier. Mlle Clairon, qui avait vécu comme une reine et comme une sultane, se trouvait, à soixante-cinq ans, réduite à raccommoder ses robes en lambeaux, elle qui n'avait jamais daigné tenir une aiguille! Insolente dans la fortune, elle eut assez de cœur pour être fière dans la pauvreté. Quand un ancien ami allait la voir, elle parlait encore de ses hautes relations, et au lieu de dire : « Je suis pauvre, » elle disait : « Je suis philosophe. »

Encore, si cette représentation avait été la vraie représentation de retraite pour Mlle George, c'est-à-dire l'autre retraite dans l'autre monde !

Elle se devait à elle-même, au souvenir de sa beauté, à sa renommée éclatante, de ne plus montrer ses ruines dans les théâtres : cela porte malheur d'appeler les oiseaux nocturnes

JULES JANIN

Les Reines du monde, par nos premiers écrivains, Ouvrage publié sous la direction d'Armengaud. 1 vol. in-4°, Ch. Lahure et Cⁱᵉ, 1862. *Mlle George*, pages 1 et suivantes.

Jules Janin a été l'amant de George; il lui a consacré de belles pages. Nous détachons de ces pages les extraits suivants :

« Pour elle, Alexandre Dumas écrivit cette histoire d'horreur et de ténèbres intitulée *la Tour de Nesle*, un des épouvantements de ce siècle. Ah! qu'elle y fut terrible et désespérée! Avec quelle ardeur elle se précipita dans cette mêlée ardente, et dans les crimes et dans toutes ces histoires abominables où le hasard est un dieu, où l'impossible est une force! Et, chose étrange! elle a trouvé le geste et l'accent de toutes ces œuvres si contraires à tout ce qui avait été l'objet de son culte et de ses études. Fille de la tradition par les œuvres anciennes, elle eut, à son tour, la tradition vivante du nouveau drame, et, par son exemple et par les souvenirs qu'elle a laissés, elle enseigne encore aujourd'hui le chemin qui conduit aux domaines romantiques. Elle a laissé sa trace autant que Bocage au milieu des sanglantes ténèbres et des histoires du moyen âge! — Avant de s'appeler Marguerite de Bourgogne, elle avait représenté, dans toutes les phases si variées et si diverses de sa vie abandonnée à tous les hasards, la reine Christine de Suède, encore un drame étrange et nouveau d'Alexandre Dumas, jeune homme enivré de toutes les fièvres du style et de l'innovation.

« Dans cette Christine, à vingt ans, à soixante, et passant par toutes les phases de l'autorité, de l'abdication,

du meurtre et de la vengeance, de la jeunesse et de
l'amour, Mlle George déploya des ressources infinies : elle
avait le sourire et la fureur, elle était reine, elle était
femme, elle était le châtiment, elle était le règne et l'abdication. Ces drames nouveaux d'un art qui ne savait pas
s'arrêter, et qui ne demandaient pas moins de quatre ou
cinq heures d'un zèle infini, trouvèrent Mlle George au
niveau d'un si pénible et douloureux labeur. Rien ne
pouvait lasser son courage ! Elle était toujours prête, et
d'un pas infatigable elle traversait ces émeutes, ces passions, ces douleurs, ces désespoirs, ces grandes batailles
qui tenaient son peuple attentif.

«Certes, le temps n'était plus des rôles d'un instant, des
tragédies où deux ou trois scènes suffisaient à la popula-
rité du comédien. Rodogune, Athalie et Clytemnestre, à
elles trois, ne représentaient pas la peine et le labeur de
la seule Marie Tudor.

« Par ce rôle implacable de Marie Tudor, Mlle George
s'empara, triomphante, du génie et de la volonté de
M. Victor Hugo, maître absolu des esprits et des âmes.
M. Victor Hugo avait donné le rôle de doña Sol et la
Thisbé à Mlle Mars. M. Victor Hugo avait fait pour
Mme Dorval le rôle de la Catarina. Il écrivit pour
Mlle George ces crimes, ces pitiés, ces douleurs. *Marie
Tudor* et *Lucrèce Borgia !* deux mémoires impérissables !
Était-elle assez terrible sous les traits de la sanglante
Marie ! Était-elle assez pardonnable à l'heure où Lucrèce
Borgia se rappelle qu'elle est mère ! C'était bien la femme
« habile à passionner la foule par le grand et par le
« vrai », telle que le poète l'avait rêvée…

. . . .

« L'éloge est superbe et surtout partant d'une telle
bouche. « Ah ! tu le prends ainsi. Ah ! ton amant ! Que
« m'importe ton amant ? Est-ce que toutes les filles de
« l'Angleterre vont vous demander compte de leurs amants
« à cette heure ? Pardieu ! je sauve le mien comme je peux
« et aux dépens de tout ce qui se trouve là ! » Ainsi parlant elle était féroce et touchante à la fois.

« Même admiration du poète et même reconnaissance
aussi, pour Lucrèce Borgia. Lui seul, M. Victor Hugo, il
était le juge absolu de la façon dont s'accomplissaient ses
grands rêves, et le lendemain de ces grandes batailles,
mieux que la critique elle-même, il se rendait compte de
l'effet produit par ses comédiens…

. . . .

« Elle fut admirable aussi, mais la pièce était difficile à
faire vivre, dans cette *Maréchale d'Ancre*, que M. Alfred
de Vigny avait trouvée en ses jours de colère. En même
temps, elle acceptait, vaillante, avec joie, avec orgueil,
tous les drames de la nouvelle école; elle était un jour la
Brinvilliers, elle était le lendemain la reine Caroline
d'Angleterre; ou bien, si parfois elle s'arrêtait dans ces
sentiers de ronces et de lauriers poétiques, la voilà qui
redevenait lady Macbeth, Agrippine, Athalie et Rodogune.
Elle a joué la Clytemnestre et l'Agrippine de Soumet,
elle n'a pas dédaigné les drames de M. Arnault. C'était
un talent souple, abondant, une imagination féconde, et
tant de vaillance unie à tant d'invention; jamais lasse et
toujours prête! Un soir, elle défia, en son propre champ
clos, Mlle Rachel, dans tout l'éclat de la vie, à l'apogée
ardente de son talent. Elle jouait Clytemnestre, Mlle Rachel Ériphyle. Après les premières courtoisies, quand ces
deux rivales d'un instant, Mlle Rachel à son apogée et
Mlle George à son déclin, se furent bien étudiées l'une
et l'autre, on les vit, par un accord tacite, réunir, chacune de son côté, toutes ses forces, et lutter franchement
à qui l'emporterait dans l'admiration de cet auditoire
attentif. On vit alors l'élève de Mlle Raucourt, rappelant
à soi toute sa beauté superbe, et, de ce grand geste et de
sa voix souveraine, écraser la frêle Ériphyle, et celle-ci
se débattre en vain contre cette force et cette puissance
irrésistibles. Grande lutte, et mémorable entre toutes!
Mais la Clytemnestre arrivait au bout de son sentier; sa
tâche était accomplie; elle disait comme le vieux lutteur
de Virgile : « Voici mon ceste et mon disque; et toutes
les armes de mes luttes passées! »

« Certes disparaître après ce grand triomphe, après avoir
forcé sa jeune et malheureuse rivale de l'applaudir pu-
bliquement, voilà un cinquième acte inattendu, inespéré
dans cette tâche illustre qui comprend plus d'un demi-
siècle de combats, de succès et de labeurs.

« J. JANIN. »

CATALOGUE

Des Livres, Autographes Gravures, Dessins, Meubles et Curiosités provenant de Mlle GEORGE, *tragédienne, et de feu* M. TOM HAREL, *ancien directeur de théâtre, et dont la vente aura lieu, hôtel Drouot, salle nº 8, le samedi 31 janvier 1903, à deux heures précises de l'après-midi.*

Samedi 31 janvier 1903.

Livres, Autographes, Estampes, nᵒˢ 1 à 118.
Curiosités, Bronzes, Porcelaines, Meubles, Gravures.
Livres en lots.

CONDITIONS DE LA VENTE

La vente se fait au comptant.

Les acquéreurs payeront 10 pour 100 en sus du prix d'adjudication.

Les livres vendus devront être collationnés dans les vingt-quatre heures de l'adjudication. Passé ce délai, ils ne seront repris pour aucune cause.

M. SAPIN se réserve la faculté, dans l'intérêt de la vente, de réunir ou de diviser les numéros du catalogue. Il remplira les commissions qu'on voudra bien lui confier.

DÉSIGNATION

1. *Almanach des spectacles,* par K. Y. Z., seconde année. Paris, Janet, 1819, in-18, fig. col., cart. de l'édit., dans un étui.
2. Balzac. *OEuvres complètes.* Paris, Houssiaux, 1853, 20 vol. in-8°, fig., demi.-rel.
3. *Biographie universelle, ancienne et moderne.* Paris, Michaud, 1829, 66 vol. in-8°, demi-rel.
4. Bis (H.). *Attila,* tragédie. Paris, 1823, in-8°, front., mar., gauf, et fil., tr. dor.

> Première édition. Envoi d'auteur à Mlle George : « D'*Attila,* je vous fais hommage. Que dis-je, offrir?... je vous rends votre ouvrage. »

5. Blanc (Louis), *Histoire de dix ans, 1830-1840.* Paris, 1846, 5 vol. in-8°, figures, dem.-rel.
6. Bossuet, *Discours sur l'Histoire universelle.* Paris, 1829, 2 vol. in-8°, mar. bleu, dent. int., dos ornés, tr. dor. — Sacy, *les Saints Évangiles.* Paris, Dubochet, 1837, gr. in-8°, dem -rel.
7. Brumoy, *Théâtre des Grecs.* Paris, Cussac, 1785, 13 vol. in-8°, figures, v. é.
8. Byron (Lord), *OEuvres complètes.* Paris, Ladvocat, 1827, 19 tomes en 10 vol. in-18, figures, dem.-rel.

> Gravures sur chine.

9. Cervantès, *Histoire de l'admirable Don Quichotte de la Manche.* Paris, Dupart, 1798, 4 vol. in-8°, figures, v. é.

> Gravures avant la lettre.

10. CHATEAUBRIAND, *Atala, René*. Paris, Lefèvre, 1830, in-8°, figures, mar. rose, gauf., dos orné. — SAINT-PIERRE (B. DE), *Paul et Virginie*. Paris, Furne, 1829, in-12, figures, mar. rose, gauf., dos orné (exempl. sur Chine).

11. CHATEAUBRIAND, *OEuvres complètes*. Paris, Furne, 1837, 25 vol. in-8°, figures, dem.-rel.

12. COLLECTION LEFÈVRE, 7 volumes gr. in-8°, mar. gauf. et dem.-rel.

> Boileau, 1835. — Delille, 1834. — Montaigne, 1834. — Massillon, 1833, 2 vol. — B. de Saint-Pierre, 1833, 2 vol.

13. CRÉBILLON, *OEuvres*, figures par Peyron. Paris, Maillard, 1793, 2 vol. in-8°, v. f., dos ornés. — CHÉNIER (M.-J.) *Théâtre*. Paris, 1818, 3 vol. in-8°, v. é. (Manq. le port.)

14. DELAVIGNE (Casimir). *Messéniennes et poésies*. Paris, Ladvocat, 1824, figures sur chine, mar. vert, gauf., dent, int., tr. dor. — DESBORDES-VALMORE (Mme), *les Pleurs*. Paris, 1833, in-8°, frontispice, ch. orn. sur les plats, dent. int., dos orné, tr. dor.

15. DELAVIGNE (C.), *OEuvres*. Paris, Furne, 1835, 5 vol. in-8°, figures, dem.-rel., dos ornés.

16. DIDOT (Firmin), *Poésies et traductions en vers*. Paris, 1822, in-18, mar. rose, gauf., dent, int., tr. dor.

> Envoi d'auteur à Mlle George :
>
> > Mon vaisseau s'expose à l'orage.
> > Je t'invoque, ô George Weimer !
> > Si Vénus ne calme la mer,
> > Qui peut me sauver du naufrage ?

17. DOUCET (Camille), *Comédies en vers*. Paris, 1858, 2 vol. in-8°, mal fil. et orn., dent. int., tr. dor.

> Euvoi d'auteur à Tom Harel.

18. DULAURE, *Histoire de Paris*. Paris, Furne, 1837, 8 vol. in-8°, dem.-rel.

19. DUMAS (Alex.). *Les Trois mousquetaires*. — *Vingt ans après*. Paris, Fellens, 1846, 2 vol. gr. in-8°, figures,

dem.-rel. — *Monte-Cristo.* Paris, 1846, 2 vol. gr. in-8°, figures. dem.-rel.

Premières éditions illustrées.

20. Dumas fils (Alex.), *Péchés de jeunesse.* Paris, 1847, in-8°, dem.-rel.

Première édition.

21. Duval (A.), *OEuvres complètes.* Paris, Barba, 1822, 9 vol. in-8°, dem.-rel.

22. Fénelon, *les Aventures de Télémaque,* avec figures dessinées par Cochin et Moreau le jeune. Paris, de l'imprimerie de Monsieur, 1790, 2 vol. in-8°, mar. gauf., dos ornés.

Figures avant la lettre.

23. *Figures* de l'*Histoire de la république romaine.* Paris, Myris, an VIII, in-4° de 180 planches, v. f., fil. et orn., tr. dor.

Prix donné au nom de l'empereur Napoléon à Harel.

24 Flaubert (G.), *Madame Bovary.* Paris, 1857, 2 vol. in-12, dem.-rel.

Première édition.

25. Foe (Daniel de). *la Vie et les aventures de Robinson Crusoë,* gravures par Delignon. Paris, Verdière, s. d., 3 vol. in-8°, v. é.

26. Galland, *les Mille et une nuits,* contes arabes. Paris, Galliot, 1822, 6 vol. in-8°, mar. viol., gauf., dos ornés, tr. dor.

Gravures sur chine, avant la lettre. Reliures romantiques.

27. Halévy (Ludovic), *Ba-ta-clan,* chinoiserie. Paris, 1856, in-12, br., couv. imp. — *Une Maladresse,* nouvelle. Paris, 1857, pet. in-8°, br. couv. — *Rose et Rosette,* drame, 1858, vig., cart. non rog.

Premières éditions, envois d'auteur.

28. Hugo (Victor), *Notre-Dame de Paris,* 8ᵉ édition. Paris, Renduel, 1832, 3 vol. in-8°, mar. rose, orn. sur les plats, dos ornés, tr. dor.

Envoi d'auteur à Mlle George.

29. Hugo (Victor), *Marie Tudor*, drame, 2ᵉ édition. Paris, 1833, in-8°, frontispice de C. Nanteuil, v. f., fil., dos orné.

Envoi d'auteur à Harel.

30. Hugo (V.), *les Misérables*. Paris, 1862, 10 vol. in-8°, dem.-rel.

On a ajouté : *les Rayons et les Ombres*, 1840, 1ʳᵉ édition. — *La Légende des siècles*, 1859, 2 vol. — *Bug-Jargal*, 1826, 1ʳᵉ édition.

31. Janin (Jules), *l'Ane mort et la Femme guillotinée*, 2ᵉ édition. Paris, 1830, in-18, rel., gauf., tr. dor.

Envoi d'auteur à Mlle George : « L'Ane, c'est moi, mon amie, qui voudrais mourir pour vous. »

32. Janin (Jules), *Contes fantastiques et contes littéraires*. Paris, 1832, 4 tomes en 2 vol. in-12, mar., orn. sur les plats, dent. int., tr. dor.

Première édition. Envoi d'auteur à Mlle George : « A vous, madame, votre ami toujours. »

33. Janin (Jules), *la Religieuse de Toulouse*, 2ᵉ édition. Paris, 1850, 2 vol. in-8°, br., couv. imp.

Envoi d'auteur à Mlle George : « *Prima inter priores*. Son ami très sincère, très attaché et très dévoué. »

34. *Journal des spectacles* représentés devant Leurs Majestés sur les théâtres de Versailles et Fontainebleau. Paris, Ballard, 1764, in-8°, mar. rouge, tr. dor. Aux armes de France.

35. Lamartine, *OEuvres*. Paris, Gosselin, 1832, 4 vol. in-8°, v. gauf., dos ornés.

On a ajouté les *Confidences*, 1849, in-8°, br., couv. imp. (1ʳᵉ édit.)

36. Leclerc (Th.), *Proverbes dramatiques*. Paris, Sautelet, 1827, 6 vol. in-18, mar. rose, gauf. et orn. sur les plats, tr. dor.

37. Marillier, *les Illustres Français, ou Tableaux historiques des grands hommes de la France, jusqu'en 1792*. Paris, Maurice, s. d. 56 planches en un vol. in-fol., dem.-rel.

38. Meilhac et Halévy, *les Brebis de Panurge*, comé-

die. — *La Clé de Métella,* comédie. Paris, 1863, 2 vol. in-12, br., couv. imp.

Premières éditions. Envois des auteurs à Mlle George.

39. Molière, *OEuvres*, vignettes par T. Johannot. Paris, Dubochel, 1844, gr. in-8°, cart. illustr. de l'édit., tr. dor.

40. Napoléon III, *Affiches du coup d'État*, portraits, etc. 15 pièces.

41. Nerval (Gérard de), *Élégies nationales et satires politiques*, 2ᵉ édition. Paris, 1827, in-8°, mar. rose, gauf. fil., tr. dor.

42. Parent, *Printemps d'une jolie femme*. Paris, 1788, in-12, v. f., tr. dor. — Legouvé, *le Mérite des femmes*. Paris, 1830, in-18, figures, v. rose, tr. dor.

43. Picard, *OEuvres, Théâtre*. Paris, Barba, 1821, 10 vol. in-8°, dem.-rel.

44. Rabelais, *OEuvres*. Paris, Ledentu, 1835, in-8°, port. mar. gauf., dos orné. — La Fontaine, *OEuvres complètes*. Paris. Delongchamps, 1826, in-8°, vignettes, v. gauf., fil., dos orné, tr. dor.

45. Racine (Jean), *OEuvres complètes*, figures de Moreau le jeune. Paris, imprimerie Crapelet, 1811, 4 vol. in-8°, mar. rouge, orn. sur les plats, dent. int., dos ornés, tr. dor.

Gravures avant la lettre.

46. Racine (Jean), *OEuvres complètes*. Paris, Furne, 1829, gr. in-8°, port. rel. à la cathédrale.

47. *Recueils* de pièces de théâtre, 1828-1840, 6 volumes in-8°, dem.-rel.

Pièces de théâtre de l'époque romantique, dont plusieurs avec envoi d'auteur à Mlle George.

48. *Répertoire* du Théâtre-Français. Paris, Duprat, 1826, 4 vol. in-8°, port., v. f., gauf. à la cathédrale, dent. int.

49. Riccoboni (Mᵐᵉ), *OEuvres complètes*. Paris, Foucault, 1818, 5 vol. in-8°, figures, v. f., dos ornés.

50. Rollin, *Histoire ancienne des Égyptiens, des Cartha-*

ginois, etc. Paris, Estienne, 1740, 6 vol. in-4°, figures, v. é., tr. dor. — *De la manière d'enseigner et d'étudier les belles lettres.* Paris, 1740, 2 vol in.4°, v. é., tr dor.

51. *Romantiques.* 3 volumes in-8° et in-12, figures, cart. de l'édit.

Poésies par Mme Tastu (exemp. pap. chamois). — Keepsake français, 1831. — Keepsake américain, 1831.

52. Sand (George), *OEuvres.* Paris, Michel Lévy. 31 vol. in-12, dem.-rel.

53. Scott (Walter), *Paysages historiques et illustrations des romans de Walter Scott, scènes comiques de Cruikshank.* Londres, s. d., in-4° cart. de l'édit.

54. Soulié (F.), *Christine à Fontainebleau*, drame. Paris, 1829, in-8°, dem.-rel., dos orné.

Première édition. Envoi d'auteur à Harel.

55. Soulié (F.), *Christine à Fontainebleau*, drame. Paris, 1827, in-8°, mar. gauf., fil., dos orné.

Première édition. Envoi d'auteur à Mlle George.

56. — Soulié (F.), *les Mémoires du diable.* Paris, Dupont, 1837, 8 vol. in-8°, dem.-rel., dos ornés.

Envoi d'auteur à Mlle George.
On a ajouté : *le Vicomte de Béziers*, Paris, 1834, 2 vol. in-8°, demi-reliure.

57. Soumet (A.), *Clytemnestre*, tragédie, 2ᵉ édition, Paris, 1822, in-8°, cart., armes sur les plats.

Envoi d'auteur à Mlle George.

58. Soumet (A.), *Une Fête de Néron,* tragédie, ornée d'une lithographie par Raffet. Paris, 1830, in-8°, v. orn. sur les plats, dent. int., dos orné, tr. dor.

Première édition. Envoi d'auteur à Mlle George.

59. Soumet (A.), *Norma*, tragédie. Paris, 1832, in-8°, ch., dent. int., dos orné, tr. dor.

Première édition. Envoi d'auteur à Mlle George.

60. Soumet (A.), *la Divine Épopée.* Paris, 1840, 2 tomes en un vol. in-8°, dem.-rel.

Première édition. Envoi d'auteur à Mlle George.

61. Sue (Eugène), *les Mystères de Paris*, édition illus-
trée par Gavarni, Daumier, etc, Paris. Gosselin, 1843,
4 vol. gr. in-8°, dem.-rel., dos ornés.

Première édition.

62. Sue (Eugène), *Romans.* Paris, Paulin, 1845, 19 vol.
in-18, dem.-rel. ch. vert, dos ornés.

On a ajouté 9 vol. par J. Sandeau, A. Karr, etc.

63. Thiers, *Histoire de la Révolution française.* Paris,
1834, 10 vol. in-8°, figures, dem.-rel.

64. Thiers, *Histoire du Consulat et de l'Empire.* Paris,
1845, 21 vol. in-8°, figures, dem.-rel. Les deux dern.
vol. sont br.

65. Vigny (A. de), *la Maréchale d'Ancre*, drame. Paris,
1831, in-8°, front., mar. vert. orn. sur les plats, dent.
intr., tr. dor.

Première édition.

66. Voltaire, *OEuvres complètes.* Paris, Delangle, 1830,
97 vol. in-8°, dem.-rel.

Mlle GEORGE — HAREL — TOM HAREL

67. *Opinions* et éloges des journaux de Paris sur les
débuts de Mlle George à la Comédie-Française en
1802, 2 vol. in-fol. et in-8°, mar. rouge, fil. et orn. sur
les plats.

Recueils réunis par le père de Mlle George.

68. George (Mlle). Pièces de vers et lettres adressées par
des admirateurs de la province et de l'étranger.

Vingt-sept pièces.

69. *Mouchoir* de batiste offert par Alexandre Dumas
à Mlle George, en souvenir des créations qu'elle fit
dans ses drames. Ce mouchoir est orné à chaque coin
d'une couronne magnifiquement brodée, reproduisant
celle du personnage historique créé.

70. George (Mlle) en province et à l'étranger. Affiches,
programmes, 1840-1847, 52 pièces.

71. GEORGE (Mlle). Comédie-Française. Représentation
à son bénéfice, 17 décembre 1853, programmes,
feuilles de la répétition, billet, état de la recette, etc.
— État des rôles joués par Mlle George à la Comédie-
Française, dressé par Fonta, en 1857. — Affiche de
la Porte-Saint-Martin. — Brevet de sa pension, 1852.

> Onze pièces.

72. GEORGE (Mlle), rôle d'Agrippine dans *Britannicus*.

> Pierre lithographique.

73. *Recueil* de divers journaux sur la mort de Mlle George,
en un vol. in-fol., obl. cart.

74. GEORGE (Mlle). Accessoires qui lui ont servi dans
différentes pièces.

> 1° Couronne de Mérope.
> 2° Couronne-Bandeau de *la Tour de Nesle*.
> 3° Couronne de Sémiramis.
> 4° Couronne de Marie Tudor.
> 5° Couronne de Rodogune, portée par Mlle George à sa dernière
> représentation à bénéfice donnée à la Comédie-Française, en 1853.
> 6° Croix d'Isabeau de Bavière dans *Périnet Leclerc*.
> Ces objets seront vendus séparément.

75. HAREL, mère. *Souvenirs pour mes enfants*.

> Manuscrit.

76. HAREL. Direction de l'Odéon et de la Porte-Saint-
Martin, 1827-1836. Répertoire et États des recettes en
un vol. in-fol., cart.

77. HAREL. *Discours sur Voltaire*, qui a remporté le prix
d'éloquence décerné par l'Académie française. 1844,
in-4°, ch. dent. int., tr. dor., dans un étui.

> On a joint la quittance de Harel, son passeport, le brevet de com-
> mandant de la garde nationale, et l'acte de société et le bilan de la
> faillite du théâtre de la Porte-Saint-Martin.

78. *Folies-Dramatiques* (Théâtre des). Direction Harel.
États des recettes, comptabilité, etc. (1858-1864.)
11 registres in-fol. et in-4° cart.

79. *Folies-Dramatiques* (Théâtre des). Direction Harel.
Pièce de théâtre, engagements d'artistes, affiches, etc.

AUTOGRAPHES

80. *Artistes dramatiques.* **29** lettres aut. sig.

> Achard. — Anaïs. — Pierre Berton, 3 l. — Bocage, 2 l. — Bois-
> selot. — Bouffé. — A. et M. Brohan, 2 l. — Capoul. — Coquelin.
> — Déjazet. — Dorval. — Damoreau-Cinti. — Geoffroy, 2 l. —
> Emilie Guyon. — Marie Laurent. — Levassor, 2 l. — Ligier, 2 l. —
> Provost, 2 l. — Samson. — Pauline Viardot. — Mme Volnys.

81. DESBORDES-VALMORE (Mme), poète. *Madame Émile de
Girardin*, pièce de vers et 2 lettres aut. sig.

82. *Divers.* **22** lettres aut. sig.

> Abbatucci. — Comte d'Argout. — Asseline. — Baroche, 2 l. —
> Duc de Bassano. — Bilhaut. — La Guerronnière. — Magne, 2 l. —
> Princesse Mathilde. — Mocquard, 2 l. — Napoléon Bonaparte. —
> Pierre Bonaparte. — Pastoret. — Persigny. — Rémusat, 2 l. —
> Romieu. — Suchet, duc d'Albuféra.

83. DOUCET (Camille). Auteur dramatique, de l'Académie
française. **16** lettres aut. sig.

84. GEORGE (Mlle) Livre de dépenses tenu par elle en
1828-1829 et **1841-1842**. 2 vol. in-4°, mar. rouge.

> On a ajouté son livre de comptes tenu par elle, 1864-1866, in-12,
> cartonné.

85. GEORGE (Mlle), *les Débuts de Mélingue au théâtre
de la Porte-Saint-Martin, en 1836,* 2 pages in-fol., obl.

86. GEORGE (Mlle), célèbre comédienne. 4 lettres aut.
sig. à Harel et à sa sœur.

> On a ajouté une lettre de Harel à Mlle George, quelques jours
> avant sa mort.

87. GEORGE. *Entrevue de Napoléon et de Mlle George au
château de Saint-Cloud.* 3 pages in-fol., obl.

> Détails très intimes. Ces notes sont adressées à Mme Desbordes-
> Valmore, elle lui dit : « Je n'ose pas laissé (*sic*) lire ces détails à
> votre cher Hyppolite. »

88. HALÉVY (Ludovic), auteur dramatique. **5** lettres aut.
sig.

89. JANIN (Jules), littérateur, de l'Académie française, 7 lettres aut. sig.

90. *Littérateurs. Auteurs dramatiques*, 37 lettres aut. sig.

> Mme Ancelot, 2 l. — Étienne Arago. — Th. Barrière. — Roger de Beauvoir, 2 l. — Caroline Berton, 4 l. — Cham, 2 l. — D'Ennery, — Gabet. — Harel. — Lambert Thiboust. — Léo Lespès. — Meilhac. — Mocquart, 2 l. — J. Moinaux, 2 l. — Ed. Plouvier, 2 l. — Jules de Premaray. — Nestor Roqueplan, 2 l. — V. Sardou — Aurélien Scholl — L. Ulbach. — A. Villemot, 2 l. — Villemessant. — Villemain, 3 l. — Vitet, 2 l.

91. GEORGE (Mlle), *Mémoires*, 220 pages in-fol. autographe.

> *Ces mémoires sont inédits*, mais n'ont malheureusement pas été terminés par la célèbre comédienne. Ils sont, malgré cela, d'un très grand intérêt pour l'histoire du théâtre sous l'Empire. Manque le feuillet 125.
>
> Mme Desbordes-Valmore s'était chargée de récrire ces mémoires; nous joignons quelques cahiers de son travail.

92. TALMA. Cheveux de Talma, avec cette note autographe de Mlle George : « Talma ne fut point un acteur, il fut un poète. »

93. BALZAC, *Vautrin*, drame, in-4° br.

> Manuscrit original, avec l'autorisation du ministre de l'intérieur, 6 mars 1840, signée par Cavé.

94. DUMAS (Alexandre), *la Tour de Nesle*, drame, registre in-4°, cart.

> Manuscrit original. On a ajouté 24 pages autographes du travail de Jules Janin sur *la Tour de Nesle* de Gaillardet. Dans ce fragment de Jules Janin, Gaultier d'Aulnay s'appelle *Anatole*. Ce travail fut repris, et la pièce complètement refaite par Alexandre Dumas, qui, dans une lettre à Harel, le directeur de la Porte-Saint-Martin, jugeait ainsi l'essai de Gaillardet :
>
> « C'est un véritable chaos au fond duquel flotte une idée, qui reparaît et se perd à chaque instant. Je n'ai pas besoin de vous dire que cela n'a pas le sens commun, et cependant il y a quelque chose, et cependant ce n'est pas ennuyeux. Je vous demande jusqu'à demain soir pour y penser, puis, si je trouve moyen, je me mettrai à la besogne. »

TABLEAUX. — AQUARELLES. — ESTAMPES. —
BRONZES. — PORCELAINES. — MEUBLES

95. ANONYME, *Portrait de M. Weimer, père de Mlle George.*

Aquarelle. Encad.

96. ANONYME, *Harel, directeur de la Porte-Saint-Martin.*

Miniature. Encad.

97. ANONYME, *Weimer, père de Mlle George — Harel.*

Deux portraits au crayon. Encad.

98. ANONYME, *Harel (Léopold)*, portraits.

Une peinture et une aquarelle. Encad.

99. BOCAGE, rôle de Buridan dans *la Tour de Nesle.*

Statuette en bronze.

100. CAIN, les *Fables de La Fontaine.*

Coupe en bronze.

101. CALVIN, *Portraits-charges des artistes et employés
du Théâtre des Folies-Dramatiques en 1858.* 24 portraits en un vol. in-fol. obl., cart.

102. DANTAN et TÉTARD, *Frédéric Soulié, Duprez, Rachel
et Dorval*

Quatre charges en plâtre.

103. DAVID, *George Weimer.*

Médaillon en bronze.

104. GAVARNI, costumes de *Lucrèce Borgia.*

Quatre aquarelles.

105. GIRAUD (Eugène), *Mlle George, dans la Nonne
sanglante.*

Aquarelle signée. Encad.

106. INGRES, *Raphaël et Fornarina,* grav. par Pradier.

Épreuve avant la lettre. Encad.

107. *Jeu de cartes. Guerre d'Italie,* 1859.

108. JOHANNOT (Alfred), Scène de *l'Ane mort,* par Jules Janin.

Aquarelle signée, 1829. Encad.

109. JOHANNOT (attribuée à Alfred). *Léopold Harel,* dit *le Petit Gourmand.*

Aquarelle. Encad.

110. MÉLINGUE, *Marceline Valmore.*

Médaillon en bronze, 1833.

111. MÉLINGUE. Scène des *Mal-Contents,* drame.

Aquarelle signée, 1835. Encad.

112. MÈNE, *Epagneul* en bronze, sig.

113. PONCO-CAMUS, *Napoléon Ier devant le tombeau de Frédéric.*

Épreuve avant la lettre. Encad.

114. SAINT-ÉVRE, *Mlle George* dans *Christine.*

Peinture signée, 1828.

115. SAUVAGEOT (Mme), *Portrait de Tom Harel.* Peinture, 1829. Encadr.

116. VERNET (Horace), *Apothéose de Napoléon.*

Épreuve avant la lettre. Encad.

117. WATTIER (Emile), *Costumes de Mlle George.*

Trois aquarelles.

118. WINTERHALTER, *Napoléon III — Impératrice Eugénie,* grav. par Cousins. Encad.

NOTES SUR QUELQUES ARTISTES NOMMÉS
DANS LA PRÉFACE.

Voici quelques notes sur les artistes nommés dans la préface. Nous espérons qu'elles ne paraîtront pas trop hors de propos à la fin de ce volume, et que le lecteur nous pardonnera de les insérer, avec quelques souvenirs personnels se rattachant à la vie théâtrale.

HAREL

Jean-Charles Harel était né à Rouen en 1790; il mourut en 1846, à Châtillon, près Paris. Auditeur au Conseil d'État, puis secrétaire de Cambacérès, il avait été, à la fin de l'Empire, nommé sous-préfet. Il défendit Soissons avec beaucoup de courage contre les armées alliées. George raconte dans quelles circonstances il obtint de Charles X le privilège du second Théâtre-Français en 1829. Il le conserva jusqu'en 1831. Il se consacra ensuite à la direction de la Porte-Saint-Martin. Il avait écrit autrefois un éloge de Voltaire. Il fit jouer à son théâtre, en 1837, un mélodrame intitulé la *Guerre des servantes*, fait en collaboration avec Théaulon et Alboise; George y remplissait le principal rôle. C'est à la Porte-Saint-Martin qu'Harel a monté les drames romantiques les plus retentissants : *la Tour de Nesle, Richard Darlington, Lucrèce Borgia, Marie Tudor*. C'est sous sa direction que George et Frédérick Lemaître eurent leurs plus beaux succès. Au fond, il était un peu classique; il n'aimait pas la littérature romantique.

Il avait connu George à Bruxelles, où il s'était réfugié comme proscrit, après Waterloo. George y vint donner des représentations. Il fut bientôt son amant : cette liaison a duré jusqu'à la mort d'Harel. C'était un causeur d'un esprit étincelant. Comme directeur, il avait des habiletés invraisemblables pour préparer le succès d'une pièce, pour emprunter de l'argent, pour faire patienter ses créanciers. Il y avait du Mercadet en lui. Il était d'une saleté proverbiale. Dumas raconte dans ses *Mémoires* qu'Harel avait fini par installer dans son appartement à lui, dans la maison qu'habitait George — devinez quoi? un cochon. Il l'avait surnommé Piaf-Piaf. Il avait pour son cochon une tendresse incroyable : il l'embrassait du matin au soir. Quand George et son entourage, Janin, Dumas et autres, décidèrent la mort de Piaf-Piaf, quand ils le firent égorger pendant une absence d'Harel, celui-ci fut d'abord inconsolable. Il se répandit en lamentations. Mais son appétit, qui était de premier ordre, finit par l'emporter. Il mangea sans remords une partie des côtelettes et des boudins qu'on avait préparés avec les débris funèbres du pauvre Piaf-Piaf.

J'ai entendu raconter sur Harel l'anecdote suivante qui met bien en relief la finesse et un peu la rouerie de l'*impresario*.

Il était un jour, avec Frédérick Lemaître, dans son cabinet directorial à la Porte-Saint-Martin. Il reçoit la visite du marquis de Custine, qui voulait faire représenter un drame. Harel obtient des sommes relativement élevées pour les décors, les costumes: il se fait faire des avances pour payer son personnel et ses créanciers. Le marquis de Custine, qui veut être joué à tout prix, consent à tout. Enfin Harel ne trouve plus rien à demander, et le marquis ouvre la porte pour se retirer. Harel se précipite, et veut le remercier. Frédérick lui saisit le bras et le retient en lui disant avec cette voix et ce geste qui n'appartenaient qu'à lui : « Malheureux! vous le laissez partir! Et il a encore sa montre (1)! »

(1) Harel a laissé un fils, Louis-Marie, dit Tom Harel, né à Bordeaux, qui, après avoir été directeur de théâtre, puis attaché au chemin de fer du Nord, est décédé à Paris, 32, rue Saint-Paul, le 17 avril 1902, à quatre-vingt-trois ans. C'est à la vente qui eut lieu après son décès que j'ai acheté les *Mémoires de George*.

Dans son acte de décès, Tom Harel, qui avait débuté à l'Odéon,

FRÉDÉRICK LEMAITRE

Frédérick Lemaitre, né au Havre le 21 juillet 1800, est mort à Paris, rue de Lancry, en 1876.

Il a été, à mon avis, le plus grand comédien qui ait existé. Qui n'a pas vu Frédérick dans *Trente ans ou la Vie d'un joueur*, dans *Kean*, dans *Don César de Bazan*, dans *Robert Macaire*, dans *le Crime de Faverne*, ne peut concevoir jusqu'où peut aller la puissance du comédien. La beauté du geste et des attitudes, la puissance et les modulations merveilleuses de la voix, les envolées de lyrisme, les cris de passion, la chaleur communicative de l'émotion, étaient au-dessus de tout ce qu'on peut imaginer. La salle entière frémissait; Frédérick Lemaitre faisait passer parmi les spectateurs des frissons d'enthousiasme et de terreur.

J'ai dit combien son caractère était bizarre et difficile. Il était extraordinairement fantasque dans la vie de chaque jour.

Les représentations de *Paillasse* avaient rapporté à Frédérick beaucoup d'argent. Il se donna le luxe d'une voiture, mais il ne voulut plus porter à la ville que des chaussons de lisière. Je le vis arriver un jour avec ses chaussons chez Alexandre Dumas. L'auteur de Kean lui demanda : « Est-ce que tu as mal aux pieds? — Non, répondit Frédérick avec cette voix étonnante qu'il a gardée jusqu'à la fin; mais, maintenant que j'ai une voiture, je n'ai plus besoin de porter des bottes! »

dans *les Macchabées*, le 14 juin 1822, est indiqué comme fils de Jean-Charles Harel et de dame Weymer, *dont on n'a pu indiquer les prénoms.*

Tom Harel était-il le fils de George, qu'il a toujours appelé *sa tante?* Était-il le fils de George cadette, qui a joué avec sa sœur à la Porte-Saint-Martin et au Théâtre-Historique, et qu'on avait surnommée Bébelle? Je n'ai pu parvenir à établir exactement la filiation.

M. Porel, directeur du Vaudeville, a raconté devant moi qu'il avait été un jour invité à déjeuner chez Frédérick avec quelques artistes. Frédérick avait à ce moment-là pour maîtresse une jeune comédienne charmante, qu'il bousculait, qu'il maltraitait, qu'il rendait horriblement malheureuse. Devant ses invités, à propos de rien, il lui fit une scène épouvantable; il la força à quitter la table et à se réfugier dans sa chambre, où elle se rendit fondant en larmes. Puis Frédérick se lança dans des divagations politiques qui n'avaient ni queue ni tête, sur l'avenir et la régénération de la France. Les invités ne savaient où il voulait en venir. Tout d'un coup, il abandonne la politique; il se met à parler théâtre, à disserter sur l'art du comédien. « Pendant près d'une heure, disait Porel, il parla avec une éloquence merveilleuse. Nous étions muets d'admiration. »

Frédérick vécut longtemps avec une actrice de talent, Clarisse Miroy. Il était effroyablement jaloux; il lui fit tant de scènes qu'elle finit par le quitter. Elle prit pour amant un jeune et très beau garçon, A..., comédien lui-même, qui faisait fureur parmi les comédiennes. Frédérick, la rage au cœur, allait voir jouer Clarisse et son jeune amant. Il se plaçait au premier rang des fauteuils d'orchestre, il fixait sur son heureux rival des regards chargés de haine, puis, à la fin du spectacle, il se retirait en disant : « Oh! les femmes! Encore, si ce misérable avait du talent! »

Un jour, pendant une scène de jalousie, il se mit à maltraiter Clarisse Miroy d'une façon indigne; il la rouait de coups. La mère de Clarisse voulut s'interposer « Misérable, lui criait-elle, frappez-moi donc aussi! » — Frédérick s'arrêta, et, dans une pose admirable, avec une de ces intonations dont il avait le secret, il lui dit : « Vous? madame! pourquoi vous battrais-je? Est-ce que je vous aime? »

Nous hésitons un peu devant une dernière anecdote, un peu risquée; mais elle peint si bien l'excentricité énorme et rabelaisienne de cet artiste génial que nous demandons à nos lecteurs la permission de les choquer un peu. Frédérick se trouvait, à une certaine époque, avoir pour directeur un comédien doué, dans son genre, d'un certain talent, qui joua d'une façon très remarquable le rôle de Rodin, dans *le Juif errant*, M. de Chilly. Froid et correct d'allures, Chilly était souverainement antipathique à Frédérick. Un jour que celui-ci avait fait je ne sais quelle excentricité, un employé du théâtre vint le prier de se rendre dans le cabinet de M. de Chilly. Frédérick le regarde, et répète le nom en appuyant sur la particule : « M. *de* Chilly! *de* Chilly. » Il paraît réfléchir un instant. « Au fait, pourquoi pas? on dit bien : « De la m... »

Frédérick jugeait George avec quelque sévérité. Il l'accusait de hauteur, d'amour du faste et de la réclame

RACHEL

Élisabeth Félix, dite Élisa — Née à Mumph ou Numf, près d'Aarau, canton d'Argovie (Suisse), le 28 février 1820. — Salle Molière. — Théâtre du Gymnase. — Débute le 12 juin 1838 à la Comédie-Française. — Sociétaire le 1er avril 1842. — Pensionnaire en 1849. — Voyage d'Amérique, 1855. — Séjour de santé au Caire, 1856. — Morte au Cannet (Var) le 4 janvier 1858. — Relâche le 5. — Ramenée à son domicile parisien de la place Royale, et inhumée le lundi 11 au cimetière israélite du Père-Lachaise. — Deuxième relâche (1).

Nous parlerons du génie tragique de Mlle Rachel, d'une façon complète, lorsque nous publierons l'intéressante correspondance que nous avons le bonheur de posséder.

(1) Ces renseignements et ceux qui suivent sont empruntés à l'excellent ouvrage déjà cité de MM. DE MANNE et MÉNÉTRIER : *Galerie historique de la Comédie-Française.*

GEFFROY

Geffroy (Edmond-Aimé-Florentin). — Né à Maigne-lan (Oise) le 29 juillet 1804. — Débute le 17 juin 1829. — Sociétaire le 1er juillet 1335. — Retraité le 1er avril 1865. — Rentré pour *Galilée* en 1867. — Odéon, 1872-1878. — Décédé à Saint-Pierre-lez-Nemours le 8 février 1895.

Geffroy était un comédien d'une haute conscience artistique, d'une belle fierté d'attitude, composant ses rôles avec une science consommée. Il était admirable dans *le Misanthrope*; dans le Richelieu, de *Diane*, d'Augier; dans don Salluste, de *Ruy-Blas*.

Il avait travaillé dans l'atelier d'Ingres et possédait un réel talent de peintre. Le foyer de la Comédie-Française a de lui deux toiles intéressantes : *le Foyer de la Comédie en 1840*, qui fut exposé au Salon de 1841, sous le n° 803, et *le Foyer en 1864*, qui fut exposé au Salon de la même année, sous le n° 780.

MÉLINGUE

Mélingue était un très beau comédien, d'allures très distinguées, doué d'un talent de sculpteur et de peintre; un très galant homme. Il a joué avec un grand éclat les rôles principaux des drames qu'Alexandre Dumas a donnés au Théâtre-Historique : Lorin du *Chevalier de Maison-Rouge*, d'Artagnan, Monte-Cristo, Urbain Grandier, Catilina, le comte Hermann; puis *Benvenuto Cellini*, de Paul Meurice. Il avait une émotion communicative, beaucoup de noblesse et une grande action sur le public. Je crois que c'est dans la reprise de *Ruy Blas*, à l'Odéon, qu'il parut pour la dernière fois en scène. Il y jouait d'une façon remarquable le rôle de don César de Bazan.

Mélingue était né à Caen en 1808. Il est mort à Paris en 1875.

LAFERRIÈRE

Je n'ai jamais entendu un jeune premier jouer une scène d'amour comme Laferrière. Il avait des gestes, des intonations, un art délicieux pour parler aux femmes. Il a joué tous les rôles d'amoureux dans les pièces de Dumas : Antony, Buridan, le Chevalier de Maison-Rouge. le chevalier d'Harmenthal, Karl de Florsheim, dans *le Comte Hermann*. Il avait plus de soixante ans quand il a créé *les Sceptiques*, de Félicien Mallefille, au Théâtre-Cluny. Il était encore un amoureux incomparable. Il avait été très aimé de Virginie Déjazet.

Né à Alençon en 1800, il est mort à Paris en 1877.

ROUVIÈRE

Philibert Rouvière était un artiste bizarre, inégal, mais d'un talent bien personnel, et qui composait ses rôles d'une façon curieuse. Il a été très remarquable dans le Charles IX de *la Reine Margot*, dans l'*Hamlet*, de Dumas et Paul Meurice, dans le rôle du médecin Sturler du *Comte Hermann*. Je l'ai revu plus tard à l'Odéon, dans *Maître Favilla*, de George Sand. Après cette création, il fut engagé à la Comédie-Française, où il joua Néron de *Britannicus*, le comte Gormas du *Cid*, et Jacques dans *Comme il vous plaira*, de George Sand (12 avril 1856). Il n'eut à la Comédie que des demi-succès et ne put s'y maintenir.

Il faisait de la peinture avec talent. C'était un très galant homme, un artiste convaincu et visant à un idéal très élevé.

Il est mort le 19 octobre 1856, à cinquante-six ans.

FECHTER

Fechter était d'origine anglaise, et pouvait jouer avec une égale facilité en anglais et en français. C'était un beau jeune premier, qui avait une distinction toute britannique. Il avait été remarquable dans *les Frères corses* de Dumas père, et il a créé avec un éclat inoubliable le rôle d'Armand Duval dans *la Dame aux camélias*, de Dumas fils.

LES BROHAN

Brohan (Josephine-Félicité-Augustine), femme d'Edmond de Gheest. — Née à Paris le 2 décembre 1824. — Débute le 19 mai 1841. — Sociétaire le 1er février 1843. — Retraitée le 1er janvier 1868. — Morte à Paris, rue Lord-Byron, n° 5, le 15 février 1893.

Brohan (Madeleine), mariée à Mario Uchard le 7 juin 1873 — Née à Paris le 21 octobre 1833. — Engagée le 1er septembre 1850. — Débute le 15 octobre 1850. — Sociétaire le 1er janvier 1852. — 1855 en Russie. — Retraitée le 1er mai 1885.

Augustine Brohan, dans sa carrière de comédienne, a surtout personnifié l'esprit. Il était impossible de se montrer plus spirituelle, plus incisive, plus mordante dans l'interprétation des soubrettes de Molière. Elle était encore admirable dans Rosine du *Barbier de Séville*, dans Suzanne du *Mariage de Figaro*. Elle eut dans son temps une très grande action sur le public.

Sa sœur, Madeleine, était merveilleusement belle, lorsqu'elle débua au Théâtre-Français, et parut dans *les Demoiselles de Saint-Cyr* et *les Contes de la Reine de Navarre*. Elle avait hérité de l'esprit de la famille, et

devint une comédienne de grande allure. On se rappelle
sa haute distinction, son ton persifleur de grande dame
dans le rôle de la Duchesse de Réville, du *Monde où l'on
s'ennuie*, et dans la marquise d'Humières, de *l'Étrangère*
de Dumas.

J'étais encore un gamin lorsque, au moment de la
reprise des *Demoiselles de Saint-Cyr* sous la direction
d'Arsène Houssaye (8 septembre 1851), j'eus la bonne
fortune de déjeuner à Monte-Christo, chez Alexandre
Dumas, avec Mmes Augustine et Madeleine Brohan,
Arsène Houssaye, et Mme Isabelle C..., qui était alors
l'amie de Dumas.

A cette époque, je commençais à aller au Théâtre-
Français. C'est alors que j'entendis *Tartufe, le Misanthrope, les Précieuses ridicules, Mademoiselle de Belle-Isle,
les Demoiselles de Saint-Cyr, Cinna* et *Diane* (19 février
1852), avec Rachel.

Alexandre Dumas me donnait de temps à autre une
lettre pour le secrétaire général du théâtre, Verteuil, et
j'allais demander des places, que j'obtenais sans difficulté
d'ailleurs. Dumas ne manquait jamais de me dire :
« Avant de remettre ma lettre, n'oublie pas de caresser
la levrette de Verteuil. Il l'aime comme un fou. Si la
levrette te fait bon accueil, tu auras de lui tout ce que
tu voudras. » — Je partais avec ma petite frimousse
d'enfant, ma petite veste de velours, la lettre de Dumas
dans ma poche. Je me faisais conduire au cabinet de
Verteuil. Après avoir salué, et avant de remettre ma
lettre, je m'écriais en voyant la levrette couchée sur un
fauteuil : « Oh! la jolie bête! Comme elle est gentille!
Est-ce qu'on peut la caresser? » Verteuil, ému, répondait : « Je crois bien qu'on peut la caresser! Elle est si
douce! Elle est si bonne! » Et il exaltait toutes les qualités, toutes les vertus de sa chienne. Il me disait que les
chiennes étaient meilleures, plus fidèles que les femmes;
et moi, qui n'avais alors que dix à douze ans, je trouvais
ces discours un peu obscurs et sans portée. Après avoir
joué avec la chienne, je donnais ma lettre, et Verteuil

me disait d'un air attendri : « Alors, mon petit ami, c'est deux fauteuils que vous voudriez? — Oui, monsieur, pour ma mère et pour moi. — Eh bien, mais, est-ce que vous n'aimeriez pas mieux une bonne loge? — Oh! je crois bien, monsieur; je serais bien content. » — Et Verteuil me remettait le coupon de la loge.

Il en allait ainsi au Théâtre-Français, en 1852. On était heureux d'offrir une loge, car le théâtre ne faisait recette que les soirs où jouait Rachel. Les lendemains, il n'était pas de bon ton d'aller à la Comédie-Française. Et les artistes d'alors s'appelaient Geffroy, Samson, Provost, Régnier, Monrose, Brindeau, Maillard, Augustine Brohan, Madeleine Brohan, Nathalie, Judith, Bonval, etc. C'est M. Perrin qui a appris au public à venir au Théâtre-Français. Il a été un directeur incomparable à la Comédie, comme il l'avait été à l'Opéra. Les sociétaires d'aujourd'hui récoltent ce qu'il a semé; ils lui doivent une fameuse reconnaissance. Leurs aînés de 1850 n'ont pas connu d'aussi belles recettes; ils jouaient devant une salle à peu près vide.

Puisque j'ai parlé des Brohan, ma pensée se reporte involontairement vers leur adorable nièce, Jeanne Samary, qu'une mort cruelle a enlevée en 1890, en pleine jeunesse, en pleine floraison de talent et de beauté.

Je l'ai connue pendant l'Exposition de 1878. C'était une nature tellement attirante, tellement franche et droite, que la sympathie avec elle était instantanée. Au bout de dix minutes, nous nous sentions de vieux amis. Notre amitié a duré sans une défaillance jusqu'à sa mort.

Quand la Comédie-Française alla donner des représentations à Londres (2 juin-12 juillet 1879), je m'y rendis, et j'ai fait alors avec Jeanne et Marie Samary des promenades et des excursions délicieuses.

Nous avions parfois avec nous Blanche Baretta, la *Victorine* sans égale, la *Rosine* incomparable du *Barbier de Séville*.

Jeanne Samary et Blanche Baretta étaient deux

comédiennes de premier ordre, deux femmes remarqua-
blement intelligentes, très bien équilibrées, parfaitement
honnêtes l'une et l'autre, décidées à se marier. On les
aurait ennuyées d'une façon cruelle en leur faisant la
cour, en leur débitant des fadeurs. J'avais assez de bon
sens pour le comprendre. Aussi, quelle confiance, quelle
cordialité, quelle bonne et franche amitié il y avait entre
nous! Et quelles heures ravissantes nous avons passées
en Angleterre!

Aujourd'hui, Mme Baretta-Worms est mariée à un
grand comédien; elle est sociétaire retirée de la Comédie-
Française, mère de famille, toujours jeune et charmante
comme autrefois.

Quant à Jeanne Samary, qui s'était mariée, elle
aussi, à un homme qu'elle aimait, elle est morte à trente-
trois ans. Il y a déjà seize ans qu'elle nous a quittés.
J'entends encore sa belle voix vibrante, son beau rire
clair et sonore; je vois ses yeux étonnés de myope, toute
sa personne si vive, si gaie, si allante, d'une bonne
humeur si communicative.

Au moment de clore ce livre, consacré à la glorifica-
tion d'une comédienne, je ne puis me défendre d'un
sentiment de tristesse, en traçant ces lignes, inspirées
par le souvenir de cette artiste exquise, de cette femme
d'élite, de cette amie sûre et dévouée, qui fut Jeanne
Samary.

Octobre 1906.

FIN

TABLE DES MATIÈRES

———

PARIS

TYPOGRAPHIE PLON-NOURRIT ET Cie

Rue Garancière, 8

A LA MÊME LIBRAIRIE

PARIS. TYP. PLON-NOURRIT ET Cⁱᵉ, 8, RUE GARANCIÈRE. — 10841.